Ocke Aukes

Borkumer Strandgut

Kommissar Busbooms zweiter Fall

Kontrast verlag

Kontrast Verlag
D-56291 Pfalzfeld
www.Kontrast-Verlag.de

Titel-Foto: Schiffner

Printed in Germany

ISBN 3-935286-52-X

Ocke Aukes

Borkumer Strandgut

Kommissar Busbooms zweiter Fall

Krimi

Vorwort

Borkum ist der schönste Sandhaufen der Welt, sagen zumindest die Borkumer. Viele Touristen haben sich dieser Meinung angeschlossen.

Jeder, der sich auf der Insel auskennt, merkt gleich, die Seestraße und das reetgedeckte Hotel der Familie Elderts sind frei erfunden. Gleichfalls werden Sie vergeblich nach der Werft und dem kleinen Hafen suchen, die ich in den Kurpark, in die Nähe des Kleinbahngeländes und Kinderspielhauses platziert habe. Frech erlaube ich mir, dort die Insel flächenmäßig ein klein wenig zu erweitern.

Alle anderen Ortsangaben wird der Leser auf dieser schönen Insel wiederfinden.

Personen und Handlungen sind frei erfunden.

Ocke Aukes

Die Personen

Busboom, Focko	Kriminalhauptkommissar aus Aurich
Peters, Ariana	Busbooms engste Mitarbeiterin aus Aurich
Hölzner, Ernst	Mitarbeiter Kripo Aurich
Schell, Teddy	Mitarbeiter Kripo Aurich
Bäcker, Peter	Inselpolizist
Kutschbauer, Bernhard	Inselpolizist
Wiegand, Walter	Busbooms Vorgesetzter
Janssen, Onno	Polizeihauptkommissar Chef der Borkumer Polizei
Elderts, Jakob	Hotelier und Werftmitinhaber *Elderts & Borland*
Elderts, Greta	Jakobs Ehefrau
Elderts, Tanja	Jakobs Tochter
Elderts, Hinrich	Jakobs Bruder
Elderts, Anje	Jakobs Schwägerin
Elderts, Matthias	Jakobs Neffe
Elmau, Hermine	Ziehmutter von Greta Elderts
Neubeeren, Roswitha	Gretas beste Freundin
Borland, Georg	Werftmitinhaber *Elderts & Borland*
Dr. Scherer „Schamane“	Jakobs Hausarzt
Pisowitz, Halina	Zimmermädchen
Lisa	Zimmermädchen
Adden, Rolof	Alter Borkumer
Akkermann, Ontje	Alter Borkumer

1.

Der Hotelbesitzer und Lebemann Jakob Elderts verließ sein Haus früh morgens gegen sechs Uhr. Es war bereits hell, Möwen kreisten am Himmel und stießen ihr typisches Geschrei aus. Jakob Elderts sog kräftig die frische salzige Luft in seine Lungenflügel. Sein Körper litt noch etwas unter den Nachwirkungen des gestrigen Abends, fand aber allmählich zu seiner alten Form zurück. Zwei kräftige Tassen starker Kaffee, den ihm Hermine in aller Herrgottsfrühe mit grimmigem Gesicht und vernichtendem Blick aus ihren alten Augen gekocht hatte, taten ein Übriges. Er fühlte, wie das Koffein seine Lebensgeister weckte, rülpste kurz, was ihm nach Kaffee eigentlich nie passierte und hatte danach einen unangenehmen, marzipanartigen Nachgeschmack im Mund. Vielleicht hat die alte Vettel mir etwas in die Tasse gemischt, dachte er einen kurzen Moment, verwarf aber den Gedanken sofort wieder. Die greise Hermine konnte ihn bis zum heutigen Tag nicht leiden und das zeigte sie ihm deutlich. Er hatte in den langen Ehejahren nichts unversucht gelassen seine Frau dazu zu bewegen, Hermine zu entlassen. In allen Dingen hatte er das Talent, seine Ehefrau Greta zu überreden, stets das zu tun, was er wollte und ihm beliebte. Seine Gabe, Frauen um den kleinen Finger zu wickeln, hatte auch bei ihr nie seine Wirkung verloren. Nur in diesem einen Punkt, die Entlassung der alten Hermine Elmau, war Greta bis heute hart und unnachgiebig geblieben.

Jakob schob den düsteren Gedanken beiseite, ging den kurzen, gepflegten Weg der Hotelauffahrt hinunter, überquerte die Schienen der Inselkleinbahn und ging in Richtung Werft.

Eigentlich hatte er heute Morgen noch schnell duschen wollen, nicht dass es nötig gewesen wäre, sein letztes Bad hatte er kurz nach Mitternacht genommen, aber es wäre besser gewesen, den Geruch von Halina abzuwaschen. Er war sich seit langem darüber im Klaren, dass seine Frau Greta wusste, wo und wann er sich in fremden Betten herumtrieb. Er fragte sich nicht das erste Mal, wie lange sie sich das noch gefallen lassen würde. Wie oft hatte er sich in den Ehejahren vorgenommen treu zu sein? Jakob verdrängte sofort seine guten Vorsätze für den heutigen Tag. Er kannte sich. Wenn ein junges hübsches Mädchen in seine Nähe kam ...

Meistens waren es die Zimmermädchen, die es ihm angetan hatten. Ironischerweise brachte seine Ehefrau sie selbst ins Haus. Seine Favoritin war im Moment die süße kleine Polin Halina. Heute Morgen war er leicht gehetzt aus ihrem Bett geflüchtet. Noch ehe ihr Wecker klingelte, beugte sie sich zu ihm herüber, küsste sein Ohrläppchen und flüsterte ihm mit rollendem „R“ in der Stimme ins Ohr, dass sie eine Überraschung für ihn habe und diese unter dem Herzen trage. Er konnte sich unschwer vorstellen, was das war. Panik trieb ihn unter der frisch duftenden Bettdecke hervor und nach unten in die Hotelküche. Es blieb ihm nichts anderes übrig, er musste sich ernsthaft Gedanken über seine Geliebte Halina machen. Aus diesem Grunde war er, entgegen seiner sonstigen Gewohnheit nach nächtlichen Ausflügen, nicht in die privaten Räume zurückgekehrt, sondern schon unterwegs zur Arbeit.

Seine Frau Greta würde sich sicherlich wundern. Er konnte sich schon mal geistig auf kurze und bissige Bemerkungen ihrerseits während des Mittagessens vorbereiten. Es würde heute ein beschissener Tag werden, wenn es ihm nicht gelang, sich vorher zu verpissen. Sonst eine seiner leichtesten Übungen, wenn es darum ging, sich im Hotel oder in seiner Firma vor der Arbeit und der Verantwortung zu drücken. Er beschleunigte seine Schritte und hoffte seine Segeljacht, die in einem winzigen Privathafen dümpelte, ungesehen zu erreichen, um sich für den heutigen Tag zu verdrücken. Seine Devise: Probleme können auch morgen gelöst werden.

Um auf die Segeljacht zu kommen, musste er an seinem Firmengelände vorbei. Schon von weitem hatte er eine Gestalt erkannt, die am Tor stand: Georg Borland. Noch mehr Komplikationen an einem so schönen frühen Sonnentag dachte Jakob und wappnete sich innerlich für eine Konfrontation mit Borland. Wirklich, es würde ein ganz beschissener Tag werden, wenn das so weiterging. Die ewige Streiterei mit seinem Firmenpartner ging ihm auf die Nerven. Warum konnte dieser ihn nicht in Ruhe lassen? Ihm gelang es doch auch! Schließlich ließ er Georg Borland seit Monaten freie Hand in ihrem gemeinsamen Betrieb. Er ließ sich nur noch selten blicken und wusste, er konnte sich auf Georg verlassen. Es könnte alles so einfach sein, wenn nur das leidige Thema Geld nicht seit Wochen im Raume stünde.

Ruckartig blieb Jakob stehen, ein Stechen in der Magengrube hinderte ihn daran, auch nur einen Schritt weiterzugehen. Er holte tief Luft und ging in die Knie, was seinem Magen eine kurze Erleichterung brachte. Im gleichen Moment überkam ihn eine Müdigkeit, wie er sie nie gekannt hatte. Noch ein paar Mal tief Luft geholt und er konnte wieder aufstehen. Er schüttelte kurz und heftig mit dem Kopf, wie ein Hund, der Wasser aus seinem Fell loswerden will. Das verdrängte die plötzliche Müdigkeit. Wieder bei Kräften erreichte er Georg Borland, der immer noch am Firmentor auf ihn wartete.

Elderts schob die große Pforte beiseite, wunderte sich kurz, warum sie noch nicht komplett offen stand, bis ihm einfiel, dass er ja heute besonders früh aufgestanden war. Der Firmenbetrieb würde erst in gut zwei Stunden beginnen. Aber warum war Borland schon da?

„Moin“, begrüßte Jakob Elderts ihn, bekam aber keine Antwort. Untypisch für Georg, auch wenn er Jakob zurzeit wirklich grollte, so wahrte er doch stets die Höflichkeitsformen. Stattdessen sagte Georg Borland kurz und befehlend: „Komm in die Werkshalle, ich muss dir dringend etwas zeigen.“

Seine Segeljacht erreichte Jakob Elderts kurze Zeit später. Allerdings anders, als er sich erhofft hatte.

Sieben Wochen zuvor: Gedenkgottesdienst in der Inselkirche St. Meeresstern. Georg Borland betrat die Kirche. Der diesen Gebäuden so typisch anhaftende Geruch traf ihn wie eine Keule, zumal das Gebetshaus bis auf den letzten Platz besetzt war. Bei allem, was Borland über diese Familie wusste, wunderte es ihn nicht, die Kirche gerappelt voll zu sehen. Er hatte nur einen Moment nicht daran gedacht, darum traf ihn dieser Umstand umso heftiger. All seine Sinne geschärft, ging er vorbei an dem Opferstock und den Tischen mit den Erbauungsheftchen.

Alle Kirchenbänke waren dicht besetzt. Nicht nur die Verwandtschaft, sondern alles was im Inseldorf Beine hatte, ließ sich die Gelegenheit nicht entgehen. Die Aussicht auf einen weiteren handfesten Skandal zwischen den verfeindeten Brüdern war groß und zu verlockend.

Borland drängte sich zwischen zwei Trauernde auf die hölzerne Bank, kniete kurz nieder, bekreuzigte sich, um dann Platz zu nehmen.

Eine alte Frau mit Schleierhütchen saß eine Bank vor ihm. Sie drehte sich um und bohrte ihren bösen Blick in das Gesicht einer Frau, die neben Borland saß. Diese hatte eben gewagt, etwas Herablassendes über die Tote zu flüstern. Die Übeltäterin erblasste und wirkte wie einbalsamiert. Die Ärmste. Hätte sie von hinten die alte Hermine Elmau erkannt, sie hätte sich jeden Kommentar verkniffen.

„Scheinheilige Bande", flüsterte eine Männerstimme hinter Georg. „Ich wette, die beiden Brüder werden sich eines Tages gegenseitig erschlagen." Innerlich musste Georg diesem Einwand beipflichten. Ihm war dieser Gedanke in der Vergangenheit auch schon gekommen.

Der Geruch von Weihrauch, verwelkenden Blumen und Moder lag in der Luft. Erdrückend die Ausdünstungen der vielen Menschen.

Borland bemerkte, wie sich in der letzten Reihe, gegenüber dem Gang, zwei Männer gegenseitig anschubsten. „Ein makaberes Theaterstück", hörte er sie raunen. „Man kann es förmlich fühlen. Gleich gehen die in der ersten Reihe sich gegenseitig an die Kehle."

In der ersten hölzernen Bank saßen die Söhne der Verstorbenen, Jakob und Hinrich Elderts.

Niemand hätte die beiden für Brüder gehalten. Sie sahen sich überhaupt nicht ähnlich. Hinrich, der um einige Jahre Ältere, war halbglatzig, kräftig, stämmig und untersetzt gebaut und hatte kein besonders schönes Männergesicht. Jakob hingegen war blond, durchtrainiert und braun gebrannt. Mit seinem Gesicht hätte er gut Reklame für Rasierwasser machen können, so markant und schön war es. Das Innere der beiden Männer jedoch entsprach genau dem Gegenteil ihres Äußeren. Während Hinrich ein feinsinniger, sensibler und angenehmer Mann war, hatte Jakob die Fähigkeit, sich innerhalb von Sekunden Feinde zu schaffen, die er sein Leben lang behielt.

Die Orgel ertönte, die Messe war beendet. Die Trauernden erhoben sich. Mit einem strengen Kopfnicken zum Pfarrer hin ging Jakob als Erster, arrogant und mit erhobenem

Haupt den Gang hinunter Richtung Ausgang. Familie und Gemeinde folgten ihm.

Die Trauerfeier für die verstorbene Mutter der Elderts Brüder war damit beendet. Morgen würde die eigentliche Beisetzungsfeier in der städtischen Leichenhalle stattfinden, zu der Georg Borland einen ähnlichen Andrang wie heute erwartete.

Die Kälte, die in der Leichenhalle herrschte, war unangenehm. Der Geruch von schimmeligem Holz, verstaubten Kerzen, muffigen Bibeln und Gesangbüchern trug heftig dazu bei, sich noch unwohler zu fühlen, als man es ohnehin schon in einer Leichenhalle tat.

Die Atmosphäre unter den trauernden Menschen war bedrückender als gestern in der Kirche. Dort konnte sich das Auge wenigstens an den schönen Glasfenstern und der kirchlichen Möblierung erfreuen.

Draußen wehte ein laues Lüftchen, Vogelgezwitscher drang bei der herrschenden Grabesstille im Raum an alle Ohren. Starker Blumenduft betäubte fast die Sinne, konnte aber den Modergeruch nicht gänzlich überdecken. Ein riesiger Kranz mit den Worten „Dein Sohn Jakob und Familie" stach sofort ins Auge. Übertrieben üppig verdeckte er den Sarg fast ganz. Auf der linken Seite trug ein Kranz die Aufschrift: „In Liebe, dein Sohn Hinrich mit Anje und Kindern"

Die erste Reihe war für die nächsten Angehörigen der Verstorbenen reserviert und voll besetzt. Eine große räumliche Kluft, die sich genau in der Mitte der Reihe auftat, sprach Bände und gab Zündstoff für neue Spekulationen zum herrschenden Bruderkrieg.

Auf der rechten Seite in der ersten Bank saß ein elegant gekleidetes Ehepaar mit seinen fast erwachsenen Kindern. Die Frau trug ein dunkles Seidenkostüm, teure Pumps und einen großen schwarzen Hut mit der Andeutung eines kurzen schwarzen Schleiers. Der Ehegatte neben ihr, groß, blond und von stattlicher Figur, war ebenfalls eine elegante Erscheinung. Seine fünfundvierzig Jahre sah man ihm nicht an.

Jenseits der Lücke saß sein Bruder. Der dunkle Anzug hatte schon bessere Zeiten gesehen und sicherlich halb soviel gekostet wie allein das Seidenhemd seines Bruders.

Die Leichenhalle war bis auf den letzten Platz besetzt. Genau wie gestern waren nicht alle gekommen, um der Verstorbenen die letzte Ehre zu erweisen. Viele trieb die reine Neugier hierher. Wie würden sich die Brüder Jakob und Hinrich Elderts verhalten? Gestern in der Kirche war zum Leidwesen der nur Neugierigen nichts Spektakuläres geschehen. Vielleicht würde sich das bei der eigentlichen Trauerfeier ändern. Die Gerüchteküche um die Familie Elderts brodelte seit Tagen heftig.

Nach dem Tod der Mutter der Elderts Brüder vor vier Tagen eilte schon wenige Stunden später das Gerücht durch die Inselgemeinde, sie stritten heftig ums Erbe. Nicht unüblich, das kommt überall und jederzeit vor, könnte man behaupten. Doch hier auf der Insel, wo jeder jeden kannte, war es etwas anderes. Es war familiärer, intimer, man gehörte irgendwie dazu. Hier lebte man auf engem Raum miteinander, man war sich gegenseitig vertraut. Kaum zu glauben bei einer fünftausendköpfigen Gemeinde, aber wahr.

Man nahm Anteil am Geschehen des anderen, so wie dieser an deinem eigenen Schicksal interessiert war. So lebte es sich auf der Insel seit eh und je.

Der Nachsatz unter der Traueranzeige in der Borkumer Tageszeitung: „Eine Kaffeetafel findet nicht statt!“, brachte zusätzlichen Zündstoff in die Gerüchteküche. Eine Kaffeetafel ausfallen zu lassen war nicht üblich, sie gehörte einfach zum guten Ton.

Diejenigen, die zur Beerdigung nicht zeitig erschienen waren und daher keinen Sitzplatz in der Leichenhalle bekamen, mussten das Ende der Trauerfeier draußen abwarten. Hier bildeten sich kleine Grüppchen, in denen sich angeregt und pietätlos unterhalten wurde. Nur wenige hatten den Takt und senkten dabei die Stimme.

Dann endlich setzte die Orgelmusik ein, das Wort verstummte. Die beiden Seitenflügel der Leichenhalle öffneten sich, ein schwarz gekleideter Mann schob einen Rollwagen herein und belud diesen mit den Kränzen und Sträußen. Ein Meer von Blumen und Gebinden wurde hinausgeschoben. Die Sargträger, traditionsgemäß die Nachbarn der Verstorbenen, traten feierlich neben den Sarg. Die sechs Männer konnten mit Leichtigkeit den Sarg anheben, in dem die zierliche alte Dame lag und zum Ausgang hinaustragen. Die Trauergemeinde erhob sich und folgte still.

Hinrich, der ältere der beiden Söhne, ging voran. Am Arm führte er seine Frau Anje, die als Einzige rot geweinte Augen hatte, dahinter folgten ihre Kinder.

Nach einer großen Lücke schloss sich Bruder Jakob mit seiner Familie an, dann der Rest der Gemeinde. Nach den feierlichen Worten des Pfarrers am offenen Grab, der geschickte Formulierungen fand, die bei den trauernden Brüdern keine Verärgerung aufkommen lassen konnten, wurde gemeinsam das Vaterunser gesprochen und die Trauernden gingen auseinander. Jeder der beiden Brüder, gefolgt von ihren Familien, in eine andere Richtung.

2.

Die Sonne stand gerade eine Hand breit über dem Horizont. Das türkisfarbene Wasser glitzerte so stark im Sonnenlicht, dass man die Augen zukneifen musste.

Die Leiche trieb mit dem Gesicht nach unten. Von den Wellen der hereinbrechenden Flut wurde sie kräftig mit dem Kopf gegen die Buhne, einen steinernen Wellenbrecher, geschleudert. Gesicht, Kopf und Oberkörper ratschten an dem Muschel- und Seepockenbesatz entlang. Durch die messerscharfen Seepockenränder entstanden überall auf der Haut Schnittwunden.

Die nächste heranwogende Welle erfasste die gegrätschten Beine der Leiche und drückte den Körper von der Buhne fort. Behäbig schaukelte das leblose Ding, getragen vom salzigen Wasser.

Die nächste Woge rollte den Leichnam von der Bauch- in die Rückenlage. Dabei ragte die eine Hand gespenstig aus dem Wasser. Von weitem sah es aus, als würde sie winken.

Jetzt sah man auch mehr von dem grünen Seetang, der teilweise am Körper hing. Am Kopf wirkte der Tang wie die Locken der Medusa. Mehrere lange, glitschig rostbraune Tentakeln einer riesigen Feuerqualle hatten sich um Hals und Oberarm geschlungen.

Die Feuerquallen waren in diesem Sommer besonders groß und zahlreich, was seit Jahrzehnten nicht mehr der Fall gewesen war. Das lag an dem langanhaltend schönen und warmen Wetter.

Mit etwa zehn weiteren Wellen wurde die Leiche endgültig an den schneeweißen Sandstrand geschwemmt und bewegte sich sachte hin und her, wenn das Wasser an den Beinen zerrte.

Im nahe gelegenen Appartementhaus, architektonisch das hässlichste Gesicht eines Hauses, das man sich denken konnte, wurde eine Balkontür aufgeschoben.

Draußen auf der Schifffahrtsstraße fuhr ein gewaltiger Frachter vorbei. Die von ihm ausgesandten Wellen ließen für kurze Zeit eine größere Brandung am Strand entstehen. Diese frischen Wogen drückten die Leiche noch weiter und höher auf den trockenen Sand.

Minuten zuvor rieb sich im Appartementhaus eine Frau verschlafen die Augen und trat auf den Balkon hinaus, um sich zu recken.

Sie hatte Urlaub und für vierzehn Tage mit ihrem Ehemann diese kleine Ferienwohnung gemietet. Die Frau genoss diese stillen Minuten bei würziger Meeresbrise, die um diese Zeit noch nicht vom Geruch der verschiedenen Sonnenöle verfälscht wurde, ganz besonders. Die salzige, gesunde Luft wurde tief von ihr eingeatmet.

Sie ging zurück in die Wohnung und kam kurz darauf mit einer Tasse Kaffee in der Hand zurück. Die Tasse zwischen den Fingern haltend, suchte sie mit den Augen den endlosen Horizont und den weiten Strand ab. Zuerst dachte sie, es sei ein großes Stück Holz, das die Flut als Strandgut angeschwemmt hatte.

Dann jedoch schaute sie genauer hin und meinte einen Kopf zu erkennen.

„Hermann“, rief sie aufgeregt. „Komm schnell, ich glaube, dort schwimmt ein Seehund! Nun komm schon“, rief sie etwas lauter, „bevor er wieder weg ist!“

Es dauerte trotzdem etliche Sekunden, bis ihr Ehemann, mit einem Fernglas in der Hand, neben sie trat. Er war immer so praktisch.

„Wo denn?“, fragte Hermann knapp.

„Dort an der Buhne." Sie wies mit ausgestrecktem Arm in die Richtung. „Schade, ich glaube, jetzt dreht er ab." Für einen Moment konnte sie nichts mehr erkennen.

Dann sah sie ihn wieder.

„Dort, Hermann, jetzt etwas weiter links. Er schaukelt richtig hin und her."

Ihr Ehemann versuchte die richtige Einstellung mit dem Fernglas zu finden.

„Lass mich auch mal durchsehen. Ist er richtig süß, mit großen, braunen Knopfaugen?", fragte sie aufgeregt und kindisch.

Hermanns Frau sprach öfter wie eine Vierzehnjährige und er fragte sich, wann sie denn endlich aus der verbalen Pubertät herauskommen würde, schließlich war sie jetzt fast sechzig. Doch viel Hoffnung hatte er nicht mehr. Ihre zeitweise Naivität war damals einer der Gründe für ihn gewesen, sich in sie zu verlieben. Das war nun fast vierzig Jahre her. Er seufzte, als sie nach dem Fernglas greifen wollte und wehrte sie mit dem Ellenbogen ab. „Warte mal", murmelte er nervös. „Ich glaube, da schwimmt eine Leiche."

Geistesabwesend häufte Bernhard einen Berg Cornflakes auf seinen Teller.

Bernhard Kutschbauer war achtunddreißig Jahre alt. Er hatte einen schönen dunklen Haarschopf und ein Kinn mit einem Grübchen. Wenn man einen Blick auf seinen stattlichen Oberkörper warf, musste jeder ohne weiteres den Sportsmann in ihm erkennen, der einen guten Teil seiner Zeit im Freien verbrachte. Im Übrigen war er gutherzig, ein bisschen machohaft, unendlich untreu, bisher jedenfalls, und unsterblich in eine junge Kriminalbeamtin verliebt. Jetzt stocherte er in seinem Cornflakeshaufen herum, schlug dann eine Zeitung auf, die er gleich darauf wieder weglegte, schob seinen Teller zurück, trank einen Schluck Tee und erhob sich. Unschlüssig stand er eine Minute in seiner Küche herum, als das Telefon klingelte.

„Bernhard?"

„Ja!"

„Kannst du schnell kommen? Wir haben einen Toten am Strand."

Diese Nachricht erreichte schon wenige Sekunden nach diesem Telefongespräch die kleine Polizeistation und wurde sofort an die Kripo in Aurich weitergeleitet.

Nachdem die Meldung in Aurich eingegangen war, klingelte kurz darauf das Telefon bei Kriminalkommissar „Teddy" Schell, der seinen freien Tag zu Hause verbringen wollte.

Schell war verärgert. Ohne freien Tag hatte er mit seinen Kollegen in den letzten zehn Tagen täglich gut zwölf Stunden an einem schweren Fall gearbeitet. Sie hatten sich alle heftig ins Zeug gelegt und wollten zeitig fertig werden, da ihr Vorgesetzter, Focko Busboom, seinen wohlverdienten Urlaub antreten wollte. Sie hatten es pünktlich geschafft, der Chef war in Urlaub gefahren, nur der leidige Schriftverkehr musste noch erledigt werden. Aber nicht sofort. Für heute hatte Schell geplant, den schönen Sommertag im Garten zu verbringen.

Die vergangenen Tage hatten an seiner Kondition gezerrt und seine körperliche Verfassung ruiniert, da essen und trinken hintenanstanden. Ein Gutes hatte das allerdings auch, ein paar Pfunde seiner stattlichen Gestalt waren gepurzelt. Doch nicht einmal dem geübten Auge wäre das aufgefallen. Jetzt saß er auf der Terrasse und hatte sich gerade eine Tasse Tee eingeschenkt.

„Was ist passiert? Wo? Wer hat eine Leiche gefunden?“, unterbrach Schell die Kurzfassung vom anstehenden Fall, der ihm telefonisch durchgegeben wurde.

„Ich weiß nicht, Herr Kommissar“, kam die Antwort auf seine letzte Frage. „Die Polizeistation Borkum hat den Fall gemeldet.“

„Na, das ist doch super, da kann sich gleich der Chef persönlich drum kümmern.“ Das war gemein, Schell hatte auch sofort ein schlechtes Gewissen. Schells Verärgerung über die Störung seines freien Tages war schnell geschmolzen, schließlich waren Ariana und er jetzt verantwortlich.

„Sind Sie noch da, Herr Kommissar?“

„Ja, ich komme gleich aufs Revier. Bitte reservieren Sie mir sofort zwei Plätze auf dem Katamaran *Nordlicht*.“

„Wo ...?“

Ehe der junge Polizist weiter fragen konnte, sagte Schell: „Die Telefonnummer der Reederei finden Sie im Telefonverzeichnis auf Busbooms Schreibtisch.“

„Ja, Herr Kommissar. Wo ...?“

„Ist Ariana Peters bereits verständigt?“

„Ihr Dienst beginnt in einer halben Stunde.“

„Bitten Sie sie auf mich zu warten. Sie soll sich die nächsten Tage nichts vornehmen. Sie soll mich begleiten.“

„Ja, Herr Kommissar. Noch etwas?“

„Der Fundort muss ordentlich abgesperrt werden. Und ich wäre froh, wenn ein Arzt da sein könnte, um mir vorläufige Ergebnisse zu geben?“

„Wo ...?“, fragte die junge Stimme.

„Auf Borkum natürlich, Sie ...“, „Esel“ wollte Schell schon hinzufügen, denn langsam ging ihm das ewige „Wo“ auf die Nerven.

„Wird erledigt, Herr Kommissar“, ertönte es stramm durch die Leitung. Dem jungen Mann war die Erleichterung anzuhören, dass das Telefongespräch jetzt beendet war. Die Beantwortung seiner Wo-Frage konnte warten.

Teddy Schell zog sich etwas anderes an, er konnte schließlich nicht in Shorts losgehen. Er beschloss, das eben geschmierte Brötchen mitzunehmen. In ein paar Tagen werde ich fünfzig, schoss es ihm durch den Kopf, als sein Blick auf dem Weg durch das Wohnzimmer auf ein Bündel Geschenkpapier fiel. Er lächelte und hoffte, bis dahin den Fall gelöst zu haben. Es wäre schade, diesen Tag nicht mit seiner Familie verbringen zu können. Im Badezimmer angekommen, warf er einen Blick in den Spiegel. Seine Haare standen wie immer strubbelig ab. Ich müsste dringend mal wieder zum Friseur, dachte er. Und die Geheimratsecken werden auch von Jahr zu Jahr größer, stellte er so nebenbei fest. Na ja. Für einen fast Fünfzigjährigen hast du noch genug Haare auf dem Kopf, beruhigte er sich selbst.

Da er seine Ehefrau nicht wecken wollte, schlich er leise zum Kleiderschrank, legte sich einige Teile über den Arm und nahm auch Unterwäsche und Socken aus einer Schublade. Als er schon fast zur Tür hinaus war, machte er kehrt, um seine Badehose zu holen. Hoffnungsloser Optimist, schimpfte er sich selbst, musste aber lächeln. Vielleicht schaffte er es ja, hier und da ein wenig in der Nordsee zu baden, wenn er schon mal mitten im schönsten Jahrhundertsommer auf die Lieblingsinsel seines Chefs fuhr. Er legte seiner Frau einen Zettel mit einer Kurznachricht auf den Küchentisch. Wenn er es schaffte, würde er sie gegen Mittag anrufen.

Als er zwanzig Minuten später im Büro eintraf, war seine Kollegin, Ariana Peters, bereits da. Sie hatte all die Aufträge, die Schell dem jungen Polizisten erteilt hatte, selbst in die Hand genommen. Außerdem hatte sie ihre Vermieterin telefonisch gebeten, eine kleine Reisetasche für sie zu packen und war somit startklar. Wie immer, wenn sie aufgeregt oder wütend war, leuchtete ihre winzige Narbe über der rechten Augenbraue rot. Da sie bestimmt nicht wütend war, schloss Schell daraus, dass sie vor lauter Aufregung, oder sollte er lieber sagen, Vorfreude auf einen bestimmten Kollegen auf Borkum, leuchtend rot erstrahlte. Er warf einen kurzen Blick darauf. Ariana bemerkte es, wurde plötzlich im ganzen Gesicht rot und wandte sich ab. Richtig vermutet, schmunzelte er vor sich hin.

„Fertig?“, fragte er. Sie antwortete mit einem Kopfnicken, ergriff ihre Tasche und machte sich auf den Weg zum Auto.

Dass die Kollegin Peters alles Notwendige für den Fall veranlasst hatte, darauf konnte er wetten. Vorausschauend planen und handeln, ordentlich mitdenken und nicht so viele unnötige Fragen stellen. Diese Eigenschaften liebte Schells Vorgesetzter Focko Busboom besonders an seiner jungen Mitarbeiterin Ariana Peters. Jetzt kamen sie auch Schell zugute.

Weitere vierzig Minuten später legte der Katamaran schwungvoll im Hafen von Borkum an.

Kriminalhauptkommissar Focko Busboom war groß und muskulös und fing langsam an, Speck um die Hüften anzusetzen. Sein Gesicht zeugte vom regelmäßigen Aufenthalt im Büro. Seine Haare, schwarz mit silbergrauen Fäden, trug er zurückgekämmt. Sie waren länger nicht geschnitten worden.

Die nostalgische Dampflok der Borkumer Kleinbahn pfiff laut, als sie den Bahnübergang an der Süderstraße überquerte. Focko Busboom, heute für den Pfiff verantwortlich, strahlte übers ganze Gesicht. Nach einem Kurzkurs mit praktischer Einweisung in die Dampfloktechnik, begleitet von Abschmieren und Anheizen, der Überprüfung der Regler und der Wasseraufbereitung, fuhr er, stolz wie ein Ritter auf edlem Schlachtross, natürlich in professioneller Begleitung, den ersten nostalgischen Zug des heutigen Tages vom Hafen bis in den Ort. In den bunten Waggons, die leicht über die Schienen schaukelten und bei jeder Schienenschnittstelle mit „tatong" tönten, saßen viele Touristen, die ihre schönsten Tage des Jahres auf der Insel verbringen wollten.

Mit dieser aufregenden letzten Fahrt seines Kurses zur Erreichung des Dampflok-Ehrenführerscheines hatte Busboom sich selbst einen Traum erfüllt. Einen Traum, den er schon so lange träumte, wie ihn die Borkumer Kleinbahn als Kurzabenteuer anbot. Er hatte endlich die Zeit dazu gefunden, den Ehrenlokführerschein, selbstverständlich mit Diplom, zu machen.

Focko Busboom steckte den Kopf aus dem offenen Fenster, als sie laut pfeifend einen weiteren Bahnübergang passierten und ließ sich den Wind um die Nase wehen. In einer Minute würden sie am Inselbahnhof eintreffen, wo ihn sicherlich seine Frau Gesche und seine drei Kinder erwarten würden. Zur Feier des Tages wollte Gesche die ganze Familie für heute Mittag in ein Restaurant einladen. Eines, das man nicht alle Tage besuchte, da es zur gehobenen Kategorie gehörte, was die Preise, aber auch die Köstlichkeit des Essens anging.

Am Bahnhof herrschte großer Andrang, als der Zug langsam einrollte. Einer der Bahnangestellten sorgte mit lauter Stimme dafür, dass kein Fußgänger am Bahnübergang unter die Räder kam. Bahnschranken gab es hier nicht. Busboom schaute aus dem Lokfenster, eine weiße Wasserdampfwolke hüllte ihn für Sekunden ein. Er hielt Ausschau nach seiner Familie, konnte sie aber nirgends entdecken. Stattdessen sah er den örtlichen Kollegen Bernhard Kutschbauer, in voller Polizeiuniform, der ihm zuwinkte. Sein Gesichtsausdruck verhieß nichts Gutes, er wirkte so amtlich.

Wie immer strahlte Kutschbauer wie ein jungenhafter Held, blitzende braune Augen, eingerahmt von dichten schwarzen Wimpern, ein umwerfendes Lächeln, mit einer winzigen Lücke zwischen den beiden vordersten Zähnen, das Ganze unter einer pechschwarzen Lockenpracht.

Eine Zeusstatue kam einem bei seinem Anblick spontan in den Sinn. Breitschultrig und athletisch gebaut. Das Grübchenkinn war das i-Tüpfelchen in seinem Gesicht. Ein Typ, auf den die Frauen reihenweise flogen.

Busboom brachte die Lok zum Stehen, natürlich beaufsichtigt von einem erfahrenen Fachmann, der in Wirklichkeit die Hauptarbeit leistete. Begeistert schüttelte er dem Bahnangestellten die Hand und dankte ihm für die angenehmen und aufregenden Stunden auf der Dampflok. Er stieg aus dem stählernen Ungetüm und schaute sich suchend um.

„Moin, Herr Busboom", kam Kutschbauer ihm entgegen, als dieser sich mit etwas Wehmut von der schönen Lok trennte.

„Tut mir Leid, dass ich Ihren Urlaubsspaß verderben muss", dabei deutete er zum nostalgischen Zug hinüber.

„Haben Sie meine Familie gesehen?" Busboom hatte seit zwei Tagen Ferien und wollte auf keinen Fall mit polizeilichen Angelegenheiten konfrontiert werden.

„Die kommen nicht."

„Wie, die kommen nicht?"

„Ich habe Ihrer Familie bereits Bescheid gegeben, sie erwartet Sie erst heute Abend zurück", sagte Kutschbauer. Zu seiner Entschuldigung machte er wenigstens ein betretenes Gesicht.

„Aber, wir wollten feiern!", protestierte Busboom.

„Ihre Frau sagte, das könnten sie genauso gut heute Abend nachholen."

„Und meine Urkunde?"

„Die hat Ihre Frau bereits abgeholt. Im Vertrauen, sie kauft gerade einen schönen Rahmen dafür."

Busboom seufzte. „Aber ich habe Urlaub", erwähnte er noch einmal, obgleich er ahnte, dass dem jetzt nicht mehr so war.

„Jetzt nicht mehr, tut mir Leid."

„Meine Frau dreht mir den Hals um", versuchte Busboom die Angelegenheit abzuwimmeln, ehe ihn seine Neugier einholte. „Was gibt es denn am frühen Morgen schon so Wichtiges, was kein anderer erledigen könnte?"

„Ein Toter am Strand."

„Drinkeldode?"

Neben Drinkeldodenkarkhoff eines der Wörter, die Busboom im Borkumer Originalton einwandfrei aussprechen konnte. Auf Hochdeutsch: Ertrunkener und Ertrunkenenfriedhof.

Kutschbauer schüttelte den Kopf.

An der Pier am Borkumer Fährhafen standen zwei uniformierte Beamte mit ihrem grün-weißen Streifenwagen, um Teddy Schell und Ariana Peters abzuholen. Schell bemerkte Arianas enttäuschtes Gesicht. Bestimmt, weil Kollege Bernhard Kutschbauer nicht bei dem Empfangskomitee dabei war. Ihr letzter gemeinsamer Kriminalfall auf dieser Insel lag noch nicht allzu lange Zeit zurück. Zwischen Ariana Peters und dem Inselpolizisten Bernhard Kutschbauer schien sich damals, so weit er es persönlich beurteilen konnte, eine Liebesbeziehung anzubahnen. Gut, musste er innerlich zugeben, die beiden waren wie Hund und Katze gewesen. Trotzdem war Teddy der festen Überzeugung, Ariana würde eines Tages den deutlichen Annäherungsversuchen seines Kollegen erlegen sein.

Nach Schells Meinung gäben die beiden ein schönes Paar ab, optisch betrachtet. Ansonsten blieb zu erwarten, dass in dieser Beziehung öfter mal die Fetzen fliegen würden.

Jetzt, wo er genauer darüber nachdachte, fiel ihm auf, dass Ariana seit ihrem letzten Fall auf Borkum nicht ein einziges Mal den Kollegen Kutschbauer erwähnt hatte. Na ja, warum sollte sie auch mit ihm über ihre Liebesbeziehungen sprechen. Erst ihr errötendes Gesicht heute Morgen hatte ihn wieder an Bernhard Kutschbauer denken lassen.

Es juckte ihn, sie gleich danach zu fragen. Ach was, sei nicht so neugierig, das geht dich gar nichts an, dachte er.

Auf dem Weg zum Fundort der Leiche berichtete Bernhard Kutschbauer dem Auricher Kriminalhauptkommissar und frischgebackenem Ehrendampflokführer über den Stand der Dinge.

„Vor gut zwei Stunden hat ein Feriengast aus einem Appartementhaus am Strand gemeldet, eine Leiche läge am Strand. Der diensthabende Kollege ist sofort mit dem Fahrrad die zweihundert Meter dorthin geradelt. Über Funk bestätigte er den Fund und forderte Verstärkung an. Die ersten Zuschauer standen bereits herum. Kurz darauf wurde Ihre Dienststelle informiert. Ihre Kollegen sind bereits unterwegs."

„Und woher wussten Sie, wo ich zu finden war?", fragte Focko Busboom.

Kutschbauer grinste. „Ein guter Inselpolizist sieht und hört alles."

Busboom lachte kurz auf. „Nun sagen Sie schon."

„Gestern habe ich Sie zweimal auf der Lok gesehen. Ich habe Ihnen zugewinkt, aber Sie waren so beschäftigt, Sie haben mich gar nicht bemerkt!" Busboom nickte zufrieden in Erinnerung an seine Zugerlebnisse. Stimmt, ihn hatte ganz und gar nichts ablenken können.

„Als die Mitteilung über den Leichenfund bei uns einging, habe ich Sie sofort gesucht“, erklärte Kutschbauer.

Sie brauchten zu Fuß keine drei Minuten, bis sie oben an der Strandpromenade ankamen. Bereits als sie die gepflasterte Rampe heruntergingen, konnten sie von weitem die unten am Wasser entstandene Menschentraube sehen. Sie stand dicht zusammengedrängt in einem Halbkreis. Hatten die Leute bei diesem herrlichen Sommerwetter und dieser wunderbaren Meeresbrandung nichts anderes zu tun als zu gaffen?, fragte sich Busboom. Flankiert vom uniformierten Kutschbauer stapfte er durch den weichen Zuckersand auf die Menschenmenge zu, Schaulustige, die den Kopf reckten und sich vorbeugten, um besser sehen zu können. Zwei junge Polizisten und ein älterer Herr mit weißer Schirmmütze und roter Knollennase, ein hilfreicher Strandzeltvermieter, konnten nur mit Mühe die ungeduldige Menge in Schach halten. Höflich aufgefordert, traten die Leute beiseite und bildeten eine kleine Gasse um Kutschbauer und Busboom durchzulassen. Gleich hinter ihnen schloss sich der Menschenring sofort wieder.

Im Sand sahen sie den Leichnam eines Mannes mittleren Alters auf dem Rücken liegen. Das Gesicht war mit Schnittwunden übersät, die noch offenen Augen starrten durch den grünen Seetang ins Sonnenlicht. Daneben stand ein weiterer Polizist und ein Mann kniete neben der Leiche. Er erhob sich und griff nach seiner schwarzen Tasche. Damit erübrigte sich jede Frage, wer er war. Busboom reichte ihm zur Begrüßung die Hand und sagte: „Kripo Aurich. Nun Herr Doktor, was können Sie mir sagen?“

Während sie sich mit Handschlag begrüßten, schaute der Arzt kopfschüttelnd auf die Leiche: „Ich bin kein Pathologe, aber das große Loch im Kopf spricht Bände. Man kann mit den Fingern ertasten, dass der Schädel beschädigt ist. Ich würde davon auszugehen, dass er an einem Schädelbruch gestorben ist. Näheres können Ihnen sicherlich Ihre Fachleute der Pathologie sagen."

Busboom warf einen Blick auf die nahe Buhne.

„Könnte er von der Buhne gestürzt sein?"

„Schwer zu sagen."

„Wie lange ist er schon tot?"

„Ein oder zwei Stunden, vielleicht auch länger."

„Sagen Sie mir ...", weiter kam Busboom nicht.

„Entschuldigung, ich muss leider gehen. Meine Praxis ist jetzt sicherlich schon voll, ich werde von den Lebenden gebraucht." Mit diesen Worten und einem knappen, aber freundlichen Gruß verschwand der Arzt in der Menschenmenge.

„Wie war Ihr Name, bitte?", fragte Busboom den Polizisten, der neben ihm stand. Dieser hatte sich ihm vorgestellt, als Busboom aufmerksam das Umfeld des Toten betrachtete. Dadurch hatte er den Namen nicht richtig verstanden.

„Janssen", stellte er sich noch einmal vor und sie schüttelten sich die Hände. „Er wurde hier angetrieben. Ein Kurgast aus diesem Appartementhaus hat uns angerufen." Er wies mit ausgestrecktem Arm auf das entsprechende Gebäude. Automatisch schaute auch die umstehende Menschenmenge in die angegebene Richtung.

Busboom nickte. Das wusste er bereits von Kutschbauer. „Bitte, schicken Sie die Leute nach Hause und sehen Sie zu, dass die Leiche abtransportiert wird", lautete Busbooms knappe Anweisung. Hier war nichts weiter abzusichern, geschweige denn, Spuren zu ermitteln. Es war deutlich zu erkennen, dass der Tote aus dem Meer an den Strand gespült worden war. Der Tote konnte somit abtransportiert werden.

Wie aufs Stichwort erschien oben auf der Promenade der schwarze Leichenwagen.

Busboom betrachtete noch einmal das Gesicht der Leiche. Ein gutaussehender Mann, soweit man das noch erkennen konnte, mit blondem, welligem Haar. Körper wohl geformt, braun gebrannt und durchtrainiert. Irgendwie kam er ihm bekannt vor. Da die Haut an den Fingerspitzen nicht verschrumpelt war, konnte er davon ausgehen, dass der Mann nicht lange im Wasser gelegen hatte. Busboom beugte sich vor und schaute ein wenig genauer hin. Irgendetwas war ungewöhnlich an den Händen. Er starrte sie eine Zeit lang an, konnte aber nicht feststellen, was ihn an diesen Händen störte.

„Haben Sie eine Ahnung, wer er sein könnte?“, fragte Busboom den Polizeibeamten, der gerade den beiden Männern mit dem schweren Zinksarg half den Deckel abzunehmen.

„Ich glaube, es ist ...“, ehe er weiter sprechen konnte, hob Busboom die Hand.

„Gut, sagen Sie es mir später. Hier sind zu viele Menschen, die mithören.“ Mit einem abschließenden Rundumblick versicherte sich Busboom noch einmal, dass im weichen Sand, ständig von den Wellen überspült, auch wirklich keinerlei Spuren zu sichern waren.

Kutschbauer war in der Zwischenzeit nicht untätig gewesen. Er hatte seine Kollegen angewiesen, die am Strand gelegenen Hotels aufzusuchen. Welch ein Glück, dass Hochsaison war, denn im Sommer war die Borkumer Polizeistation personell wesentlich stärker besetzt als in den Wintermonaten. „Befragen Sie bitte alle Leute, die ein Zimmer oder eine Ferienwohnung mit Blick aufs Meer haben. Sie wissen schon, das Übliche, ob sie etwas gesehen oder gehört haben, oder ihnen etwas Ungewöhnliches in den letzten paar Stunden aufgefallen ist und so weiter." Eine undankbare Aufgabe, er wusste es.

Ebenso war ihm klar, es würde Reibereien mit der Verwaltung und dem Gemeinderat der Insel geben. Mord war auf gar keinen Fall gut fürs Touristikgeschäft. Deshalb fügte er seinen Anweisungen hinzu: „Und bitte umsichtig vorgehen."

Doch diesen Kommentar hätte er sich verkneifen können. Die Saisonpolizisten hatten große Erfahrung im Umgang mit Touristen.

Der herbeigeeilte Reporter der Borkumer Zeitung machte gerade einige Aufnahmen für sein Blättchen, als der Hauptkommissar ihn entdeckte.

„So nehmen sie doch um Gottes willen das schreckliche Tier von der Leiche", maßregelte Busboom den Leichenbestatter und deutete auf die Qualle, die bereits auszutrocknen begann. „Wenn solche Fotos in der Zeitung erscheinen, traut sich ja kein Mensch mehr ins Meer schwimmen zu gehen." Das wäre schade, fügte er in Gedanken hinzu. Er selbst wäre am liebsten sofort zur Abkühlung in die blauen Fluten gesprungen. Aber das musste bis zum Feierabend warten. Er warf einen Blick in die Runde. Das herrlich blaue Meer im Rücken, den weißen Zuckersand unter den Schuhen, gerne hätte er sich diese ausgezogen und wäre barfuß gelaufen. Er schaute zur Strandpromenade hinauf. Die Menschmenge verflüchtigte sich. Die bunten Strandzelte füllten sich langsam mit Badegästen, die sich entkleideten, die Badelaken ausbreiteten und in die Fluten sprangen. Die ersten Kinder planschten im Wasser, ganz in der Nähe und bald auch dort, wo vor wenigen Minuten noch die Leiche lag. Busboom seufzte und stapfte durch den Sand zurück. Mit einem Blick auf das Appartementhaus, das er nicht ausstehen konnte, wusste er, dass es viel Laufarbeit bedeuten würde, in diesen Wohnungen alle Touristen zu befragen.

Kutschbauer wartete auf ihn. „Was ist mit dem Tatort“, wollte er wissen.

Busboom zuckte resigniert mit den Schultern. „Was soll sein, wir werden dort überhaupt nichts finden. Im Wasser und im Sand werden keine Spuren sein.“

Gemeinsam gingen sie die Bismarckstraße, die Flaniermeile der Insel, mit Geschäften, Eisdielen und Restaurants, in Richtung Polizeirevier hinunter. Auf der Straße herrschte rege Geschäftigkeit. Stühle und Tische wurden herausgerückt, Speisekarten drapiert und Verkaufsständer vor die Geschäfte geschoben. Busboom schritt durch eine Pfütze, die durch das Putzen einer großen Fensterscheibenfront entstanden war und noch nicht von den heißen Sonnenstrahlen aufgesogen werden konnte. Familien mit lecker gefüllten Eiswaffeln in der Hand kamen ihnen entgegen. Wenn man im Urlaub ist, kann man zu jeder Tages- und Nachtzeit essen, dachte Busboom. Er streifte seine Sommerjacke ab. Es würde ein schöner, heißer Tag werden.

3.

Wenig später kamen Busboom und Kutschbauer im neuen Polizeirevier der Insel an. Ein kleiner nostalgischer Anflug ließ Focko Busboom daran denken, dass ihm das alte Polizeigebäude besser gefallen hatte. Es war ein kleines altes Insulanerhaus gewesen und hatte einen schönen Blick auf den Inselbahnhof gehabt. Zugegeben, es war verstaubt, muffig und schon lange nicht mehr zeitgemäß, weshalb es abgerissen wurde. An seiner Stelle war ein kleiner Inselpark entstanden, in dem ältere Einheimische, meist Männer, regelmäßig beim Boule anzutreffen waren.

Hier, in dem neuen Gebäude kannte er sich bereits durch seinen letzten Fall aus. Die schon beim letzten Mal genutzten Räumlichkeiten wurden ihm sogleich wieder zur Verfügung gestellt, bis auf die Schlafunterkunft, die brauchte er diesmal nicht. Er wohnte mit seiner Familie in einer großen gemütlichen Ferienwohnung. Für einen Moment hatte er das Gefühl, als wäre er erst gestern hier auf diesem Revier gewesen. Es roch immer noch nach frischer Farbe und neuer Tapete. Doch der Raum war nicht mehr ganz so spärlich eingerichtet wie beim letzten Mal. Neben einem leeren Schreibtisch gab es einen Bürostuhl, ein Telefon und einen kleinen runden Tisch mit zwei Besuchersesseln. Die Fenster hatten jetzt Gardinen. Ein paar hübsche Bilder, es schienen Originale von einem einheimischen Künstler zu sein, hingen an den Wänden. Ebenso ein Inselplan und eine leere Pinnwand. Er hatte somit ein eigenes Büro. Auch gab es in diesem Haus private Unterkünfte, sodass sich die auswärtigen Kollegen nicht um Hotelzimmer kümmern mussten. Das wäre um diese Jahreszeit auch äußerst schwierig gewesen, wie gesagt, es war Hochsaison. Busboom musste lächeln, als er an die Schlafräume in diesem Hause dachte. Der Gedanke an seinen letzten Fall, bei dem Ariana und der örtliche Kollege Kutschbauer sich kennen lernten, beziehungsweise aufeinander prallten, amüsierte ihn noch heute. Sie, eine kleine Emanze, er, ein Macho, wie er im Buche stand. Das konnte nicht gut gehen. Wie erwartet hatten beide sich ständig in den Haaren. Busboom hätte sich gewundert, wenn er gewusst hätte, dass die beiden Streithähne sich doch noch näher gekommen waren. Allerdings war es bei dieser Zusammenkunft bei einem ersten, atemberaubenden Kuss geblieben. Dies war dem Umstand zu verdanken, dass

Bernhard und Ariana genau in diesem Augenblick gestört wurden, ehe sie sich noch näher kommen konnten.

Durch berufliche Einspannung und die räumliche Trennung war es bis heute zu keiner weiteren Begegnung gekommen. Ein paar Telefongespräche hatten sie miteinander geführt, doch dabei war es geblieben. Durchs Telefonnetz lässt sich eben schwerlich eine Liebesbeziehung aufbauen, die knisternde Nähe fehlt.

Doch von alldem wusste Busboom nichts.

Onno Janssen, der Mann, der sich Busboom am Strand vorgestellt hatte, neuer Chef der Borkumer Polizei, klopfte an Busbooms Bürotür.

„Ich habe veranlasst, dass Ihnen ein wenig Büromaterial, ein Faxgerät und was Sie sonst noch so brauchen, zur Verfügung gestellt wird. Der Tote ist übrigens Jakob Elderts, verheiratet, wohnhaft in der Seestraße 13“, kam er gleich zur Sache.

„Hat seine Frau ihn bereits identifiziert?“, wunderte sich Busboom nur für wenige Augenblicke, bis ihm wieder einfiel, dass der junge Kollege am Strand ihm ja schon den Namen nennen wollte. Außerdem war einige Zeit seit dem Fund der Leiche vergangen. Da war es nicht verwunderlich, wenn in einem kleinen Ort wie diesem der Name des Opfers bereits schnell bekannt war.

„Ich habe mir sagen lassen, Sie wissen, wie das hier ist“, lächelte Janssen, als habe er Busbooms Gedanken gelesen. „Ich selbst bin erst seit ein paar Wochen hier auf der Insel. Na, jedenfalls, Jakob Elderts ist den Kollegen auf dem Revier und den Mitarbeitern des Bestattungsunternehmens persönlich bekannt. Hier kennt doch jeder jeden. Auch wenn man bei dem verunstalteten Gesicht etwas genauer hinschauen musste.“

Busboom nickte. „Ist seine Witwe bereits informiert worden?“, wollte er wissen.

„Nein.“ Janssen druckste etwas rum. „Wir hatten eigentlich gehofft, Sie würden ...“

„Das kann ich mir denken, unangenehme Nachrichten überbringt keiner gerne“, platzte Busboom heraus. Beide schwiegen eine Zeit bis Janssen nervös meinte: „Sie sollten sich beeilen.“

„Sicher.“ Busboom verstand, was er meinte und erhob sich aus seinem Sessel.

„Wir sollten als Erste bei der Witwe sein, bevor es ihr ein anderer sagt. Wie heißt es doch so schön? Auf Borkum ist das Wort schneller als der Mann!“ Schon war er halb aus der Tür raus. Janssen zuckte mit den Schultern und folgte ihm.

„Ach, wo ist Kollege Kutschbauer?“, erkundigte sich Busboom.

„Auf dem Festland. Lehrgang. Weiterbildung“, entgegnete Janssen knapp.

„Nein, kann nicht. Er war doch gerade noch hier.“

Janssen schaute auf seine Armbanduhr. „Aber jetzt müsste er bereits auf der Fähre sitzen.“

Focko Busboom kannte die Straßen Borkums wie seine Westentasche. Er brauchte nicht erst zu fragen, wo die Seestraße zu finden war.

Er verließ gerade das Polizeigebäude in der Strandstraße, als ihm seine liebsten Mitarbeiter, Ariana Peters und Teddy Schell, entgegen kamen. Beide trugen leichtes Reisegepäck bei sich.

„Das klappt ja wunderbar“, waren Busbooms Begrüßungsworte. „Ihr kommt genau zum richtigen Zeitpunkt.“

Ariana lächelte ihren Vorgesetzten zur Begrüßung an und Schell sagte: „Moin Chef. Schade, dass so etwas gerade in Ihrem Urlaub passieren muss."

Busboom nickte nur. „Teddy, nimm bitte Arianas Tasche mit ins Büro und lass dir vom Kollegen Janssen alles berichten. Ariana, Sie kommen gleich mit mir."

Für einen Moment flog ein Hauch der Enttäuschung über das Gesicht der jungen Kripobeamtin. Schnell fing sie sich wieder und strich mit einer fahrigen Geste die kastanienroten Haare, die wie Kaskaden auf ihre Schultern fielen, hinter die Ohren.

Im Sonnenlicht sah sie aus wie ein Fotomodell. Sie war einen Meter und zweiundsiebzig Zentimeter groß, mit schönem Gesicht, aus dem wie zwei gemalte Bilder ihre wasserblauen Augen blickten. Sie war fünfunddreißig Jahre alt, sah aber jünger aus. Ihre Fähigkeit, kriminalistische Fälle aufgrund weiblicher Intuition anzugehen, war in Kollegenkreisen ebenso verspottet wie geachtet. Die vergangenen Jahre, die sie bei der Polizei in Aurich verbracht hatte, waren für sie und ihr Team erfolgreich gewesen. Doch Ariana hatte auch ihre Schwächen, Inkonsequenz war eine von ihnen. Böse Zungen behaupteten, sie sei eine Emanze. Sie selbst würde eher sagen, darauf bedacht zu sein, mit den männlichen Kollegen gleichgestellt zu werden. Wie auch immer, Busboom hatte keinerlei Schwierigkeiten damit. Bei einigen Kollegen jedoch war dieser Punkt ein ständiges Ärgernis, das in der Luft hing.

„Ariana!", rief Busboom. Sie hatte Mühe Busboom zu folgen, der mit ausladenden Schritten vorausging. „Nun kommen Sie schon", winkte er sie heran. „Ich sage Ihnen schnell, was wir bereits über den Fall haben."

Während Busboom berichtete, gingen sie die Straße hinauf, bogen links auf den Georg-Schütte-Platz ab, kamen am

Bahnhof vorbei, machten wieder einen leichten Bogen nach links und erreichten so die Seestraße. Hier gab es nur drei Häuser. Warum das erste die Nummer dreizehn trug, wird wohl immer ein Geheimnis der Stadtväter bleiben. Dieses Haus war ein typisches Insulanerhaus, wie es den allgemeinen Vorstellungen entsprach. Aus roten Backsteinen erbaut, mit weit vorragendem Reetdach und weißen, hölzernen Sprossenfenstern. Jedoch war es für ein Einfamilienhaus überdimensional groß. Ein Blick auf das diskret über der Haustür angebrachte Schild verriet Ariana: „Hotel Elderts."

Sie folgte Busboom durch den Vorgarten zum Haus. Ihr gefiel die gekonnte Mischung zwischen wilden Heckenrosen, wenigen kleinen Dünen und einer gepflegten Rasenfläche mit üppigen Blumenrabatten, in denen es bunt blühte und duftete. Sie betraten die Eingangshalle des Hotels. Ariana blieb an der Tür stehen und schaute sich um. „Wow", hauchte sie. „Luxus pur!" Sie hatte schon viele schöne Hoteleingänge gesehen, dieser hier war jedoch bezaubernd.

In der Hotellobby waren die Möbel in den Farben weiß und friesenblau gehalten, farbig abgestimmt dazu waren Tapete und Boden. Die kostbaren Teppiche dämpften den Schall ihrer Schritte. Als „Empfang" diente ein wunderschöner kleiner Tresen, mit alten Delfter Fliesen gekachelt, auf dem ein altmodisch wirkendes Telefon, eine kleine Schiffsglocke und ein üppiges Blumengesteck standen. Dahinter hing, farbig passend in maritimem Stil, ein Schlüsselbord.

Fünfzehn Zimmer registrierte Ariana sofort. Niemand war zu sehen.

Busboom kannte das Haus. Zielstrebig ging er am Empfang vorbei in den hinteren Bereich der Lobby und klopfte an eine Tür auf der „Privat" stand. Ariana folgte ihm.

Busboom hatte noch nicht die Hand herunter, da wurde die Tür von innen geöffnet. Eine ältere Frau drückte sich wortlos an ihnen vorbei. Dabei hatte sie eine unterwürfige Haltung. Sie wippte mit dem Oberkörper leicht hin und her, als würde sie sich vor ihnen leicht verbeugen. Ariana schätzte sie auf etwa siebzig Jahre. Für einen Moment huschten die durch dicke Brillengläser vergrößerten Augen zwischen den beiden Polizeibeamten hin und her. Dann verschwand die Frau wortlos.

Busboom spürte den Blick, den Ariana ihm zuwarf. Sie fragte sich in diesem Moment genau wie er, ob ihnen einer zuvorgekommen war und der Witwe die schmerzliche Nachricht bereits überbracht hatte.

Die beiden standen einen Moment zögernd vor der geöffneten Tür. In dem angrenzenden kleinen Vorflur der Privatwohnung war niemand zu sehen. Sie traten ein.

„Frau Elderts?“, rief Ariana laut.

„Ich bin hier!“, erklang eine Stimme, die keine Anzeichen von Trauer verriet. „Im Wohnzimmer!“

Sie gingen der Stimme nach und betraten das Wohnzimmer, dessen Tür offen stand. Arianas erster Blick fiel auf den Boden, den herrliche Perserteppiche bedeckten. Der Raum war sehr hell. Große breite Terrassenfenster ließen das Sonnenlicht herein. Eine traumhafte Sitzlandschaft beherrschte das Zimmer.

Busboom hörte, wie Ariana diesmal unterdrückt „Wow“, vor sich hin murmelte, während sie sich interessiert umsah. Alles hier zeugte vom erlesenen und teuren Geschmack des Wohnungsinhabers.

Eine schlanke, südländisch wirkende Frau erhob sich aus der Sitzlandschaft, legte einen Aktenordner beiseite und kam ihnen mit fragendem Blick entgegen.

„Ja bitte, kann ich Ihnen helfen?“ Ihre dunkelbraunen Augen wanderten von Ariana zu Busboom.

Busboom wusste aus der kurzen Zusammenfassung vom Kollegen Janssen, dass Frau Elderts siebenundvierzig Jahre alt war. Sie hätte aber auch als Mittdreißigerin durchgehen können.

In ihrem Alter, so mutmaßte man auf der Insel, war glatte Haut entweder ein seltener genetischer Glückfall oder die Meisterleistung eines Schönheitschirurgen. Das Letztere nahmen die meisten an, ergab diese These doch so viel mehr Gesprächsstoff.

„Kommissar Busboom“, stellte er sich vor, ging auf sie zu und reichte ihr zur Begrüßung die Hand. Mit einer Andeutung des Kopfes auf Ariana hin fügte er hinzu: „Meine Mitarbeiterin, Frau Peters“ und zeigte seinen Dienstausweis.

Frau Elderts hob fragend die Augenbrauen, machte aber keine Anstalten, sich zu bewegen. Sie wartete stattdessen auf weitere Erklärungen.

Durch und durch Geschäftsfrau, schoss es Busboom durch den Kopf.

„Dürfen wir uns setzen?“, fragte er. Ein hoffnungsloser Versuch, die unangenehme Nachricht, von der Frau Elderts sicherlich noch nichts gehört hatte, ein wenig hinauszuzögern.

Wortlos wies Greta Elderts in Richtung Sitzlandschaft. Dabei zog sie ein weißes Spitzentaschentuch unter einem der Kissen hervor, das sie in der Hand zusammenknüllte. Plötzlich wirkte sie nervös. Ein Phänomen, auf das die Kripobeamten jeden Tag trafen. Selbst Menschen, die nichts, aber auch gar nichts, zu verbergen hatten, zeigten sich in Gegenwart der Kriminalpolizei nervös und unangenehm berührt. Das war nichts Neues.

Ariana wunderte sich, dass es noch Menschen gab, die keine Papiertaschentücher verwendeten. Stofftaschentücher, zudem mit Spitzenbesatz, hatte sie das letzte Mal bei ihrer Kommunion zu Gesicht bekommen. Ein Geschenk irgendeiner entfernt mit ihr verwandten Tante.

„Es hat einen Todesfall gegeben", begann Busboom vorsichtig. Er hasste diesen Moment. Frau Elderts schien nicht weiter beunruhigt. Sie schaute ihn erwartungsvoll an.

„Es tut mir Leid, Ihr Mann ..."

Ehe Busboom seinen Satz vollenden konnte, erstarrte Frau Elderts in ihrem Sessel, drückte das Taschentuch in ihrer Hand noch fester zusammen, als würde es ihr Halt geben. Dann schluckte sie heftig. „Nein", sagte sie tonlos, was nicht zu ihrer Körpersprache passte. „Das ist nicht möglich", fügte sie, fast wie einstudiert, hinzu.

„Leider doch", meinte Busboom ernst. „Die Kollegen vom Revier haben ihn identifiziert."

„Das kann nur ein Irrtum sein." Ihre Finger kneteten das Taschentuch, zupften eine Ecke heraus und strichen die Spitze glatt. Plötzlich bekam sie Farbe im Gesicht. Sie lief dunkelrot an, erhob sich mühsam aus ihrem Sessel und torkelte durch den Wohnraum. Die rote Farbe wich aus ihrem Gesicht, genau so schnell, wie sie gekommen war. Mit glasigen Augen sah sie sich suchend im Zimmer um, hob Halt suchend die Arme und torkelte weiter. Dabei stieß sie gegen eine Bodenvase, die über eine kleine Seidenbrücke rollte, aber nicht zerbrach. Dann stürzte Frau Elderts zu Boden, noch bevor Busboom oder Ariana aufspringen und sie auffangen konnte.

Ariana beugte sich als Erste über Greta Elderts, prüfte ihren Puls und befahl ihrem Chef: „Ein Kissen!", das er ihr wortlos reichte. Sie schob es Greta Elderts unter den Kopf.

Als sie in deren Nacken griff, fühlte sich die Haut kalt und schweißnass an.

Busboom wollte gerade nach seinem Handy greifen, um einen Krankenwagen zu rufen, als Gretas Augenlider zu flackern begannen. Sie stieß ruckartig den Atem aus und schlug die Augen auf. Verwundert blickte sie in den Raum, um sich dann von den Kriminalbeamten auf die Beine helfen zu lassen.

„Ist alles in Ordnung?“, erkundigte sich Busboom besorgt. „Sie sollten sich hinlegen.“

„Kann ich Ihnen etwas bringen? Ein Glas Wasser vielleicht?“ Ariana wünschte sich, sie hätte im Erste-Hilfe-Lehrgang besser aufgepasst, dann wüsste sie jetzt, was bei einem offensichtlichen Schock zu machen wäre. „Oder soll ich einen Arzt rufen?“

Greta schüttelte den Kopf. Ihre Augen glitzerten feucht.

„Sollen wir jemanden aus dem Haus rufen?“, bemühte sich Ariana.

„Die Mädchen ...“, Greta Elderts vollendete den Satz nicht. Sie blickte Busboom an und erklärte mit erstaunlich fester Stimme: „Es tut mir Leid, dass ich mich so benehme. Verzeihen Sie bitte.“

„Sie brauchen sich nicht zu entschuldigen“, versuchte Busboom sie zu beruhigen und fragte sich, warum sich Frau Elderts in dieser Situation um ihr Auftreten Sorgen machen konnte.

Greta Elderts bückte sich nach ihrem Taschentuch, das sie verloren hatte, und strich sich mit der anderen Hand ihre Haare glatt. „Wenn es Ihnen nichts ausmacht“, sagte sie in einem Tonfall, der keinen Widerspruch zuließ, „ich würde jetzt gerne allein sein.“

Zurück in der Hotelhalle, blieben die beiden Kripobeamten einen Moment schweigend beieinander stehen. Focko Busboom fand als Erster die Sprache wieder.

„Sie bleiben im Hotel, eine der Angestellten soll sich um die Witwe kümmern. Sie können auch gleich mit den ersten Befragungen beginnen."

Ariana nickte.

„Ich gehe zurück ins Büro", sagte Busboom und verschwand durch die Hoteltür.

Ariana ging auf die Rezeption zu, ergriff die Schiffsglocke und bimmelte. Ein lauter, aber angenehmer Klang lockte ein junges Mädchen herbei. Sie lächelte breit und sagte höflich: „Einen wunderschönen guten Morgen! Womit kann ich dienen?"

Ariana zeigte ihren Dienstausweis. „Frau Elderts geht es nicht gut, kann sich jemand um sie kümmern?" Das Lächeln auf dem Gesicht des jungen Mädchens verflog. „Oh, ich hole schnell Frau Elmau."

Sekunden später erschien die alte Dame von eben. Ariana teilte ihr in knappen Worten mit, was geschehen war. Das Gesicht der Alten blieb unverändert. Dann holte sie tief Luft durch die Nase, ließ Ariana Peters, ohne ein Wort zu erwidern, einfach stehen und verschwand geschwind in Richtung der Privaträume.

4.

Kaum war Focko Busboom im Büro angekommen, wurde ihm ein Zettel in die Hand gedrückt. Er enthielt die Namen zweier Personen, die angerufen hatten und um Rückruf baten. Wie erwartet handelte es sich um seinen Vorgesetzten Walter Wiegand aus Aurich und den Bürgermeister der Insel Borkum.

Ersteren würde er anrufen, den Bürgermeister nicht, dem war er nicht dienstverpflichtet. Der würde sich wieder melden, wenn es wichtig war. Busboom konnte sich denken, dass es nichts mit dem Fall direkt zu tun haben würde. Kommunalpolitiker machen sich stets Sorgen um das Image ihrer Gemeinde, bei Touristeninseln natürlich im Besonderen. Ein Toter am Strand, ob Unfall oder gar Mord, war nicht gut fürs Geschäft. Das aber war nicht Busbooms Problem.

Sein Gefühl sagte ihm, er hatte es hier mit einem Mord zu tun. Dass Jakob Elderts von allein von der Buhne ins Wasser gefallen war oder womöglich Selbstmord begangen haben könnte, schloss er sofort aus. Warum, konnte er nicht erklären, war sich jedoch sicher, er würde Recht behalten. Widerstrebend griff er zum Telefon und rief seinen Vorgesetzten Wiegand an.

„Busboom!", schrie dieser nach dem ersten Klingelzeichen erregt ins Telefon. „Was machen Sie denn? Ich habe Ihren sofortigen Rückruf erwartet!" Focko verdrehte die Augen. Glaubte Wiegand, er könnte zaubern und den Fall innerhalb eines halben Vormittages lösen?

„Was haben Sie ermittelt?"

„Mord", antwortete Busboom in trockenem Ton, sich bewusst, damit Wiegand auf die Palme zu bringen.

Die beiden hatten keinen guten Draht zueinander. Busboom war der Meinung, sein Vorgesetzter zeige zu wenig Rückgrat. Ihr Verhältnis zueinander war äußerst gespannt.

„Das weiß ich", bluffte Walter Wiegand.

Na, da sind wir ja mal einer Meinung, dachte Busboom. Er fragte nicht woher er das wusste. Wiegand sagte oft unüberlegt Dinge.

„Ich will wissen, was Sie herausgefunden haben."

Busboom seufzte in den Telefonhörer. „Wir haben die Witwe aufgesucht, ihr anständig kondoliert und die ersten Ermittlungen eingeleitet."

„Und? Wie hat sie reagiert? Könnte sie etwas damit zu tun haben?"

„Schwer zu sagen, sie ist förmlich zusammengebrochen."

„Sie haben ihr doch wohl nicht in allen Einzelheiten die Todesumstände erläutert!", schnaubte Wiegand aufgebracht in den Hörer. Er traute seinen Untergebenen alles zu.

Busboom schüttelte den Kopf, nicht wegen der unverschämten Feststellung, so etwas war er von Wiegand gewöhnt, sondern weil er genau wusste, dass sein Vorgesetzter, wenn es um die Überbringung schlechter Nachrichten ging, sich selbst erfolgreich zu drücken verstand.

Busboom schwieg trotzig.

„Fühlen Sie ihr trotzdem auf den Zahn. Und Busboom ..."

Nun kommt er endlich zum eigentlichen Anlass dieses Gespräches, dachte Busboom.

„... der Bürgermeister hat mich angerufen. Sie verstehen das vielleicht nicht", kam es herablassend aus dem Hörer „aber Borkum ist ein Kurort. Eine Insel, die vom Tourismus lebt, kann sich einen Mord nicht erlauben."

Das kann sich keiner, dachte Busboom, sagte aber nichts.

„Wir müssen alles in unserer Macht Stehende versuchen", – mit wir meinte er Busboom und Ariana –, „um das Verbrechen so schnell wie möglich aufzuklären."

Wiegand erteilte noch weitere gute Ratschläge. Busboom hörte nur mit halbem Ohr hin. Ihm gingen bereits andere Dinge durch den Kopf.

„... wir haben Verpflichtungen, ... ganz dem Fall widmen, ... zwei weitere Leute zur Verfügung. Sind Sie noch da? Ja? Also, Busboom, ich verlass mich auf Sie."

Zwei weitere Leute und das sofort? Der Bürgermeister musste Wiegand ordentlich Dampf unter dem Hintern gemacht haben. Freiwillig und ohne zwingende Gründe schickte Wiegand keine zusätzlichen Kräfte in den Einsatz. Busboom lächelte. Er war dem Bürgermeister zu Dank verpflichtet. Auf dem Revier und in der Gemeinde herrschte Mittagspause. Ein Relikt aus den Gründertagen des Inseltourismus und bis in die heutige Zeit auf der Insel heilig. Ruhestörender Lärm wurde zum Wohle des Tourismus, so gut es eben ging, vermieden. Zwischen dreizehn und fünfzehn Uhr standen alle Räder still. Laut Gemeindeverordnung durfte niemand in dieser Zeit irgendwelchen Krach verursachen. Die Handwerker arbeiteten nicht oder nur leise. Autos fuhren nicht und spielende oder lärmende Kinder sollten tunlichst im Haus bleiben, wollte man sich nicht den Unmut der Nachbarn zuziehen. Der einzige Ort, wo zu dieser Zeit das Leben tobte, war der Badestrand. Hier galten diese Bestimmungen nicht.

Ariana saß an einem kleinen Tisch im Aufenthaltsraum der Polizeistation, den Oberkörper etwas vorgebeugt und biss genussvoll in ihren zweiten Hamburger.

„Und?", fragte Focko Busboom mit einem skeptischen Blick auf ihr Essen.

„Herrlich", murmelte sie fast unverständlich mit vollem Mund und wischte sich mit einer Papierserviette die Soße ab. „Die besten Hamburger, die ich je gegessen habe. Von einem Grill in der Fußgängerzone, gleich hier um die Ecke." Sie wies mit dem Kopf die ungefähre Richtung. „Sie sollten sich auch welche holen", empfahl sie kauend.

„Nein, danke." Busboom hatte wohl Hunger, wollte sich den aber für heute Abend aufsparen. Schließlich war er jetzt Ehrendampflokführer. Er hatte sich zur Feier des Tages fest vorgenommen mit seiner Familie zur Reede rauszufahren, um im Hafenrestaurant die besten Seezungen zu essen, die weit und breit an Ostfrieslands Küsten zu finden waren. Er freute sich schon darauf.

Als Ariana ihre Mahlzeit beendet hatte, verstaute sie die Pappreste im Papierkorb, rückte näher an den Tisch heran und zog ihr Notizbuch aus ihrer Umhängetasche.

Sie leckte die Finger und begann zu blättern. Als sie die entsprechende Stelle gefunden hatte, las sie: „Jakob Elderts hatte einen Partner. Georg Borland. Die Firma heißt *Elderts und Borland*. Bootsbauer! Es ist eine kleine Werft mit drei weiteren Mitarbeitern. Sie bauen Segeljachten bis zu zwanzig Metern Länge. Wie mir ein junges Mädchen im Hotel erzählte, hatten sich die beiden Partner seit einiger Zeit in den Haaren. Sie sagte, Elderts soll den Borland irgendwie betrogen haben. Aber was da genau lief, wusste sie leider nicht."

Busboom schaute aus dem Fenster. Gerne würde er sich jetzt seine Badehose schnappen und in das Nordseewasser springen. Dieser Sommer war wirklich heiß. „Das werden wir schon herausfinden", erklärte er stattdessen optimistisch. „Übrigens bekommen wir heute Nachmittag Verstärkung vom Festland."

Ariana schaute ihn fragend an.

Busboom lächelte versonnen. „Wiegand scheint ordentlich Dampf vom hiesigen Bürgermeister bekommen zu haben. Er schickt uns freiwillig zwei zusätzliche Männer." Er grinste breit bei der Erinnerung an das Telefongespräch. Er musste zugeben, es gab Zeiten, da konnte er seinen Vorgesetzten einigermaßen gut leiden. Auch wenn Wiegand immer hervorhob, er verkehre in den sogenannten gehobenen Kreisen Ostfrieslands. Er beweihräucherte sich eben gern selbst. Wiegand versuchte den Lebensspagat, es allen Leuten recht zu machen. Eine Schwäche, die Busboom nur schwer nachvollziehen konnte. Ihm persönlich waren Leute wichtiger, die über Rückgrat verfügten und etwas von ihrem Handwerk verstanden. Egal, ob es sich hier um Ärzte, Regierungsräte, Handwerker, Hilfsarbeiter oder kleine Angestellte handelte.

„Da schicken wir gleich einen hiesigen Kollegen in die Nachbarschaft der Werft", riss er sich selbst aus seinen Gedanken heraus. „Er soll das Übliche erfragen. Sie wissen schon, wann das Opfer zuletzt gesehen wurde, irgendwelche ungewöhnlichen Vorkommnisse und so weiter."

Sie erhoben sich beide gleichzeitig von ihren Plätzen.

„Und wir beide schauen uns mal die Werft an!", meinte er und hielt Ariana die Bürotür auf. „Ach, was ich noch fragen wollte", meinte Busboom so ganz nebenbei, „was macht eigentlich Kollege Kutschbauer?" Das war gemein, er wusste schließlich genau, wo er war. Es reizte ihn, Arianas Reaktion zu beobachten. Er wurde nicht enttäuscht. Prompt lief ihre kleine Narbe rot an. Das einzig sichere Zeichen, das ihm ihre Stimmung verriet. Sonst verstand sie es vortrefflich, Busboom keine Gemütsverfassung zu zeigen.

„Auf einem Lehrgang. Er bildet sich weiter."

Sie wusste Bescheid. Also habe ich recht, dachte Focko. Die beiden haben was miteinander.

Ariana hatte von Kutschbauers Lehrgang erst am Morgen im Hotel erfahren. So ganz nebenbei, als sie sich mit einigen der Angestellten unterhalten hatte. Das verschwieg sie jedoch ihrem Vorgesetzten.

Busboom war sich sicher, in den kommenden Tage mehr über die beiden zu erfahren und wechselte das Thema.

Kurze Zeit später trafen sie auf dem Werftgelände ein. Dieses war zu Fuß in wenigen Minuten zu erreichen. Es lag sehr zentral, idyllisch zwischen Dünen und Strand, kurz hinter dem Hotel Elderts, in der Nähe des Kinderspielhauses, dem Gezeitenland und dem Kurpark.

Unter einer Werft hatte Ariana sich etwas anderes, Größeres vorgestellt. Die kleine Halle, deren Ausmaße höchstens fünfzig mal fünfundzwanzig Meter betrugen, schien ihr zum Schiffsbau viel zu klein. Auch sah sie kein Hafenbecken oder große Kräne. An der Stirnseite der Halle befand sich ein riesiges Tor. Das Gelände war sehr gepflegt, es lag kaum Arbeitsmaterial zwischen den wilden Rosen.

Sie betraten die Werfthalle durch eine kleine Seitentür. Durch das gleißende Sonnenlicht draußen geblendet, brauchten sie einige Sekunden um ihre Augen an das Dunkel der Halle zu gewöhnen.

Mittelpunkt war ein halb fertiges Segelboot von mittlerer Größe. Ariana zuckte zusammen, als die Laufkatze an der Decke der Halle mit großem Getöse ein schweres Holzteil über das Schiff hinweg beförderte. In diesem Moment wurden die beiden Polizeibeamten von den Handwerkern bemerkt. Einer von ihnen kam sofort auf sie zu und dirigierte sie mit ausgebreiteten Armen aus dem Aktionskreis des schwebenden Holzes, das mittels einer Kette an der Laufkatze hing und bedenklich hin und her schwankte. Mit einem warnenden Blick nach oben meinte der blonde Handwerker im Blaumann: „Bitte gehen Sie etwas zur Seite. Vorsichtshalber! Man kann nie wissen, ob das da oben auch hält.“ Sein Lächeln strafte seine Worte Lügen. „Kann ich Ihnen behilflich sein?“

„Wir möchten Herrn Borland sprechen“, sagte Busboom.

„Das bin ich.“ Der junge Mann wies freundlich mit der Hand in die Ecke der Halle, wo ein kleines Büro, abgetrennt vom Hallenraum, zu sehen war.

„Da entlang bitte, dort ist es nicht so laut.“

Busboom und Ariana waren erstaunt über das jugendliche Alter des Geschäftspartners von Jakob Elderts. Beide hatten sich eine ältere Person vorgestellt. Dieser junge, große und schlanke Mann, der mit riesigen Schritten vor ihnen herging, hätte eher zum typischen Bild eines Rettungsschwimmers gepasst. Seine braun gebrannte Haut, die leuchtend blauen Augen und die pfiffige Frisur wiesen ihn als ausgesprochenen Frauentyp aus. Von allgemeinen Vorstellungen eines seriösen Jachtbauers und Werftbesitzers war er weit entfernt.

Wie sie später erfuhren, war Borland erst dreiundzwanzig Jahre alt. Seit drei Jahren führten er und Jakob Elderts gemeinsam die Firma *Elderts und Borland*. Obwohl er damals erst zwanzig Jahre alt war und gerade seine Gesellenprüfung sowie eine vorgezogene Meisterprüfung bestanden hatte, nahm Elderts ihn als Partner in die Firma. Wohl deswegen, weil damals das hartnäckige Gerücht aufkam, Borland würde sich nach bestandener Prüfung selbstständig machen. Partner oder Konkurrent, Jakob Elderts hatte die Wahl. So schluckte er die kleinere Kröte, wie man so schön sagt und nahm den jungen Borland als Partner ins Geschäft. Georg Borland ein Konkurrenzunternehmen aufbauen zu lassen, hätte für ihn den Untergang seiner Firma bedeutet. Borland als Mitbewerber, bestechend durch seine hervorragenden handwerklichen Arbeiten, da war es absehbar, die Kunden in kürzester Zeit zu verlieren.

„Kriminalpolizei“, stellte Busboom sich vor, als sich die Bürotür hinter ihnen schloss.

Georg Borland nickte. Er hatte sie erwartet.

„Sie wissen bereits, dass Ihr Partner tot ist?“

Borland nickte abermals und bot ihnen mit einer Handbewegung Sitzplätze an.

„Darf ich fragen, wie Sie es erfahren haben?“, fragte Ariana und schlug ihr Notizbuch auf.

„Von meiner Mutter“, antwortete Borland, strich sich über die mit Gel hochgestylten Haare, die wirkten, als wolle er gleich eine Disco aufsuchen. Er fügte unaufgefordert hinzu: „Sie hat den Leichenwagen gesehen und als sie dann Blumen kaufte, hat sie erfahren, wer gestorben ist.“ Er machte sich keine Gedanken darüber, ob den Beamten bekannt war, dass das Bestattungsunternehmen auch gleichzeitig eine Gärtnerei und einen Blumenladen betrieb. Ariana schaute etwas irritiert, denn sie wusste es nicht, doch als sie sah, wie Busboom nickte, hakte sie nicht weiter nach. Er würde es ihr zu gegebener Zeit schon erklären.

„Darf ich erfahren, wann sie Herrn Elderts das letzte Mal gesehen haben?“

„Das war gestern Abend. Wir haben pünktlich Feierabend gemacht.“

„Wann war das?“

„So gegen 18 Uhr.“ Beide Antworten kamen wie aus der Pistole geschossen.

„Erschien es Ihnen nicht notwendig, die Firma heute zu schließen?“

Fragend hob Borland die Augenbrauen und blickte überrascht von einem zum anderen.

„Es ist kein Geheimnis, Herr Kommissar! Jakob Elderts und ich sind nicht gerade bestens miteinander ausgekommen. Außerdem sind wir mit unserer Segeljacht zeitlich im Verzug. Wir können uns unmöglich den Ausfall von einem Tag leisten.“

„Wie äußerte sich das? Ich meine, dass Sie nicht gerade bestens miteinander ausgekommen sind?“, wollte Busboom wissen, während sich Ariana Notizen machte.

„Wir hatten Meinungsverschiedenheiten in der Ausführung der Schiffsarbeiten.“

„Inwiefern?“

„Ich bin etwas pingelig. Alles was ich an Arbeiten abliefere ist von ausgesprochener Qualität. Die Kunden zahlen schließlich dafür“, sagte Borland ohne jede Spur von Arroganz. „Es kam vor, das Elderts anordnete, diese oder jene kleine Sache einzusparen. Man könne ruhig etwas schludern, der Kunde würde es ja sowieso nicht merken.“

Es entstand eine kurze Pause. Georg Borland machte keine Anzeichen weitere Erklärungen abzugeben.

„Und, war das alles?“, fragte Ariana. Skepsis war deutlich herauszuhören.

„Nein.“ Dieses Nein kam gedehnt, langsam und sehr zögerlich.

Beide Beamten blickten ihn erstaunt an.

Borland machte keinen Hehl daraus, dass es ihm unangenehm war, diese Frage zu beantworten. „Bei dem letzten Kunden gab es einige finanzielle Unstimmigkeiten. Das ist schon fast ein Jahr her. Wissen Sie, Elderts war für den kaufmännischen Teil in unserer Firma zuständig.“ Er machte eine Pause und überlegte, was er den Beamten anvertrauen konnte. Dann zuckte er mit den Achseln, sodass Ariana das Gefühl hatte, er hätte soeben für sich beschlossen, alles zu sagen. Die Polizei würde es ja doch herausbekommen. „Elderts hat versäumt, rechtzeitig für die halb fertige Segeljacht Abschlagszahlungen zu fordern. So gerieten wir für längere Zeit in Zahlungsschwierigkeiten, konnten unsere Zulieferer und Mitarbeiter nicht bezahlen ...“ Borlands Mimik verriet, dass er nicht weiter ins Detail gehen wollte. Ariana kam für einen kurzen Moment der Gedanke, dass dieser Mann ein schlechter Geschäftsmann sein musste, da man ihm seine Gedanken vom Gesicht ablesen konnte.

Abrupt wechselte Busboom das Thema. Das tat er gerne bei Gesprächen mit Tatverdächtigen. Ariana versuchte sich ihre Verwunderung nicht anmerken zu lassen, denn von einem Verdächtigen konnten sie ja noch nicht ausgehen. Sie waren immer noch in der Phase der lockeren Ermittlungen, schließlich war noch nicht eindeutig klar, ob von einem Mord ausgegangen oder ein Unfall rekonstruiert werden musste. Schließlich lag noch kein offizieller Befund vom Pathologen vor.

Busboom wollte wissen, wo Borland die vergangene Nacht verbracht hatte. Warum Busboom das tat, wusste er selbst nicht zu sagen. Routine, Intuition? Er handelte sich den skeptischen Blick seiner Kollegin ein.

Die Antwort Borlands jedoch kam prompt. „Achtzehn Uhr fünfzehn war ich zu Hause und habe mit meiner Mutter Abendbrot gegessen. Ich war bis zwanzig Uhr auf meinem Zimmer, dann kam meine Freundin Anna mich abholen. Meine Mutter wird Ihnen das bestätigen. Anna und ich sind gegen einundzwanzig Uhr auf ein Bierchen in die *Künstlerklause*, gegangen. Dort haben wir uns mit anderen getroffen und sind schließlich gegen dreiundzwanzig Uhr in ein Lokal am Strand. Dort blieben wir bis etwa ein Uhr und sind dann nach Hause. Meine Mutter und Anna werden Ihnen bestätigen können, dass ich die Zeit bis zum Frühstück in meinem Bett verbracht habe“, dabei grinste er lausbubenhaft.

Ariana und Busboom schauten ihn verdutzt an. Solch ein klar und lückenlos vorgetragenes Alibi klang vorbereitet. Das sagte Busboom auch. Der braun gebrannte Jüngling lächelte weiter bubenhaft. „So bin ich nun mal. Da können Sie alle fragen.“ Er schob seinen Stuhl ein wenig zurück, griff in die Schreibtischschublade, entnahm ihr eine Packung Zigaretten und steckte sich in aller Seelenruhe eine an, nicht ohne vorher den beiden eine angeboten zu haben. „Ich könnte Ihnen auch haargenau sagen, was ich vorgestern, letzten Mittwoch oder beispielsweise vergangenen Sonntag um siebzehn Uhr gemacht habe.“ Busboom nickte, ging aber nicht weiter darauf ein. Er würde sich bei den hiesigen Kollegen erkundigen, ob Borland wirklich solch ein phänomenales Gedächtnis hatte.

„Sie wohnen bei Ihrer Mutter?“, fragte er stattdessen und: „Wer waren die anderen gestern Abend?“

Borland nannte Namen und Adressen, die Ariana sich notierte.

„Wie hieß das Lokal?“, wollte sie wissen.

Er nannte den Namen. „Ein Lokal direkt am Strand. Würde Ihnen sicherlich gefallen.“

„Kann das auch jemand bezeugen?“

„Was, dass es Ihrer Kollegin gefallen wird?“ Ehe Busboom reagieren konnte, entschuldigte sich Borland. „War nur ein kleiner Scherz.“ Dann nannte er weitere Namen und Anschriften. Alles wie aus der Pistole geschossen.

„Kann auch jemand bezeugen, dass es genau ein Uhr war, als Sie nach Hause kamen? Ich meine, außer Ihrer Mutter und Ihrer Freundin?“, wollte Ariana wissen. Eine Spur von Sarkasmus konnte sie nicht in ihrer Stimme verbergen.

Borland hatte auch hierfür sofort eine Antwort parat.

„Und wann waren Sie heute Morgen in der Werft?“

„Sechs Uhr dreißig“, kam die prompte Lüge.

5.

Zurück auf dem Polizeirevier konnten sie erfreut feststellen, dass die zwei angekündigten Kollegen vom Festland eingetroffen waren und sich sogleich an die Arbeit gemacht hatten. Joachim Akkerbaum und Ernst Hölzner, beides langjährige Mitarbeiter bei der Kriminalpolizei. Den beiden brauchte man nicht zu sagen, was zu tun war.

Sie saßen in Busbooms Büro und tauschten mit Teddy Schell ihre ersten Erkenntnisse aus. Der Chef der Borkumer Polizei, Onno Janssen, sowie zwei weitere Kollegen wurden zu dieser kleinen Runde hinzugebeten.

Jeder hatte seine Notizen vor sich. So verlief ihre erste Infostunde in gewohnter Routine. Noch standen sie am Anfang eines Falles, bei dem nicht einmal entschieden war, ob es sich um einen Unfall, einen Selbstmord oder einen Mord handelte. Um sich einen Überblick zu verschaffen, wurden alle zurzeit bekannten Tatsachen vorgetragen. Sie beschlossen einstimmig, die Angelegenheit vorerst wie einen Mord zu behandeln. So waren sie auf alle Eventualitäten vorbereitet.

Busboom eröffnete die Diskussion, indem er die Augenbrauen anhob und dabei Ernst Hölzner anblickte. Dieser zupfte an seinem kleinen Bärtchen, das er an den Enden aufzwirbelte.

Hölzner, sehr intelligent, aber mit einem nichtssagenden Gesicht, warf einen schnellen Blick auf seine Notizen, hustete kurz und trocken, ehe er begann. „Ich habe gleich zu Anfang mein Augenmerk auf den Bruder des Toten gerichtet. Onno“, mit einem Kopfnicken zum Kollegen Janssen, „machte schon kurz nach unserer Ankunft eine Andeutung in diese Richtung. Meine Erkundigungen über die Familie hat Folgendes ergeben.“ Er holte tief Luft und lehnte sich zurück. Jetzt hätte er gerne eine Zigarette geraucht. Der

Geruch der frischen Tapete gefiel ihm nicht. „Die Mutter der Brüder Jakob und Hinrich Elderts ist vor ein paar Wochen gestorben. Wie so oft gibt es Streitigkeiten um die Erbschaft. Hinrich Elderts, der ältere der beiden Brüder, hat vor etwa zwölf bis fünfzehn Jahren ein Einfamilienhaus mit Einliegerwohnung gebaut. Er baute das Haus auf einem Grundstück, welches auf den Namen der Mutter im Grundbuch eingetragen war." Hölzner seufzte, als habe dieses tragische Schicksal, von dem er gleich weiter berichten wollte, ihn selbst getroffen. „Um finanzielle Zuschüsse vom Land oder sonst woher zu bekommen, so etwas gab es damals noch, liefen das neue Haus und die Kredite alle auf den Namen der Mutter. Diese lebte bis zu ihrem Tode in der Einliegerwohnung bei ihrem Sohn Hinrich. Aber das nur nebenbei. Jedenfalls, nach dem Tod der Mutter verlangte der Bruder, also Jakob, die Hälfte des Hauses, da dieses auf mütterlichen Namen lief und beide Söhne ihre Erben waren. Das führte natürlich zu Streitigkeiten, da das Haus in Wirklichkeit von Hinrich Elderts gebaut und finanziert wurde. Die Mutter hatte ja nur den Namen hergegeben, wegen der Zuschüsse damals."

Ariana nickte heftig und meinte ungeduldig „Ja, das haben wir kapiert." Hölzner wiederholte sich gerne.

„Die beiden Brüder haben sich jeder einen Anwalt genommen und streiten sich jetzt um das Erbe. Wie ich erfahren konnte, ist es für Hinrich schwer, schriftlich zu beweisen, dass das komplette Geld von ihm kam und nicht von der Mutter. Die hatte, soweit mir bekannt, nur eine kleine Rente, war also gar nicht in der Lage, diesen Hausbau selbst zu finanzieren." Triumphierend sah Hölzner in die Runde. „Na, wenn das kein Motiv ist, seinem Bruder den Tod zu wünschen! Ich jedenfalls kann mir seine Wut gut vorstellen, wenn man bedenkt, dass er womöglich vom selbstfinanzierten Eigenheim die Hälfte des Wertes noch einmal an seinen Bruder abdrücken muss, nur weil alle Papiere auf den falschen Namen lauteten!"

„Haben Sie die Grundbuchangaben überprüft?", fragte Busboom, ohne auf die Spekulation einzugehen.

„Telefonisch vom Amtsgericht bestätigt", nickte Hölzner.

Für einige Momente war es still im Büro, bis Karl-Heinz Schell, Spitzname Teddy, merkte, dass die anderen ihn anblickten und auf seinen Bericht warteten. Teddy Schell verschränkte seine gewaltigen Oberarme und stützte sie auf die Stuhllehne. Es war seine Gewohnheit, verkehrt herum auf den Stühlen zu sitzen. Er lächelte verschmitzt. „Auch ich habe einen mutmaßlichen Mörder", sagte er geheimnisvoll.

„Nun mal langsam, Teddy", meinte Busboom, „bisher haben wir noch gar keinen Beweis, ob es sich überhaupt um einen Mord handelt. Es könnte auch ein Unfall gewesen sein."

Wie aufs Stichwort wurde an die Tür geklopft und ein Blatt Papier hereingereicht. Busboom nahm es entgegen und warf einen kurzen Blick darauf. „Das ging aber schnell", meinte er anerkennend und las laut vor: „Vorläufiges Ergebnis! Tod durch Ertrinken. Wasser in der Lunge." Stille! Nach der Art, wie Busboom den kurzen Text vorgelesen hatte, war allen klar: Das konnte nicht alles sein, was die Pathologie ermittelt hatte.

„Wieso sind die so schnell?", fragte Ariana. „Der Tote kann doch erst seit wenigen Stunden bei denen auf dem Tisch liegen!"

Busboom griff zum Telefonhörer und wählte.

„Kriminalhauptkommissar Busboom, verbinden Sie mich bitte mit Doktor Schubert, Pathologie." Busbooms Worte klangen scharf und die Nennung seines Titels ließ darauf schließen, dass Ärger bevorstand.

„Stumpf", meldete sich eine Busboom unbekannte junge Stimme.

„Kriminalhauptkommissar Busboom. Ist Doktor Schubert zu sprechen?"

„Doktor Schubert ist nicht da."

„Nicht da?! Wann erwarten Sie ihn zurück?"

„Nicht vor nächster Woche. Er ist verreist."

„Es geht um den Befund von Jakob Elderts. Können Sie mir da weiterhelfen?"

„Jakob Elderts?"

„Ja, er ist vor kurzer Zeit bei Ihnen eingeliefert worden." Eigentlich müsste er noch handwarm auf eurem Obduktionstisch liegen, hätte Busboom am liebsten hinzugefügt.

„Ach, ja", meinte die junge Stimme gedehnt, als müsste der Pathologe erst überlegen, um welchen Toten es sich handelte.

„Mir wäre sehr geholfen, wenn Sie mir etwas mehr über die Todesursache sagen können. Ihr kurzer Bericht ist ja wohl ein Witz!" Busboom versuchte erst gar nicht, den tadelnden Unterton zu unterdrücken.

„Nun", räusperte sich die Stimme am anderen Ende, „wie ich feststellen konnte, ist er ertrunken. Ich vermute Selbstmord."

Hatte nicht der Arzt am Strand gesagt, der Tote habe ein Loch im Kopf, also einen Schädelbruch?

Ehe Busboom etwas sagen konnte, erklärte Stumpf am anderen Ende des Telefons: „Ich habe den Brustkorb geöffnet. Unverkennbar! Alle typischen Merkmale des Ertrinkens waren in seiner Lunge zu finden."

„Selbstmord? Sind Sie sicher?"

„Selbstverständlich!" Die Stimme hörte sich beleidigt an.

„Was ist mit dem Schädel?"

„Welchem Schädel?"

„Des Toten, Sie ...“, – Idiot – hätte er gerne hinzugefügt, beherrschte sich aber. „... Sie müssen doch gemerkt haben, dass der Schädel von Jakob Elderts beschädigt ist.“

„Ha.“ Der knappe Laut klang, als habe Busboom ihm etwas Urkomisches gesagt. Es entstand eine kurze Pause. Busboom hörte, wie Stumpf wortlos den Hörer beiseite legte. Seine Wut steigerte sich.Papier raschelte. Dann kam ein Schnauben durch den Hörer.

„Nun“, meinte Stumpf gedehnt, „das Problem klären wir noch.“

Darauf kannst du Gift nehmen, dachte der Kommissar. „Könnte es sein, dass der Tote von einer Buhne gefallen ist, sich dabei den Schädel zertrümmert hat und daraufhin ertrunken ist? Oder umgekehrt? Erst ertrunken und dann der Schädelbruch?“ Busbooms Stimme triefte von Sarkasmus.

„Hm, wie gesagt, das Problem klären wir noch. Betrachten Sie unseren Befund als vorläufig“, meinte Stumpf ausweichend. Der selbstsichere Ton war verschwunden. „Ich habe jetzt zu tun, Herr Hauptkommissar“, sagte er rasch und hängte ohne weitere Erklärung ein.

Busboom brauchte einige Zeit, um den Inhalt des Gespräches zu verdauen und seinen Zorn zu zügeln. Er merkte, wie ihn die anderen gespannt ansahen und räusperte sich. „Der Pathologe geht von Selbstmord aus.“

„Ertrunken?“ Seine Kollegen schauten ungläubig.

„Jedenfalls“, erklärte Busboom mit Nachdruck, „ehe ich keinen anständigen Bericht über die tatsächliche Todesursache vorliegen habe, ermitteln wir weiter wie in einem Mordfall.“

„Ich habe auch einen mutmaßlichen Mörder“, begann Teddy Schell nochmals mit seinem Bericht, bei dem er eben unterbrochen worden war. Er rutschte unruhig auf seinem

Stuhl hin und her und grinste spitzbübisch über sein rundes Gesicht. Dann lachte er kurz laut auf, um die gedrückte Stimmung etwas zu heben. Dabei wippte sein dicker Bierbauch auf und ab. „Ich brauchte nicht einmal das Revier zu verlassen. Der Kollege Bäcker, kennt ihr ihn schon? Er wusste um die Geschichte. Georg Borland und Jakob Elderts hatten vor einiger Zeit große finanzielle Probleme.“

„Das wissen wir schon.“, bemerkte Ariana. Teddy schaute sie einen Moment enttäuscht an.

„Auch, dass die beiden eine Lebensversicherung auf Gegenseitigkeit abgeschlossen haben? Ha, ich sehe, nicht! Beim Tode des Partners erhält der andere die stolze Summe von, und nun haltet euch alle fest, einer Million Euro.“

Ernst Hölzner stieß einen anerkennenden Pfiff aus.

„Hast du das überprüft?“

„Klar Chef. Habe ein bisschen herumtelefoniert und die Versicherung ausfindig gemacht. Die haben mir natürlich die Unterlagen nicht so ohne weiteres zufaxen wollen. Die erforderlichen Vollmachten habe ich bereits in Aurich angefordert. Ich denke, die Versicherungspapiere sind spätestens morgen Nachmittag hier. Na, jedenfalls, der Versicherungsvertreter hat meine Vermutung nicht abgestritten und das mit der Million ist ihm so herausgeflutscht. Ich denke, wir können davon ausgehen: Die Information stimmt.“ Zufrieden strich sich Schell über seinen runden Bauch. Er lächelte Janssen an, der bisher in dieser Runde noch kein Wort gesagt hatte.

Busboom folgte seinem Blick. Dabei fiel ihm wieder ein, was er Janssen fragen wollte. „Sagen Sie, dieser Georg Borland, der hat uns sofort ein lückenloses Alibi aufgetischt und behauptet, er würde immer und jederzeit wissen, was er wann und wo gemacht hat.“

„Ein wandelndes Lexikon“, amüsierte sich Onno Janssen. „Stimmt. Das können Sie getrost glauben. Der hat so etwas wie ein fotografisches Gedächtnis.“

„Gut.“ Busboom nickte und rutschte unruhig auf seinem Stuhl herum. Gedankenverloren tippte er sich gegen einen Nasenflügel. Er überlegte. „Ariana, was gibt es aus dem Hotel zu berichten?“

„Nicht viel, ich habe nur kurz mit einigen Angestellten sprechen können. Der Hotelbetrieb konnte nicht unterbrochen werden. Aber ...“

„Sie gehen nochmals ins Hotel Elderts und sprechen mit den Angestellten. Versuchen Sie auch die zu erwischen, die Sie bisher nicht sprechen konnten. Legen Sie Ihr Augenmerk auf Suizid, lassen Sie ein klein wenig durchblicken, als würden wir in diese Richtung ermitteln. Aber nicht zu aufdringlich. Sie machen das schon.“ Er verließ sich gerne auf Arianas Fähigkeit, Menschen Geschichten zu entlocken, die diese sonst kaum jemandem erzählen würden. Schon gar nicht der Polizei.

„Wer ist eigentlich die alte Dame im Hotel Elderts?“, wandte sie sich mit ihrer Frage an Janssen.

„Der Hausdrachen!“, antwortete er respektlos.

„Ich meine, die mit dem krummen Rücken und den großen Augen hinter der Brille.“

„Aah. Sie hat vor Ihnen gekatzbuckelt?“ Janssen grinste.

Ariana hätte es vielleicht nicht so hart ausgedrückt, aber es traf den Kern. Sie nickte.

„Dann kann der Hausdrachen Sie nicht leiden.“

„Aber sie kennt mich doch gar nicht!“

„Da würde ich mir nicht so sicher sein.“

Das wollte Ariana nicht auf sich sitzen lassen. Sie nahm sich vor, mit Janssen ausführlicher darüber zu sprechen. Allein.

„Teddy, du befragst die Nachbarn in der Seestraße. Du weißt schon, das Übliche eben. Herr Hölzner, Sie kümmern sich um eventuelle Augenzeugen am Fundort der Leiche. Die hiesigen Kollegen haben sicherlich schon einiges ermittelt und zusammengestellt." Ein Seitenblick auf Janssen sagte Busboom, dass er mit dieser Vermutung richtig lag. Dann schaute er optimistisch in die Runde und erntete ein allgemeines Kopfnicken, ehe sich jeder an die Arbeit machte.

„Ach, Ariana, bevor Sie ins Hotel gehen, sehen wir uns gemeinsam das Ehepaar Hinrich Elderts an. Wie heißt die Ehefrau?"

„Anje", antwortete Janssen wie aus der Pistole geschossen. Dafür, dass er erst kurz auf der Insel lebte, kannte er sich bereits bestens aus.

„Ich liebe diese ostfriesischen Vornamen", meinte Focko Busboom und löste damit endgültig die Besprechung auf.

Ariana folgte dem Kollegen Janssen in den vorderen Raum, der auch dem Publikum zugänglich war, und erkundigte sich noch einmal nach der alten Dame vom Hotel. Es versetzte ihr einen unangenehmen Strich, von jemandem abgelehnt zu werden, den sie nicht kannte, der aber offensichtlich sie zu kennen glaubte.

„Bei der müssen Sie aufpassen ...", warnte Janssen. Er wollte noch mehr sagen, doch in diesem Moment kam Kundschaft zur Tür herein.

6.

„Der Pathologe sagt, wir könnten davon ausgehen, dass es sich um einen Selbstmord handelt", drückte Busboom sich seinem Vorgesetzten gegenüber vorsichtig am Telefon aus.

Für den Bruchteil einer Sekunde kam Busboom der Gedanke, Wiegand auf den in seinen Augen stümperhaften Pathologen anzusetzen, gleichsam als stille Rache sozusagen. Er verwarf den Gedanken aber sofort wieder, für so etwas hatte er keine Zeit und noch nicht die erforderliche Wut, um auch Lust daran zu verspüren.

Wiegand machte ein seufzendes Geräusch am Hörer, einwandfrei ein Erleichterungsausdruck. Mit diesem Resultat war Wiegand äußerst zufrieden. „Begründung?“, fragte er knapp.

„Im vorläufigen Obduktionsbericht steht ...“, und dabei schaute Busboom angewidert auf das Fax, „… dass Elderts ertrunken ist. Der Schädelbruch, den der Arzt am Strand festgestellt hatte, wird wahrscheinlich entstanden sein, als der Tote von den Wellen gegen die Steine der Buhne geschleudert wurde“, interpretierte Busboom vorsichtig. So ganz konnte er es sich doch nicht verkneifen, den vermutlichen Fehler des Pathologen anzudeuten. Doch Wiegand schien nicht zugehört zu haben.

„Selbstmord. Gut!“ Es war erstaunlich, wie viel Erleichterung Wiegand in diese zwei Wörter legen konnte und wie schnell sie Busboom auf die Palme brachten.

„Wissen Sie, was Selbstmord für die Angehörigen bedeutet?“, schnaubte er, empört über die Abgebrühtheit Wiegands. Er bereute es sofort. Hatte er doch selber Schuld, warum musste er sich ständig seinem Vorgesetzten widersetzen.

„Wurde ein Abschiedsbrief gefunden?“, klang Wiegands Stimme hoffnungsvoll, ohne auf Busbooms heftige Reaktion einzugehen.

„Nein“, meinte Busboom ausweichend.

„Das ist doch immer so, Busboom“, belehrte Wiegand. „Die Hinterbliebenen haben nie eine Ahnung von den Suizidgedanken ihrer Angehörigen. Muss ich Ihnen denn alles sagen? Rühren Sie da nicht weiter herum, Busboom. Ein Selbstmord kommt mir gut zupass. Sie glauben gar nicht, wie mich der Bürgermeister die letzten Stunden unter Druck gesetzt hat. Ein Mord wäre für den Tourismus äußerst schädlich." Wiegand hatte bereits im letzten Telefongespräch darauf hingewiesen und Busboom glaubte es unbesehen.

„Na, da können wir ja alle froh sein", meinte er bissig.

„Mein Gott, Busboom, regen Sie sich doch nicht so auf, Sie wissen doch, was ich manchmal für ein Arschloch sein kann ..."

Jetzt war es an Busboom sprachlos zu sein.

„... oder glauben Sie, mir macht das Spaß, immer zwischen den Fronten zu stehen? Ein guter Kriminalbeamter zu sein und gleichzeitig dem Staatsanwalt und den Kommunalpolitikern alles Recht zu machen, ist eine Zauberkunst, die nicht einmal David Copperfield zustande bringen kann", fügte Wiegand zum Erstaunen Busbooms hinzu.

Etwas gnädiger gestimmt machte er sich mit Ariana auf den Weg.

Das Haus der Eheleute Hinrich und Anje Elderts lag im südlichen Teil der Insel, in der Nähe der *Greunen Stee*. Die Greune Stee, auf hochdeutsch „Grüne Stelle", bestand aus einem Birkenwäldchen mit Heide- und Dünenlandschaft. Ein idealer Platz um lange, schöne Spaziergänge zu unternehmen, die unweigerlich am Meer und am Strand endeten. Busboom liebte diese Gegend besonders. In jedem seiner Borkumurlaube stand mindestens eine ausgedehnte Greune-Stee-Wanderung auf dem Programm. Er verriet niemandem, dass er sich hierbei nicht immer an die Wanderwege hielt, sondern gerne querfeldein durch Bäume und Gestrüpp seine Wege suchte.

„Hier in dieser Straße haben wir unsere Ferienwohnung“, er zeigte Ariana das Haus.

„Hübsch. Was sagt eigentlich Ihre Frau dazu, dass Sie im Urlaub arbeiten müssen?“

„Sie nimmt es gelassen, was bleibt ihr auch anderes übrig.“

Ariana nickte. Sie beneidete Busboom um seine Ehe. Er und seine Gesche waren in ihren Augen das ideale Ehepaar. Solch eine Partnerschaft wünschte sie sich. Dieser Gedanke brachte sie zu „ihrem“ Inselpolizisten, dem Kollegen Bernhard Kutschbauer. Warum meldete er sich nicht? Er konnte sich doch denken, dass sie bei einem Mordfall sofort auf die Insel versetzt werden würde. Hatte er sie schon vergessen und war wieder in sein altes Junggesellenverhalten zurückverfallen? Jede Woche eine andere Freundin! Ihr Magen zog sich für einen Moment zusammen. Dabei war es doch noch nicht lange her, seit sich ein leichtes, zartes Band zwischen ihnen gespannt hatte. Für Ariana war Kutschbauer der erotischste und aufregendste Mann, den sie je kennen gelernt hatte. Aufregend schon allein deswegen, weil die beiden sich in einem ständigen Geschlechterkampf befanden. Keiner war bereit über seinen eigenen Schatten zu springen und von seinen Gewohnheiten ein wenig abzulassen. Kutschbauer, ein Macho durch und durch, der eine Liebschaft nach der anderen verzeichnen konnte, prallte ungebremst auf die zauberhafte, stark emanzipierte Ariana. Es prickelte und stichelte zwischen den beiden, und das in jeder Hinsicht.

Im Gegensatz zur vornehmen Eleganz des Hotels seines verstorbenen Bruders wirkte das Haus der Eheleute Hinrich Elderts spießig. Ein typisches Einfamilienhaus, dessen Baustil überall in Ostfriesland zu finden war und der Fantasie keinerlei Spielraum ließ.

Auch der Garten hatte sich dem Stil des Hauses angepasst. Der Rasen kurz geschoren, die Blumenbeete rechteckig wie mit dem Lineal gezogen. Die Blumen waren systematisch angeordnet. Keine romantisch, verspielt wirkenden Eckchen oder dekorativen Blickpunkte. Gediegen halt.

Es war früher Nachmittag und es dauerte einige Minuten, bevor die Haustür auf ihr Klopfen hin geöffnet wurde. Eine Klingel gab es nicht. Der Mann, der vor ihnen stand, hatte die gleichen markanten und schönen Gesichtszüge wie sein verstorbener Bruder.

Alles andere an ihm war das komplette Gegenteil. Er wirkte klein, obwohl er an Busboom Größe von einhundertfünfundachtzig Zentimetern heranreichte. Der Bauchansatz und die fleischigen Schultern ließen ihn dicker erscheinen als er war. Er trug Arbeitskleidung und blickte Ariana und Busboom fragend entgegen.

„Herr Hinrich Elderts?“ Es war eher eine Feststellung als eine Frage.

Der Mann nickte.

„Kriminalpolizei, mein Name ist Focko Busboom, meine Kollegin, Frau Peters.“

Hinrich Elderts öffnete die Tür ganz, trat etwas beiseite und wies mit einladender Geste in den Hausflur.

Kommentarlos ging Elderts im Flur an den beiden vorbei, öffnete eine kunststoffbeschichtete Zimmertür und meinte: „Bitte sehr.“

Ariana und Busboom betraten das Wohnzimmer. Die gegensätzliche Erscheinung der beiden Brüder spiegelte sich auch in der Wohnzimmereinrichtung wider. Krasser kann es nun wirklich nicht mehr sein, dachte Ariana. Hier war alles so, wie es bereits die Hausfassade und der Vorgarten versprachen. Bieder, altdeutsch und ein wenig kitschig.

„Gelsenkirchener Barock“, Arianas Lieblingsbezeichnung für diesen Wohnstil.

Auf dem Sofa saß eine stabil wirkende Frau.

„Meine Frau, Anje. Polizei!“, stellte Hinrich Elderts sie vor.

„Ja“, bestätigte diese, als habe einer der beiden dieses angezweifelt.

„Nehmen Sie bitte Platz.“

„Wir würden gerne mit Ihnen über Ihren Bruder sprechen“, begann Busboom.

Zustimmend nickten die Eheleute im Gleichtakt.

Nachdem Busboom und Ariana ihr Beileid ausgesprochen hatten, kamen sie sofort zum Kern ihres Besuches. Bruder und Schwägerin machten einen sehr gefassten Eindruck, sie zeigten keine Spur von Trauer.

„Es gab Erbstreitigkeiten zwischen Ihnen und Ihrem Bruder“, stellte Busboom fest, als wäre das bereits bewiesen und kein Gerücht, das auf der Insel die Runde machte.

„Das ist richtig“, bestätigte Hinrich Elderts ohne Zögern. Er schaute kurz seiner Frau in die Augen, deren Blick plötzlich Furcht verriet.

„Würden Sie uns die Angelegenheit etwas näher schildern?“ Ariana wie Busboom hatten die Veränderung von Anje Elderts registriert.

Hinrich Elderts erzählte mit gesetzten Worten den Kripobeamten die bereits bekannte Geschichte. Ariana konnte die Kälte und Verbitterung, die aus dem Vortrag herausfloss, fast körperlich spüren. Es fröstelte sie, da half auch kein Blick aus dem Fenster in den strahlenden wolkenlosen Himmel.

Nachdem Hinrich Elderts’ Erzählung geendet hatte, wandte Busboom sich an Anje.

„Haben Sie Ihren Schwager gemocht?“ Bei dieser unerwarteten Frage zuckte Frau Elderts zusammen als habe Busboom sie geschlagen. Sie wurde rot und ehe sie antwortete, warf sie ihrem Mann einen fragenden Blick zu. Dieser nickte ihr leicht zu. Die Erlaubnis war erteilt.

„Er war eitel, arrogant und nutzte jede erdenkliche Möglichkeit aus, andere aufs Kreuz zu legen", zischte sie in einem kurzen Anflug von Hass, riss sich dann zusammen und blickte fast verlegen auf ihre Hände.

„Wie ich aus Ihrer Schilderung entnehme, entschuldigen Sie bitte, wenn ich es so direkt sage, kommt Ihnen der Tod ihres Bruders in finanzieller Hinsicht recht gelegen?", meinte Busboom.

Eins musste man Hinrich Elderts zugute halten, er wirkte wenigstens verlegen, als er kaum sichtbar ein Nicken andeutete. Wieder warfen sich die Eheleute einen bedeutsamen Blick zu.

Da keiner der beiden antwortete, hakte Busboom nach: „Oder etwa nicht?"

„Nein", antwortete der kompakte Mann. Er hatte sich eben entschieden, in der Erbschaftsangelegenheit die volle Wahrheit zu sagen. Er sah keine Veranlassung, der Kriminalpolizei das allgemein bekannte Übel nicht selbst zu erzählen. „Die Erbschaft, also das, was mein Bruder jetzt hinterlässt, geht an meine Schwägerin Greta und deren Kinder. Nicht an uns."

„Also ändert sich für Sie beide nichts, was die Erbauseinandersetzung angeht!", stellte Busboom fest, wobei er Hinrich Elderts starr anblickte.

Ariana sah, wie bei der Erwähnung der Schwägerin Greta sich Anjes Körperhaltung und Augenausdruck leicht veränderten. Eine Entspannung trat ein. Vorher wirkte ihr Blick kühl und abweisend, jetzt glänzten ihre Augen liebevoll und sie lächelte sogar.

„Sie mögen Ihre Schwägerin offensichtlich“?, mischte Ariana sich in das Gespräch.

Anje Elderts blickte sie offen an. „Sie ist die liebenswerteste Frau, die ich kenne.“ Aus dieser Bemerkung war weder Gehässigkeit noch Bosheit herauszuhören. Ariana musste in diesem Moment an die alte Frau im Hotel denken, die katzbuckelnd aus Gretas Wohnung herauskam. Konnte diese Körperhaltung der Alten noch vom Besuch bei Greta herrühren, auch wenn Kollege Janssen vermutete, diese Katzbuckelei galt ihr, der Polizei?

Dieser Gedanke ließ andere folgen, doch die Lösung musste auf später verschoben werden. Hier, bei den Elderts, hing etwas Unausgesprochenes im Raum. Ariana hakte nach, ehe Busboom etwas sagen konnte. „Die liebenswerteste Frau. Ich verstehe. Aber, ...?“ Arianas Augenaufschlag, den sie eigentlich speziell für das männliche Geschlecht reserviert hatte, verfehlte auch bei Anje nicht seine Wirkung.

„Nun ja“, erklärte Anje vertraut, als seien die beiden in diesen Sekunden Freundinnen geworden, „Greta war nie mit der Erbschaftsforderung gegen Hinrich einverstanden. Einmal sagte sie uns, wenn sie zu entscheiden hätte, gäbe es überhaupt keine Streitigkeiten. Dieses Haus hier gehört uns und damit basta. Ja, genau so hat sie es gesagt.“

Ein Mordmotiv, praktisch auf dem Silbertablett serviert! Ariana Peters war sprachlos. Busboom reagierte sofort, da machte sich die jahrelange Erfahrung im Umgang mit Menschen bemerkbar.

„Wird Ihre Schwägerin Greta Ihnen jetzt das Haus ohne weitere Streitigkeiten überlassen?“

„Nun, hundertprozentig sicher sind wir nicht, aber ich denke schon“, vermutete Hinrich Elderts verlegen. Anje jedoch war sich da ganz sicher. Sie nickte heftig.

Wenig später standen sie alle an der Haustür und verabschiedeten sich voneinander.

„Ist Ihnen was aufgefallen?“, wollte Ariana von Busboom wissen, als sie den schnurgeraden Gartenweg zur Straße gingen. „Weder Anje noch Hinrich Elderts haben sich nach den Todesumständen erkundigt.“

Busboom nickte. Für gewöhnlich eine der ersten Fragen, die an sie gerichtet wurden. Er drehte sich auf dem Absatz um und klopfte noch einmal an die Tür. Er wollte die Elderts mit diesem Umstand konfrontieren.

„Interessiert es Sie gar nicht, woran Ihr Bruder gestorben ist?“, fragte er. Anje schoss das Blut in die Wangen und Hinrich wusste nicht, wohin er schauen sollte.

„Natürlich“, stammelte er. „Woran?“ Nervös trat er von einem Fuß auf den anderen.

Wusste ich es doch, lächelte Busboom still in sich hinein. Also ist doch nicht alles ganz koscher bei euch.

„So wie es aussieht, ist er ertrunken. Der Pathologe vermutet Selbstmord.“ Busboom schaute sein Gegenüber scharf an. Hinrich Elderts machte ein überraschtes Gesicht. „Selbstmord“, konnte er nur noch ungläubig flüstern, ehe er seine Frau verständnislos anschaute. Anje war für einen Moment zumute, als müsse sie hysterisch loslachen. Jakob Elderts und Selbstmord? Etwas Haarsträubenderes hatte sie lange nicht mehr gehört. Alles im Leben würde sie glauben, aber das nie und nimmer. Sie brauchte es nicht auszusprechen, man konnte es ihr vom Gesicht ablesen.

Wortlos drehte Anje sich um und floh ins Haus. Ihr Mann drückte sanft aber unmissverständlich die Haustür zu. Ihm war es beim besten Willen in diesem Moment nicht möglich, auch nur noch ein Wort mit den Beamten zu sprechen.

„Er scheint einen Mord erwartet zu haben oder was meinen Sie?“

Ariana schüttelt ihre Haarpracht, die kastanienrot getönt in der Sonne glänzte, und setzt die Sonnenbrille auf. „Anje Elderts wirkt im Gegensatz zu ihrer Schwägerin, die das gleiche Alter hat, ganz schön alt.“ Arianas Themenwechsel überraschten Busboom stets aufs Neue. „Im Gegensatz zu ihr sehe ich mit meinen fünfunddreißig Jahren ja aus wie ein Teenie.“

Busboom lächelte über Arianas Eigenlob. Aber sie hatte Recht. Anje war ein altbackener Typ. Ein pfiffiger Haarschnitt, ein wenig Make-up und andere Kleidung, und schon würde sie gute zehn Jahre jünger aussehen. Aber was tat das zur Sache?

„Sie haben uns ein Mordmotiv präsentiert, ohne mit der Wimper zu zucken“, wechselte Ariana erneut. „Kann man so dumm sein oder meinen Sie, das war Absicht? Nach dem Motto, wenn ich mich sofort zu einem Motiv bekenne, wendet sich die Polizei anderen zu, weil sie denkt, so dumm kann kein Mensch sein, es sei denn, er ist unschuldig.“

Mehr zu sich selbst als zu Busboom murmelte sie auf dem gemeinsamen Weg zurück ins Polizeigebäude, Fakten vor sich hin.

Als sie ankamen, hatte Ariana sich entschieden. „Ich glaube, die beiden sind unschuldig.“

Busboom lächelte und meinte: „Ab ins Hotel Elderts. Wir sehen uns pünktlich um siebzehn Uhr im Büro.“ Das Wort pünktlich konnte er sich ihr gegenüber sparen. Ariana war immer pünktlich. Menschen, die diese Tugend nicht hatten, konnte sie nur schwer ertragen.

7.

Den Siebzehnuhrtermin ließ Busboom sausen. Wenn man es genau nahm, sagte er sich, hatte er ja schließlich Urlaub. Damit beruhigte er ein kurzes Aufblitzen seines schlechten Gewissens Ariana gegenüber. Statt aufs Polizeirevier eilte er schnell in sein Feriendomizil.

Gesche war noch nicht zurück von dem, was immer sie auch heute gemacht hatte. Er duschte fix, zog sich was Frisches über und versuchte dann über Handy seine Familie zu erreichen. Diese hatte nicht damit gerechnet, ihren Vater beziehungsweise Ehemann so frühzeitig wiederzusehen. Gesche war noch mit dem Fahrrad und einer seiner beiden Töchter auf dem Ostland unterwegs, einem Teil der Insel, der gut sechs Kilometer vom Ort entfernt lag. Die beiden wollten in Ruhe ihre Dickmilch auf der Terrasse eines Restaurants essen, bevor sie zurückfuhren. „Sag Papa, ich habe keinen Appetit auf Fisch!", hörte Focko die Stimme seiner jüngsten Tochter Siri durch das Handy. „Muss ich heute Abend mit in dieses Restaurant? Viel lieber hätte ich Pommes mit Majo." Toll, da wollte man mal mit seiner ganzen Familie schön essen gehen, seine Urkunde feiern, und schon traten die ersten Probleme auf. Wahrscheinlich war es klüger und würde der achtjährigen Siri garantiert auch besser gefallen, wenn er ihr eine Pizza bestellen würde und sie vor dem Fernseher parkte.

Seufzend tippte er die Handynummer seiner vierzehnjährigen Tochter Hanni ein. Sie war nicht zu erreichen. Sicherlich saß sie jetzt irgendwo auf dem Rücken eines Pferdes und ließ sich durch die Dünen tragen. Ihr konnte man in den Ferien gleich ein Bett in den Reitstall stellen, es würde sie sicherlich kaum stören. Sein Sohn Arik hatte vorsichtshalber gleich sein Handy auf dem Küchentisch liegen gelassen. Ein untrügliches

Zeichen dafür, dass er noch am Strand war und sich mehr im Wasser als im Sand aufhalten würde. Das war es dann wohl mit der Familienfeier zu Ehren seiner Dampflokurkunde.

Focko griff nach einer leichten Sommerjacke, steckte den Wohnungsschlüssel ein und ging hinter das Haus. Dort nahm er sich eines der Fahrräder, die ihnen die Vermieterin kostenlos zur Verfügung gestellt hatte, und machte sich allein auf den Weg zum Hafen. Ein riesiger Hunger und die Vorfreude auf mehrere frische Seezungen ließen ihn kraftvoll in die Pedale treten.

Am Restaurant angekommen, war kein Tisch frei. Er hatte auch keinen reserviert, obwohl er es hätte besser wissen müssen. So oft war er schon mit seiner Familie hier gewesen, er wusste genau, welch großer Andrang in diesem Lokal herrschte.

Er setzte sich an die Theke. Zur Not konnte er sicherlich auch hier essen, schließlich war er allein.

Der Wirt erkannte ihn sofort und spendierte ein Bier, sicherlich in der Hoffnung, Näheres über die Ermittlungsarbeiten zu erfahren.

„Wissen Sie, so richtig beliebt war er ja nicht", meinte er und wischte mit dem Lappen über die Theke, obwohl keine Flecken zu sehen waren.

Busboom hatte den Eindruck, als wollte der Wirt die Gelegenheit nutzen, um endlich jemandem seinen Unmut über Jakob Elderts mitzuteilen.

„Man soll ja nichts Schlechtes über die Toten sagen ..., ach was, warum eigentlich?" Er nahm einen Schluck aus seinem Bierglas. „Jakob hatte für die meisten Leute nur Spott und Hohn übrig. Konnte sich kaputtlachen, wenn es mal jemandem so richtig schlecht ging. Er hatte seine Freude daran, Leute aufzuziehen und hielt ihnen gnadenlos den Spiegel vor die

Nase. Mit Vorliebe denjenigen, denen es besonders mies ging." Vermutlich hat er diese Erfahrung am eigenen Leibe machen müssen, dachte Busboom. Der Wirt winkte seinen Kellner zu sich. „Nimm schnell die Bestellung des Kommissars entgegen", beauftragte er ihn und zu Busboom gewandt: „Dann müssen Sie nachher am Tisch nicht so lange warten." Als Busboom seinen Essenswunsch geäußert hatte, erzählte der Wirt weiter. „Jakob Elderts verspottete besonders diejenigen, die von Mutter Natur nicht gerade gut ausgestattet waren. Dicke oder meine Serviererin, die mit der langen Nase. Sie wissen schon, was ich meine. Na ja, er konnte es sich ja auch leisten. So wie der aussah." Der Wirt hatte nicht einmal den Anflug eines schlechten Gewissens, so über den Verstorbenen zu sprechen. Im Gegenteil, er schaute Busboom interessiert an, als erwarte er Beifall oder zumindest eine Aufforderung, weitere Informationen preiszugeben. Da Busboom ihm diesen Gefallen nicht tat, ja überhaupt nicht reagierte, zuckte der Wirt unmerklich mit der Schulter, fuhr aber unbeirrt fort: „Und dann gab er immer so an. Nicht direkt plump, nein, so mehr durch die Blume, wenn Sie wissen, was ich meine. Bei Jakob war alles besser, größer, schöner, reicher und so weiter. Er erweckte gerne den Eindruck, dass selbst der Himmel über ihm blauer und die Sonne heller schien als über anderen." Gedankenverloren schwieg er und schaute aus dem Fenster. Plötzlich meinte er ohne Neid oder Hass in der Stimme: „Wenn ich es so richtig bedenke, mochte ihn eigentlich keiner." Armes Schwein, dachten beide.

„Und Sie?", fragte Busboom.

Der kräftige Mann zapfte bedächtig ein Glas Bier, stellte es dem Kellner aufs Tablett und meinte dann, Busbooms Frage ignorierend: „Der Jakob war immer mittenmang, wenn Sie wissen, was ich meine. Keine Feier ohne Meier, wie man so schön sagt. Komischerweise wurde er auch immer eingeladen. Verstehen Sie das? Ich bin ihm möglichst aus dem Weg gegangen. Wenn man mich fragt, kein großer Verlust für diese Welt. Ah, ich sehe gerade, Herr Kommissar, da wird ein kleiner Tisch frei.“

Busboom lächelte still in sich hinein. So konnte man auch einer Frage aus dem Weg gehen.

Am nächsten Morgen erwachte er ausgeruht, aber im ersten Moment nicht wissend, wo er sich befand. Die ersten Sonnenstrahlen des Tages trafen sein Gesicht. Es konnte noch nicht sehr spät sein. Ein Blick auf seine Armbanduhr bestätigte seine Vermutung. Kurz vor sechs Uhr. Das leise, gleichmäßige Atmen neben ihm verhieß, dass seine Frau noch tief und fest schlief. Er schaute aus dem Fenster und seine Augen verfolgten eine Möwe, die ihrerseits von einigen Artgenossen verfolgt wurde. Sie landete auf dem Giebel eines Daches nebenan und versuchte ein großes hellbraunes Etwas gegen ihre Konkurrenz zu verteidigen. Focko identifizierte es als Brötchen. Fasziniert beobachtete er, wie es der Möwe gelang, dieses komplett zu verschlingen. Er glaubte, sogar die Ausbuchtungen an ihrem Hals erkennen zu können. Als sie es heruntergewürgt hatte, tat die große Lachmöwe ihre Leistung laut kund, indem sie kreischend ein Geschrei anhob und dem Dach einen großen weißen Klacks verpasste. Die Vogelverwandtschaft, die nichts abbekommen hatte, flog enttäuscht davon.

„Gefräßiges Volk“, murmelte Focko.

Ein leises verschlafenes „Was ist denn?“, bekam er als Antwort.

„Nichts mein Schatz, schlaf weiter, es ist noch früh.“

Focko lauschte noch ein paar Minuten den gleichmäßigen Atemzügen seiner Frau und schaute dabei ein wenig aus dem Fenster. Doch es ließen sich keine Vögel mehr blicken. Der strahlendblaue Himmel versprach einen weiteren warmen Sommertag, nicht ein Wölkchen war zu sehen. Da er nicht mehr einschlafen konnte, entschied er sich aufzustehen und Brötchen für die Familie zu holen.

Kollegin Ariana Peters war ebenfalls zeitig im Büro. Vor sich ausgebreitet auf dem Schreibtisch die ersten losen Blattsammlungen über Zeugenaussagen und dergleichen. Das Telefon schrillte zu laut. Focko Busboom und Ariana Peters schreckten gleichzeitig zusammen.

„Klein, Pathologie Wilhelmshaven. Kann ich bitte Kriminalhauptkommissar Busboom sprechen?“ Ariana reichte wortlos den Hörer weiter.

Am anderen Ende der Telefonleitung hörte Busboom ein zögerliches Räuspern und im Hintergrund Papiergeraschel.

„Klein, Pathologie Wilhelmshaven“, stellte sich Manfred Klein erneut vor. „Herr Hauptkommissar, ich bitte um Entschuldigung, dass ich mich erst jetzt melde, aber hier im Institut geht alles drunter und drüber. Es geht um den Fall Elderts. Sie baten um Rückruf?!“

„So kann man es auch ausdrücken. Ist Doktor Schubert zu sprechen?“

„Nein.“

„Immer noch nicht aus dem Urlaub zurück?“ Schubert konnte noch nicht aus dem Urlaub zurück sein, schließlich war noch keine Woche vergangen, aber das interessierte Busboom im Moment wenig.

„Nein. Kann ich Ihnen helfen?“

„Der gefaxte pathologische Bericht von gestern ist doch sicherlich nicht Ihr Ernst?“ Busboom wartete.

Es blieb lange still am anderen Ende der Telefonleitung. „Entschuldigung“, murmelte Klein schließlich, räusperte sich und sagte mit fester Stimme: „Darum rufe ich an. Wir hatten ein paar Probleme. Aber ich will Sie nicht damit belästigen.“ Wieder räusperte er sich. „Ich wollte Ihnen mitteilen, dass Jakob Elderts an einer Arsenkumulation gestorben ist.“ Die Worte spuckte Klein förmlich aus, als wäre es eine Qual, so etwas zu behaupten.

Busboom schnappte nach Luft und war für einen Moment sprachlos. Alles, aber das hatte er nicht erwartet. Gestern noch war der arme Kerl ertrunken und von einem Schädelbruch keine Rede gewesen und nun kam Klein mit einer Arsenkumulation? Bevor Busboom seinen Unmut herausposaunen konnte, fuhr Klein hastig fort: „Ich schicke Ihnen den Bericht so schnell wie möglich. Ich hoffe, ich schaffe es heute noch, ihn fertig zu diktieren und ins Schreibbüro zu geben. Er geht dann gleich per Fax an Sie.“ Klein sprach wie ein Lehrling im ersten Lehrjahr, der seine Information so schnell wie möglich los werden wollte. Busboom hatte keine Chance sich gegen das eben Gehörte aufzulehnen und um nähere Erläuterungen zu bitten, er hörte nur noch, „auf Wiederhören“ und die Leitung war tot.

Busboom schnaufte und brauchte einige Zeit, um die Nachricht zu verdauen. Er musste was unternehmen, sofort, so konnte und wollte er nicht arbeiten. Irgendwo ließ sich sicherlich die private Telefonnummer von Dr. Schubert finden. Der Mann musste sofort aufgetrieben werden.

Arsenkumulation, dachte Busboom. Unter Kumulation verstand er die vergiftende Wirkung kleiner, ständig verabreichter Dosen bestimmter Arzneimittel. Also bedeutete eine Arsenkumulation, dass jemand Jakob Elderts langsam aber sicher mit Arsen vergiftet hatte. Er schüttelte ungläubig den Kopf. Arsen! Regelmäßige Einnahme von Arsen schärft das Auge und öffnet den Verstand, in kleinen Dosen versteht sich. Und die Hände? Richtig, es bilden sich Schwielen in den Handflächen und diese Flächen sind äußerst druckempfindlich. Was man so alles im Kopf behalten kann, überlegte Busboom. Das erste Puzzleteil fügte sich ein. Es gab Antwort auf seine gestrige Verwunderung, Elderts Hände würden so gar nicht zu seinem Typ passen. Es klebte kein Sand an ihnen, wie kurz angenommen, es waren Schwielen, solche, die sich bei langanhaltendem Arsenkonsum bilden. Er schüttelte den Kopf. Und was war mit den typischen Anzeichen vom Ertrinkungstod, die angeblich in der Lunge gefunden wurden und dem Schädelbruch?

Ariana, die ihn die ganze Zeit beobachtet hatte, machte mit einem Räuspern auf sich aufmerksam. Busboom berichtete ihr kurz den Inhalt des Telefongespräches und seine Gedanken dazu.

8.

Halina war lange genug in Deutschland um zu merken, dass sich auch hier ihre persönliche Situation nicht geändert hatte. Im Gegensatz zu den meisten jungen Frauen aus ihrem Bekanntenkreis war sie nicht des Geldes wegen in die Bundesrepublik Deutschland gekommen. Halina stammte aus einer angesehenen und reichen polnischen Familie. Ihr hatte es nie an Materiellem gemangelt. Sie war jetzt zweiundzwanzig Jahre alt und sehr hübsch, wie sie und andere meinten. Halina Pisowitz sprach mehrere Sprachen, hatte aber sonst überhaupt keine Talente. Zu Hause, in ihrem kleinen polnischen Heimatstädtchen, hatte sie seit ihrem achtzehnten Lebensjahr eine eigene kleine Wohnung, komplett ausgerüstet und modern eingerichtet. Wer konnte das in Polen schon in ihrem jugendlichen Alter von sich sagen?

Nein, Halina war nach Deutschland gekommen, um festzustellen, ob sie vielleicht in einem fremden Land ihrem Schicksal, von dessen dunkler Seite sie felsenfest überzeugt war, entkommen konnte.

Die Geschichten, die die meisten polnischen Mädchen in ihrem Alter glaubten, ihre Freundinnen eingeschlossen, dass im goldenen Westen alles schöner, herrlicher und einfacher sein würde, hatte sie nie geglaubt. Sie wusste, auch in Deutschland musste man hart für sein Geld arbeiten. Den Glauben, in Deutschland den Traummann fürs Leben zu finden, fand sie ebenfalls absurd. Sie war aus einem anderen Motiv hierher gekommen. Der einzige Grund und ihre ganze Hoffnung bestanden darin, festzustellen, ob in diesen fünf Monaten, die sie hier bleiben würde, ihre persönliche Pechsträhne ein Ende finden würde.

Halina bildete sich seit Jahren ein, ein Mensch zu sein, der permanent von einem Problem in das nächste schlitterte, Katastrophen magisch anzog. Sie hatte damals gehofft, mit dem Verlassen des Elternhauses diese Probleme abgeschüttelt zu haben. In der kleinen Wohnung in ihrem Heimatort einen neuen Anfang machen zu können. Doch es blieb alles beim Alten. Eine funkelnagelneue, aber defekte Waschmaschine, die ihre Wohnung gleich in der ersten Woche unter Wasser setzte, zählte zu den Kleinigkeiten, die sie kaum mehr wahrnahm. Dass der neue Fernseher drei Tage nach dem Einzug qualmte, der Toaster frisch aus der Originalverpackung erst gar nicht funktionierte und der Teppichboden in der Mitte eines jeden Zimmers Beulen bildete, war normal und wurde von ihr nur noch am Rande registriert. Für Halina war das Alltagsleben und doch ein Albtraum.

Ihre Familie und ihre Freunde versuchten sie zu trösten. Es sei das Gesetz der Serie, das geschehe nicht nur Halina sondern auch anderen Menschen. Halina hätte ihnen gern geglaubt, wusste es aber besser.

Bei ihr bedeutete eine kaputte Heizung gleichzeitig ein Leck im Dach, was wiederum einen Plattfuß am Fahrrad nach sich zog.

Der Weg in den Westen war eine Flucht vor diesem Fluch.

Nun lag sie auf dem Bett ihres Zimmers, einem freundlichen Raum im Hotel Elderts und schaute durchs Fenster in den Himmel. Wenn sie sich hinstellte und aus dem Dachfenster schaute und dabei ein wenig den Hals reckte, konnte sie sogar das Meer sehen. Doch dazu war ihr im Moment nicht zumute. Sie spürte einen großen Kloß im Hals. War es schon wieder ihre Schuld?

Sie war erst ein paar Wochen hier und schon fiel der Hausherr einem gewaltsamen Tod zum Opfer.

Die ersten Tage im Hotel Elderts hatte sie in guter Erinnerung. Frau Elderts war eine Geschäftsfrau, wie sie sich Halina immer vorgestellt hatte. Gut aussehend, selbstbewusst und tüchtig. Halina mochte sie von Anfang an, was man von Herrn Elderts nicht behaupten konnte. Optisch passte das Ehepaar wunderbar zusammen. Er groß, blond mit stattlicher Figur, sie ebenso groß, braunes Haar mit etwas südländischen Gesichtszügen. Ein schönes Paar, doch irgendwo war der Wurm in dieser Ehe. Das spürte Halina sofort.

Schon bei ihrer ersten Begegnung hatte sie das Gefühl, von Jakob Elderts mit den Augen ausgezogen zu werden und das ungeniert vor den Blicken der Ehefrau. Sie war verunsichert und versuchte lange Zeit eine Begegnung mit Jakob zu vermeiden.

Durch Gespräche mit ihren neuen Arbeitskollegen erfuhr sie: Jakob Elderts war hinter allem her, was einen Rock trug und „bei drei nicht schnell genug auf den Bäumen war.“ Diese Redewendung hatte sie damals nicht verstanden. Heute schon.

Doch sie konnte Jakob nicht immer aus dem Weg gehen. Einige Zeit später änderte sich das Verhalten Jakob Elderts ihr gegenüber. Er wurde hilfsbereit, höflich, zuvorkommend und machte ihr vorsichtig den Hof. Er versuchte auf charmante Weise, nicht so plump wie in den ersten Tagen, sie für sich zu gewinnen und achtete darauf, dieses nicht in Gegenwart seiner Frau zu tun.

Halinas neue Freundin, ebenfalls Zimmermädchen im Hause Elderts, warnte sie. „Das macht er immer so, wenn er nicht gleich Erfolg bei den Frauen hat. Glaube mir, auch ich habe mit ihm so meine Erfahrung.“ Ein freundschaftlicher Rat, den Halina ernst nahm und später in den Wind schlug. Es dauerte nicht lange und sie gab seinem Umwerben nach.

„Das Unglück ist wie ein treuer Hund, es läuft einem ständig hinterher“, dachte sie. Ihr Handeln verstieß strikt gegen ihr Ehrgefühl und ihren festen Vorsatz, niemals etwas mit einem verheirateten Mann anzufangen. Doch sie konnte nicht anders. Es erleichterte ihr Herz und ihr schlechtes Gewissen nicht gerade, zu wissen, dass sie nicht das erste Liebchen und auch bestimmt nicht das letzte im Leben Jakob Elderts' sein würde.

Nun bin ich doch die letzte Geliebte, dachte sie schwermütig. Habe ich wirklich alles richtig gemacht? Habe ich ihn geliebt oder war alles nur Einbildung? Nein, tröstete sie sich selbst. Ich habe ihn geliebt, so, als würde ich ihn schon mein Leben lang kennen. Dieser Gedanke machte sie noch unglücklicher. Sie war schuld, nur durch sie konnte dieses Unglück geschehen.

Halina lag auf ihrem Bett, schaute weiterhin in die vorüberfliegenden Wolken. Plötzlich setzte sie sich ruckartig auf. Panik überfiel sie. Wie konnte sie es nur vergessen haben? Die Verse, Gedichte und Liedstrophen, die sie ihm zugesteckt hatte! Heimlich in seine Jackentasche, wenn er vorüberging und sich leicht an sie drückte. Sogar zwischen seine Unterhosen hatte sie die Zettelchen geschoben, immer wenn sie seine Privatwäsche aus der Hauswäscherei in die Schränke sortierte. Nur er konnte sie dort finden, schließlich hatte er ein eigenes Schlafzimmer und die Chefin kümmerte sich nicht um die Wäsche. Aber konnte sie da so sicher sein?

Nun war es zu spät. Unmöglich, jetzt durch die Privaträume der Eheleute Elderts zu gehen und alles nach den Beweisstücken ihrer Liebe abzusuchen.

Was aber, wenn Frau Elderts diese Briefe fand und der Polizei übergab? Spätestens dann, wenn die privaten Sachen Jakob Elderts' fortgeräumt wurden, musste sie damit rechnen, dass ihre Briefchen gefunden wurden. Noch wusste Greta Elderts nichts von Halinas und Jakobs Liebe. Halina versuchte sich zu beruhigen.

Das innige und freundschaftliche Verhältnis zu Frau Elderts hatte sich bis heute nicht geändert und genau das war der Grund, warum Halina sich fürchterlich schämte.

Sie legte sich wieder zurück aufs Bett, verschränkte die Arme hinter dem Kopf, beobachtete wieder die fliegenden Wolken, die immer schneller wurden. Es würde Sturm geben. Wie schnell ich mir die Wettervorhersagen der Insulaner angeeignet habe, dachte sie lächelnd. Klar, es war sehr einfach. Erforderte nur logisches Denken. Schnellere Wolken gleich mehr Wind, mehr Wind gleich Sturm.

Mit einem Satz sprang sie aus dem Bett. Die Mittagspause war beendet. Arbeit wartete auf sie.

„Hast du heute schon die Ostfriesenzeitung gelesen?“, erkundigte sich Maria bei ihrer besten Freundin, die schon seit gut und gerne vierzig Jahren zwei Mal die Woche zum Tee kam.

Elli erklärte, sie habe die Zeitung nicht gelesen, sie könne sich diese schon seit Jahren nicht mehr leisten. „Ich bekomme doch immer die Borkumer Zeitung von meiner Tochter, wenn diese sie gelesen hat.“

„Na, da steht es ja sicherlich auch drin.“

„Was meinst du?“

„Dieser ausweichende und außerordentlich unergiebige Bericht über den Mord an Jakob Elderts.“

„Haben sie den Mörder denn schon?“

„Nein, und ich glaube auch nicht, dass das so schnell gehen wird.“

„Wie kommst du darauf?“

„Ach nichts“, sagte Maria plötzlich ausweichend. „Ich wüsste gerne, wo Matthias die vergangenen Tage verbracht hat?“

„Wie kommst du denn plötzlich auf den?“, fragte Elli etwas gelangweilt. Sie wunderte sich, wie ihre Freundin von einem außerordentlich interessanten Thema wie Mord auf einen so uninteressanten Menschen wie Matthias kommen konnte.

„Wo soll er schon gewesen sein?“, fragte sie lahm und das auch nur, weil sie das grübelnde Gesicht ihrer alten Freundin sah.

„Also, ich würde meiner Enkeltochter nicht erlauben, sich mit so einem herumzutreiben.“

„Du hast doch gar keine Enkeltochter.“

„Das weiß ich auch, aber wenn ich eine hätte, erlauben würde ich es nicht.“

„Wer treibt sich denn mit wem herum?“, wollte Elli leicht gereizt wissen.

„Und dann hat er sie auch noch dazu überredet, mit ihr einen Tandemflug zu machen?“

„Wie?“

„Weiß der Himmel, was da alles hätte passieren können. Heutzutage sind die Piloten ja viel übermütiger als zu unseren Zeiten.“

Jetzt wusste Elli überhaupt nicht mehr, wovon ihre Freundin sprach. Maria wird alt, sagte sie sich, und wunderlich, warum habe ich das bisher noch nicht gemerkt?

„Bei aller Liebe, Maria, ich weiß nicht, was du mir da gerade erzählst. Du hast keine Enkeltochter, du bist niemals in deinem Leben geflogen und was zum Teufel ist ein Tandemflug?“

Maria schaute ihre Freundin an. „Ach entschuldige, ich dachte, ich hätte dir schon vorgestern von meinem Verdacht erzählt. Also pass auf. Dieser Matthias Elderts ist doch mit der Enkeltochter von Lieschen zusammen.“

Elli nickte. So viel wusste sie auch.

„Vor einiger Zeit hat mir das Lieschen erzählt, Matthias hätte das junge Mädchen zu einem Tandemflug eingeladen. Du weißt schon, diese Fallschirmspringer, die sich einen zweiten Menschen quasi auf den Rücken schnallen und dann aus dem Flugzeug springen.“ Beiden schauderte bei dem Gedanken. „Kannst du doch jetzt im Sommer viel sehen. Na, jedenfalls sagte Lieschen, der junge Mann schmeiße in letzter Zeit sehr viel mit Geld herum und sie wundere sich, woher er das habe.“

„Na, jedenfalls nicht auf ehrliche Weise erworben, würde ich mal annehmen“, bestätigte Elli Marias Verdacht.

„Du sagst es. Und was hat das jetzt mit dem Mord an seinem Onkel zu tun?“

„Wenn ich das nur wüsste. Vielleicht gehört es ja Jakob und Matthias hat es ihm gestohlen. Jakob hat es bemerkt und Matthias hat ihn deshalb erschlagen.“

„Ich weiß nicht, kannst du das denn beweisen? Das sind doch alles nur Vermutungen.“

Maria nickte gedankenverloren. Plötzlich fragte sie: „Sollte ich zur Polizei gehen, was meinst du?“

„Die Eltern von Matthias sind schon so leidgeprüft. Willst du auf ein bloßes Gerücht hin ...!“

Maria wedelte kräftig mit der Zeitung, legte sie auf den Tisch und schlug mit der offenen Hand darauf. „Hier steht nur Schwachsinn drin. – Die Auricher Kriminalpolizei glaubt, ein eventueller Täter im näheren Familienkreis sei nicht auszuschließen. Das habe angeblich der Kommissar gesagt. Da hast du es. Davon, dass Matthias plötzlich so viel Geld hat, steht da nichts.“

„Ich glaube kaum, dass sie so etwas veröffentlichen dürfen.“

9.

„Also können wir jetzt einwandfrei von Mord ausgehen“, meinte Ariana. Busbooms Ausführungen nach dem ominösen Telefongespräch mit dem Pathologen ließen keinen anderen Schluss zu. Ihr Vorgesetzter nickte.

„Ich werde gleich Wiegand anrufen. War goldrichtig von ihm, uns rechtzeitig genug Verstärkung zu senden.“ Ariana schaute ihn verwundert an. Lob aus seinem Mund für ihren gemeinsamen Vorgesetzten? Ehe sie hierzu etwas sagen konnte, unterbrach Busboom ihre Gedanken. In seiner Hand hielt er eine Liste, aufgestellt vom Kollegen Janssen. Sie enthielt alle Namen, die Janssens Meinung nach in den engeren Verwandten- und Bekanntenkreis des Verstorbenen und seiner Gattin gehörten. Die Liste war ellenlang. Na ja, auf Borkum ist halt alles anders.

Busboom grauste davor, all diese Leute abklappern zu müssen, nur gut, dass ihm genügend Leute zur Verfügung standen. „Auf Janssens Liste steht oben, gleich nach den Familienmitgliedern, die beste Freundin."

„Freundin von wem? Von ihm oder von ihr?"

„Ich nehme doch an von Greta Elderts. Wie wäre es, wenn Sie die Dame aufsuchen?"

Ariana schrieb sich schnell die Adresse auf und verließ das Büro. Sie wollte auf keinen Fall dabei sein, wenn Busboom Wiegand anrief. Busbooms Laune war hinterher immer unter aller Sau.

„Hab ich dir schon gesagt, dass du doppelt so wenig wie andere kannst?", schnauzte sie einem jungen Mann hinterher, der gerade die kleine Hotellobby verließ. Ariana schaute dem Mann nach und schüttelte den Kopf. „Da brauchen Sie gar nicht Ihr weises Haupt durchzuschütteln", bekam auch Ariana gleich von Roswitha Neubeeren eine verpasst. Sie stemmte die Hände in die Hüften und schaute Ariana herausfordernd an. In ihren Augen stand Schalk und ein gewisses Blitzen. Es signalisierte Ariana Peters davon auszugehen, dass Frau Neubeeren nicht immer genau meinte, was sie gerade so deftig von sich gab.

Roswitha Neubeeren besaß ein kleines Hotel oder, besser gesagt, eine kleine Frühstückspension mit gut zwanzig Betten. Die Haustür stand bei dem schönen Wetter offen, sodass Ariana diese kleine Szene mit dem jungen Mann beobachten konnte, ohne dass jemand sie ins Haus gelassen hatte. Sie zückte ihren Dienstausweis und hielt ihn der Frau entgegen.

„Sie sind von der Kripo? Kommen Sie." Mit einer energischen Kopfbewegung wies sie Ariana den Flur entlang und in die Küche, drückte sie auf einen Stuhl und machte hinter ihr lautstark die Tür zu. „Bevor Sie etwas fragen, sage ich Ihnen gleich, das Schwein hat bekommen, was es schon vor Jahren verdient hätte. Okay, ich sehe Ihrem Gesicht an, dass mich das sofort in den elitären Kreis der Verdächtigen aufrücken lässt. Aber glauben Sie mir, wenn Sie Jakob Elderts gekannt hätten, würden Sie sich auch geehrt fühlen, verdächtigt zu werden ihm eigenhändig den Hals umgedreht zu haben."

„Wer sagt denn, dass man ihm den Hals umgedreht hat?"

„Ach Schätzchen, die Gerüchte, die seit Stunden auf der Insel wie ein Tornado durcheinander wirbeln, reichen von 'Hals umgedreht' bis zur 'Leichenzerstückelung'. Sie können es sich aussuchen."

„Sie scheinen überzeugt zu sein, dass es sich um Mord handelt."

Roswitha Neubeeren nickte. „Jakob hatte Talent für große Auftritte. Da passt ein Mord genau richtig rein. Wenn der Mann wollte, hatte er gute Manieren und er machte stets eine stattliche Figur mit seinen breiten Schultern und der braun gebrannten Haut."

„Das sind keine Gründe einen Menschen zu töten, finden Sie nicht?"

„Warten Sie es ab", prophezeite Frau Neubeeren. Sie machte eine Pause, entweder des Effektes wegen, oder weil sie darauf wartete, eingehender zu Jakob befragt zu werden. Ariana tat ihr den Gefallen nicht. „Wie wäre es mit Selbstmord?", versuchte die junge Kriminalbeamtin ihrem Gegenüber etwas von seiner Selbstsicherheit zu nehmen, obwohl Ariana insgeheim zugeben musste, dass ihr diese Dame schon jetzt ausnehmend gut gefiel.

„Ha, da hätten Sie lange drauf hoffen können. Der hätte sich nie im Leben selbst in die ewigen Jagdgründe verabschiedet. Jeder andere, der nicht!“ Roswithas Äußerungen ließen keinen Widerspruch zu. Sie war eine hager-wangige, hohläugige Frau. Aber auf ihre Art hübsch. Allerdings unvorteilhaft hergerichtet, was nicht zuletzt an der hässlichen Schürze lag, die sie umgebunden hatte. Sie hatte eine fahle Haut, was auf einen ungesunden Lebenswandel schließen ließ. Das Faszinierende und Vorherrschende in ihrem Gesicht waren die Zähne. Das Gebiss wirkte wie speziell für diesen Mund modelliert, die blitzweißen Beißerchen machten die Frau schön. Ihr Alter war schwer zu schätzen. Ariana würde in den Unterlagen nachschauen müssen.

„Ihre Liste mit Verdächtigen muss endlos sein.“ Grinsend setzte sich Roswitha Neubeeren zu Ariana an den Tisch und noch ehe diese etwas erwidern konnte, meinte sie: „Tja, Sie werden es nicht leicht haben, das kann ich Ihnen flüstern. Sind Sie das Küken, das unseren Bernhard Kutschbauer gezähmt hat?“, wechselte sie abrupt das Thema. „Ha, Sie brauchen nicht rot zu werden. Wenn Sie meine Meinung wissen wollen: Wurde Zeit, dass unser Bernhard endlich seine Meisterin gefunden hat.“

Ariana wusste nicht, was sie sagen sollte, die Frau brachte sie völlig aus dem Konzept.

„Wie?“, lachte Roswitha, „Sagen Sie nicht, Sie wissen nicht, wie Kutschbauer vor der Begegnung mit Ihnen gelebt hat?“

Ariana wünschte, die Frau würde wieder zum eigentlichen Thema zurückkehren, sah aber keine Möglichkeit, ihren weiteren Redeschwall zu stoppen.

„Ich glaube, Sie haben seinen Testosteronspiegel anderen Frauen gegenüber erheblich heruntergeschraubt und sein Leben in geordnete Bahnen gelenkt. Anerkennung, meine Liebe. Er ist ja vollkommen verändert. Guck, jetzt werden Sie ganz weiß im Gesicht.“ Besorgt erhob sich Frau Neubeeren.

Natürlich wusste Ariana, dass Bernhard Kutschbauer alles andere als ein Kostverächter in Sachen Frauen war. Bevor sie ihn vor Monaten bei der Klärung eines Mordfalles kennen und, sie musste es zugeben, lieben gelernt hatte, lief er jedem Rock hinterher. Doch würde sie nicht behaupten, mit Kutschbauer eine feste Beziehung zu unterhalten. Seit ihrem ersten Kuss war einige Zeit vergangen, in der sie sich nicht gesehen und wenig telefoniert hatten. Sie schob es auf ihr volles Arbeitspensum und die räumliche Distanz zwischen ihren Wohnorten. Ein Psychologe hätte sicherlich tiefer geblickt und behauptet, dass beide sich nach einer festen Beziehung zueinander sehnten, sie aber gleichzeitig scheuten. Sie waren sich beide bewusst, dass es kaum unterschiedlichere Charaktere als Ariana und Bernhard geben konnte. Schon bei den kleinsten Kleinigkeiten gerieten sie aneinander. Doch trotz ihrer Zankerei war nicht zu übersehen, dass zwischen den beiden eine Aura bestand. Sie zogen sich magisch an. Das Kribbeln zwischen den beiden meinte man sehen zu können.

Für Ariana war es jedenfalls unerklärlich, dass alle Welt glaubte, sie und Kutschbauer seien ein festes Paar. Wie kamen sie bloß auf diesen Gedanken?

Sie ärgerte sich, wenn die Kollegen keine Gelegenheit ausließen, sie in dieser Angelegenheit zu necken. Und jetzt stellte sich heraus, dass ihre Beziehung offensichtlich Inselgesprächsthema Nummer eins war. Nein, korrigierte sie sich, der Tod Elderts’ war Thema Nummer eins. Kein wirklicher Trost für Ariana.

„Schade, dass Bernhard im Moment auf dem Festland ist“, sagte Roswitha.

Das war es wieder. Alle Welt wusste über ihn Bescheid, nur sie musste es erst gestern von Janssen erfahren. Weiterbildung im gehobenen Polizeidienst, für ein paar Wochen in Hamburg. Ariana war sauer auf Bernhard. Konnte er es nicht verknusen, dass sie einen höheren Posten bei der Polizei hatte? Passen würde es zu ihm. Macho!, dachte Ariana. Sie spürte, wie Roswitha Neubeeren sie still beobachtete.

Frau Neubeeren legte besorgt eine Hand auf die von Ariana. „Es wird schon wieder“, meinte sie zuversichtlich. „Aber nun wieder zurück zum Thema: meine Freundin Greta und ihr treuloser Ehemann. Deswegen sind Sie doch gekommen.“ Sie legte den Kopf leicht auf die Seite, schaute die junge Kriminalbeamtin an und wartete auf eine Reaktion.

„Richtig. Ich habe den Eindruck, als sei Frau Elderts eine äußerst selbstbewusste und selbstständige Frau“, begann Ariana. Sie musste sich zusammenreißen, wollte sie nicht, dass ihr die Befragung der Zeugin noch mehr aus den Händen glitt.

„Das habe ich mir gedacht, dass Sie so denken würden, meine Liebe. Doch der Schein trügt. Glauben Sie mir. Ich kenne Greta besser als sie sich selbst. Wir sind seit Ewigkeiten Freundinnen und wenn ich sage ‘Freundinnen’, dann meine ich ‘richtige Freundinnen’. Um Ihnen Greta nahe zu bringen, muss ich etwas ausholen. Greta ist in einem reinen Frauenhaushalt aufgewachsen. Dazu gehörten eine verwitwete Mutter sowie Großmutter und drei unverheiratete Großtanten. Greta war die Älteste von mehreren Geschwistern.“ Frau Neubeeren stand auf, stellte zwei Gläser auf den Tisch und goss Saft ein. Sie nahm einen kräftigen Schluck und setzte sich wieder. „Das hatte zur Folge, dass sie in die Selbstständigkeit getrieben wurde. Sie kann alles, glauben sie mir. Tapezieren, Fliesen legen, sie geht geschickter mit Bohrmaschine und Kreissäge um, als andere Frauen mit Lippen- und Kajalstift. Sie hat ihr Hotel fest im Griff. Sie kann kochen, putzen und kümmert sich um die Buchhaltung. Sie hat ihr Leben lang immer ihr eigenes Geld verdient." Roswitha holte tief Luft, zeigte ihre schönen Zähne in einem wehmütigen Lächeln. „Und dann hat sie diesen Kotzbrocken von Ehemann genommen. Sie meinte damals, ihr bisheriges Leben ginge ihr auf die Nerven. Sie beneidete alle Frauen, die bei ihren Ehemännern unter dem Pantoffel standen. Können Sie sich das vorstellen? Das sei doch ein herrliches Leben, meinte Greta. Keine Verantwortung, keine Sorgen, keine Entscheidungen mehr treffen. Vorbei mit den schlaflosen Nächten, in denen die Probleme hin und her gewälzt werden, weil keiner einem die Lösung abnimmt. Man muss sich um nichts weiter kümmern, als um den Haushalt und die Kinder. Der Mann verdient das Geld, bestimmt, für was es ausgegeben wird, und sagt, was man zu tun und zu lassen hat. Ein herrliches Leben!" Ein Hauch von Sarkasmus lag in Roswithas Stimme. „Greta hoffte, nach der Eheschließung hätten all ihre bisherigen Aufgaben ein Ende und von da an sei sie nur noch ein zartes Eheweib und liebevolle Mutter."

Frau Neubeeren trank ihr Glas leer und stellte es mit einem lauten Knall auf den Tisch. „Greta sagte mal zu mir, sie wäre gerne so eine wie diese Frauen, die mit piepsiger Stimme auf Stöckelschuhen trippelnd den Männern klagen: 'Das kann ich nicht, da brauche ich eine starke Männerhand.'" Roswitha Neubeeren sprach affektiert. Ariana musste ungläubig lachen. „Ich sehe schon, Sie können es nicht glauben. Sollten Sie aber. Für Greta war ein Leben als 'nur Ehefrau' ein Traum. Eben ein leichtes, sorgloses, verantwortungsfreies und einfaches Leben." Roswitha seufzte. „Doch dafür hat sie sich leider den falschen Mann ausgesucht." Roswitha schnaubte verächtlich. „Der Kerl hatte nur seinen Alabaster-Luxuskörper im Kopf. Tat im Hotel keinen Handschlag, lag die meiste Zeit seines Lebens am Strand, spielte Tennis und hatte eine Liebschaft nach der anderen. Je älter der Knabe wurde, desto größer die Tittis und jünger die Tussis."

Ariana wunderte sich kurz über die derbe Ausdrucksweise, hatte aber immer mehr das Gefühl, die Wut der Frau zu verstehen. „Da kann Greta Elderts ja froh sein, dass sie ihn los ist", vermutete Ariana.

„Ich wäre es. Jeder andere auch. Aber Greta nicht, das können Sie mir glauben. Und wenn Sie meinen, Greta hätte das beste Motiv auf der Welt, gebe ich Ihnen Recht, aber nur, wenn er mein Ehemann gewesen wäre und ich Greta."

Ariana betrachtete Frau Neubeeren schweigend.

„Ach, was ich noch sagen wollte", setzte Roswitha mit einem breiten Lächeln und blitzendem Schalk in den Augen ihre Rede fort. „Ich habe kein Alibi für die Mordzeit und jede Menge Motive um Elderts aus dem Leben zu katapultieren." Ihr schien diese Tatsache Freude und Genuss zu bereiten. Mit einem Kopfnicken und mehr zu sich selbst fügte sie hinzu: „Ich beglückwünsche den Mörder." Der Satz kam von Herzen.

Roswitha überlegte bereits zum dritten Mal, ob sie sich der jungen Kripobeamtin gegenüber richtig verhalten hatte. Sie war von ihrem Anblick überrascht gewesen. Die Polizistin entsprach so gar nicht Roswithas Vorstellungen. Sie hatte eine snobistische, hohlköpfige, vollbusige Blondine, eben einen James-Bond-Girl-Typ, den Kutschbauer bevorzugte, erwartet. Stattdessen stand diese, ihr sofort sympathische, junge Frau vor ihr. Wie war sie nur auf solch ein falsches Bild gekommen, fragte sie sich! Ihre beste Freundin Greta hatte natürlich sofort ausführlich von dem ersten Besuch der Kripobeamten berichtet, aber keine konkrete Beschreibung der Personen abgegeben. Sicherlich waren deshalb Roswithas Gedanken haltlos zum allgemeinen Frauentyp ihres Cousins übergelaufen. Hätte sie gründlicher darüber nachgedacht, wäre sie sicherlich darauf gekommen, dass diese junge Polizistin einem anderen Bild entsprechen musste. Schließlich hatte diese junge Dame es geschafft, den Inselcasanova zu zähmen und dem ewig gestrigen Machotyp dermaßen den Kopf zu verdrehen, dass sein Testosteronspiegel in ihrer Gegenwart in astronomische Höhen stieg. In solche Höhen, die sogar in beruflicher Hinsicht Auswirkungen hatten. Noch vor wenigen Monaten wäre ihm niemals eingefallen sich beruflich weiterzubilden.

Du weichst vom Thema ab, schimpfte sich Roswitha selbst. Sie überlegte fieberhaft, ob es richtig war, in Ariana Peters Gegenwart ihr allzu loses Mundwerk und ihre spitze Zunge nicht im Zaum gehalten zu haben. Sätze wie, „lieber die Ewigkeit in Gesellschaft von Beelzebub verbringen, als eine Ehe mit Jakob Elderts", waren gefallen.

Zugegeben, sie hatte der jungen Dame gegenüber gleich das Gefühl, sie würde sie verstehen. Sie hoffte inständig, Ariana Peters gegenüber Jakob Elderts widerwärtige Eigenschaften richtig herübergebracht zu haben. Es war schwer, einem Außenstehenden beizubringen, dass Jakob in den letzten Monaten seines Lebens unerträglich war, ohne sich verdächtig zu machen.

Roswitha hoffte, Ariana richtig vermittelt zu haben, wie sich Jakobs Reden Greta gegenüber geändert hatten. Sie wurden immer obszöner und unflätiger, geradezu unerträglich. Früher, ja, da war Jakob spitzfindig und seine Schwindeleien hatten wenigstens teilweise Niveau, doch zuletzt war er einfach nur noch geschmacklos, und das nicht nur seiner Ehefrau gegenüber.

Jakob wusste genau, dass viele Leute seine Äußerungen nur wegen seiner angeblichen Macht oder des Geldes ertrugen, das er schon lange nicht mehr besaß. Sollte er wirklich an einer unheilbaren Krankheit gelitten haben, wie zurzeit gemunkelt wurde? Roswitha konnte es sich nicht vorstellen, zumal Greta diesbezüglich Bescheid gewusst haben musste und sie, ihre beste Freundin, in dieses Geheimnis eingeweiht hätte.

Für Sekunden kam Roswitha der Gedanke, sich in Jakob getäuscht zu haben. Vielleicht hatte er seiner Ehefrau eine schwere Krankheit verheimlicht? Um sie zu schonen? Nie und nimmer, das wollte und konnte sie beim besten Willen nicht glauben.

Hätte sie der Polizistin gegenüber erwähnen sollen, dass sie Jakob noch am Abend vor seinem Ableben mit dieser kleinen Polin gesehen hatte? Nein, das hatte die Kripo sicherlich schon herausgefunden. Roswitha musste sich eingestehen, dieses junge Mädchen nicht richtig eingeschätzt zu haben. Ihrer Meinung nach war Halina intelligent genug, um es besser zu machen als die anderen und sich nicht von Jakob umschmeicheln zu lassen. Sie wusste, Halina war finanziell nicht auf die Arbeit im Hotel angewiesen. Außerdem beherrschte sie mehrere Fremdsprachen und doch fehlte dem Mädchen etwas, das undefinierbar, nicht greifbar war. Etwas Irrsinniges, schoss es Roswitha durch den Kopf, würde eventuell eine annähernde Bezeichnung dafür sein. Jedenfalls ging von diesem Mädchen etwas Unheimliches, Unberechenbares aus. Roswitha hatte einige Male bemerkt, wie winzige Kleinigkeiten im Umgang mit anderen Menschen ihre Gemütslage verändert hatten, und zwar so schlagartig, dass man schon von Verwandlung sprechen konnte. Andererseits ließ es die junge Polin vollkommen kalt, ja sie schien es nicht einmal zu bemerken, überall und stets eine Art Chaos zu hinterlassen. Der Anstieg an Ausfällen von Maschinen, die Häufung von Unfällen und Ungeschicktheiten war schon faszinierend.

10.

Hermine Elmau war über achtzig Jahre alt. Das graue Haar, das unter einem bunten Kopftuch hervorschaute, war wirr und ungepflegt. Sie war für ihr Alter bei bester Gesundheit, wenn man von der schlechten Haltung einmal absah. Ein krummer Rücken und der vorgeschobene Kopf ließen sie aussehen, als würde sie permanent vor einem herbuckeln. Sie konnte aber auch anders, wenn sie wollte. Doch sie wollte nicht. Außerdem litt sie ein wenig unter zu hohem Blutdruck, was ihr ständiger Kaffeekonsum nicht gerade positiv beeinflusste. Sie hätte koffeinfreien trinken können, doch in ihren Augen war dieser Kaffee mit einem kastrierten Mann zu vergleichen. Ihr eigener Mann hatte sie vor achtundvierzig Jahren wegen einer jüngeren Frau verlassen und war prompt an einem Herzinfarkt gestorben, was ihr eine gewisse Genugtuung bereitet hatte, die bis heute andauerte.

Dass die junge Geliebte zu diesem Zeitpunkt bereits schwanger war, berührte sie allerdings stark. Von dem Moment an, als das Kind geboren war, bis zum heutigen Tag kümmerte sich Hermine Elmau darum, als wäre es ihr eigenes. So war sie im Laufe der Jahre zu einer selbsternannten Tante und zum festen Bestandteil im Leben dieses Kindes geworden.

Greta hatte es nicht leicht in ihrer Jugend bei der alleinerziehenden Mutter gehabt, zumal noch einige Geschwister folgten. Hermine dagegen war für Greta immer ein fester Halt, ein Mensch, auf den man sich in allen Lebenslagen verlassen konnte. An dieser engen Bindung hatte sich bis heute nichts geändert.

Hermine wusste, die junge Kriminalbeamtin würde garantiert wiederkommen und sie sprechen wollen. Sie plante sie auf den richtigen Weg zu führen. Hermines Masche, alt, verhuscht und leicht senil zu wirken, tat immer ihre Wirkung und würde ausreichen, einen eventuell aufkommenden Mordverdacht im Keim zu ersticken oder gegebenenfalls in die von Hermine gewünschte Richtung zu lenken. Sie konnte hervorragend schauspielern. Vierzig Jahre Niederdeutsche Bühne hatten es bewiesen. Als Erstes würde sie der Kripobeamtin vorsichtig unterjubeln, dass Jakob Elderts und Georg Borland Streit miteinander hatten, bei dem es um viel Geld ging. Sie traute sich zu, überzeugend genug zu wirken, um Ariana Peters diesen Köder schlucken zu lassen. Für Hermine galt es in aller erster Linie, jeden auch nur allerkleinsten Verdacht gegen Greta sofort im Keim zu ersticken. Sie würde schon zu verhindern wissen, dass die Kripo herausbekam, wer Jakob langsam aber sicher vergiftet hatte.

Dass dieser Idiot sich vorzeitig von der Buhne ins Wasser stürzen und somit das Problem selbst lösen würde, hatte sie vorher nicht ahnen können. Es hätte ihr viel unnötige Mühe erspart. Noch ein Grund, ihm über den Tod hinaus zu grollen.

Ariana eilte schnell ins Büro. Das Telefon klingelte.

Ein Mann fragte: „Prot ik mit de Kripo?"

Ariana verstand nur Kripo. „Ja", antwortete sie automatisch.

„Ik heb da wat för jau." Ich habe da was für Sie.

Borkumer Platt! Ariana liebte und hasste es gleichermaßen. Der Singsang war herrlich, doch sie verstand kaum ein Wort. Einzelne Bruchteile konnte sie herausfiltern, aber das war auch schon alles. Auf jeden Fall wollte dieser Mann die Kripo sprechen, soviel verstand sie. „Kann ich Ihnen helfen?"

„Ne, ik will jau helpen."

„Wie kann ich Ihnen helfen?“, wiederholte Ariana hilflos.

Ein endlos langer Redeschwall folgte. Chinesisch oder auch Kisuaheli hätte er sprechen können, sie verstand kein Wort, also schwieg sie. Als ihr Gesprächspartner die einseitige Unterhaltung bemerkte, meinte er: „Ik löv, ik kom vörbi. Mit di kann man ja nei proten ...“ Diese Sätze hatte Ariana als „Ich glaub, ich komme vorbei. Mit Ihnen kann man ja nicht sprechen.“ interpretiert.

Es folgte ein weiterer Wortschwall und irgendetwas von Wieben, was auf Hochdeutsch Weiber hieß, verstand Ariana wieder. Sie ließ sich genervt dazu hinreißen, schnippisch zu reagieren: „Der Kommissar ist nicht da. Wenn Sie etwas wollen, geben Sie mir Ihre Telefonnummer.“ Das war ein Fehler, denn er sagte sie ihr, aber wieder auf Platt.

„Ihre Telefonnummer!“, wiederholte sie deshalb laut.

„Tachentachentach, negen.“ Der Mann wiederholte die Zahl noch vier Mal. Ariana schrieb in Buchstaben auf einen Zettel, was sie zu hören glaubte. Irgendein Kollege sollte das wohl übersetzen können.

„Ja, ich habe es. Man wird Sie anrufen.“

„Düwel noch mal ...“, hörte sie nur noch, bevor sie den Hörer einfach auf die Gabel legte.

Kaum hatte sie aufgelegt, kam Busboom herein. „Ah, schön dass Sie da sind. Lassen Sie uns noch einmal bei der Witwe vorbeigehen. Vielleicht ist sie ja jetzt ansprechbar.“

Ariana folgte ihm, froh dem stickig-heißen Büro zu entkommen.

Greta Elderts empfing sie in ihrer Küche. Schwarz stand ihr gut, musste Ariana neidlos anerkennen.

„Frau Elderts, wir haben einige Fragen an Sie. Fühlen Sie sich in der Lage uns diese zu beantworten?“, fragte Busboom vorsichtig. Seine Stimme vermittelte Mitgefühl. Greta nickte würdevoll und wies mit der Hand auf die Stühle. Sie selbst ließ sich grazil auf den Stuhl am Kopfende des großen Küchentisches sinken, an dem vermutlich das gesamte Hotelpersonal seine Mahlzeiten einnahm.

Vor ihr stand neben einer riesigen Tasse ohne Henkel eine Müslischale auf dem Tisch. Busboom wollte sich deshalb nach ihrem gesundheitlichen Befinden erkundigen, ließ es aber bleiben. Greta hatte zartrosa Wangen und machte nicht den Eindruck, als würde sie noch einmal vor ihren Augen zusammenbrechen.

„Wann haben Sie Ihren Mann das letzte Mal gesehen?“

„Vorgestern Abend. Ich ging zeitig zu Bett.“ Sie nahm einen Schluck aus der riesigen Tasse, die mit Kaffee und Milch gefüllt war. „Mein zweites Frühstück“, erklärte sie. „Eigentlich bin ich Teetrinkerin, aber zum zweiten Frühstück brauche ich einen kräftigen Kaffee. Darf ich Ihnen einen anbieten?“

„Danke gerne.“ Sie schwiegen so lange Greta brauchte, um ihnen zwei Tassen hinzustellen und zu füllen. Beim Einschenken der Kaffeesahne fragte Busboom: „Und wann kam Ihr Mann vorgestern nach Hause?“ Busboom hatte Schwierigkeiten die große Tasse festzuhalten. Er war Henkel gewöhnt und benötigte deshalb dazu beide Hände.

„Ich weiß nicht, Herr Kommissar, ich bin bald eingeschlafen und habe nichts gehört.“ Tränen stiegen ihr in die Augen. „Entschuldigen Sie“, sagte sie mit erstickter Stimme und wischte die Tränen mit ihrem Taschentuch weg.

„Schon in Ordnung“, murmelte Busboom und nahm einen Schluck. Heulende Frauen machten ihn nervös.

„Als er am nächsten Morgen nicht in seinem Schlafzimmer war, haben Sie sich da nicht gewundert?“, fragte Ariana forsch. Sie konnte besser mit weinenden Frauen umgehen.

Greta schaute sie erstaunt an. „Aber nein, wieso denn? Ich schlafe morgens immer etwas länger, so bis acht Uhr ungefähr. Mein Mann ist um diese Zeit schon längst in der Werft."

Busboom wurde nervös. Frau Elderts' rosige Wangen waren verschwunden und sie erweckte plötzlich den Eindruck, als würde sie gleich wieder die Fassung verlieren. Eine weitere Träne löste sich aus dem Augenwinkel, wurde aber auch vom Tüchlein aufgehalten, ehe es die Wange herunterlaufen konnte.

Auf Ariana wirkte diese kleine Geste wie vor dem Spiegel einstudiert.

„Hat Ihr Mann erwähnt, dass er am Abend das Haus noch einmal verlassen wollte?"

„Nein."

Das war glatt gelogen. Ariana wusste es sofort. Ihre Augen fanden eine weitere Bestätigung, als sie sah, wie sich Gretas Finger kurz um die große Tasse krampften. Greta führte sie halb zum Mund, zitterte aber dermaßen, dass sie die Tasse wieder absetzte, ohne getrunken zu haben. Busboom deutete dieses Zittern als ein untrügliches Zeichen für einen weiteren bevorstehenden Zusammenbruch. Er wollte jetzt gehen.

„Es kann also niemand bestätigen, dass Sie am Abend, also Stunden vor dem Tod Ihres Mannes, frühzeitig im Bett lagen?", forschte Ariana.

„Ich glaube nicht", erwiderte Greta Elderts leise.

Gleich ist es soweit, gleich bricht sie zusammen. Busbooms Magen krampfte, er glaubte, jeden Augenblick seinen Kaffee nochmals in die Speiseröhre zu bekommen. Sodbrennen?

„Dann ...", weiter kam Ariana nicht. Busboom hob energisch die Hand und stand ungelenk auf. Er brummte mit freundlich verkniffenem Lächeln: „Danke Frau Elderts, Sie haben uns sehr geholfen. Wir werden Sie für heute nicht weiter stören.“ Dann verließ er fast fluchtartig den Raum.

Ariana blickte ihm irritiert hinterher, trank schnell ihre Tasse leer, der Kaffee war wirklich gut. Was war mit ihrem Chef los? Urlaubsreif, okay, aber das mochte nicht alles sein. Gut, Busboom konnte rücksichtsvoll sein, wenn es angebracht war. Doch diese Frau in Watte zu packen, ging Ariana gegen den Strich.

Sie eilte ihm durch die Hotelhalle hinterher, raus in den Sonnenschein. Auf der Straße hatte sie ihn eingeholt.

„Warum haben Sie sie nicht härter angefasst?“, fauchte sie ihn an. „Haben Sie vergessen, was mir eines der Zimmermädchen über Greta erzählt hat?“

Besagtes Zimmermädchen hatte Ariana bereits gestern erklärt, dass zu dem Zeitpunkt, als die Leiche Elderts im Wasser trieb, seine Ehefrau in der Hotelküche bei einer großen Tasse „Muckefuck“, wie sie sich ausdrückte, gesessen hatte. Das sei aber komisch, folgerte das Zimmermädchen: „Wo sie ihren Kaffee doch immer erst Stunden nach ihrem ersten Frühstück trinkt. Meist gegen elf Uhr, das ist kein Geheimnis, das wissen alle im Haus.“ Eine Angewohnheit, die von Greta Elderts gepflegt wurde. Also, folgerte das Zimmermädchen und auch Ariana, musste die Hotelchefin an diesem Tag wohl schon Stunden auf den Beinen gewesen sein und nicht bis angeblich acht Uhr geschlafen haben.

Die junge Hotelangestellte wusste noch vieles mehr zu berichten. Ihr Redeschwall war gar nicht zu bremsen gewesen. So auch, dass der Verstorbene es mit der ehelichen Treue nicht so genau nahm. Was sich später durch die Aussage der Freundin Gretas bestätigte.

Jakob Elderts letzte Geliebte war bekanntlich die polnische Mitarbeiterin Halina, die nur für die Sommersaison angestellt worden war.

„Greta hat von den Geliebten gewusst", beschwor Ariana ihren Chef. „Die Spatzen pfeifen es von allen Dächern. Vielleicht hatte sie vorgestern endgültig die Nase voll von ihrem Kerl und ihn endlich zum Teufel gejagt."

Busboom sagte nichts.

„Die Frau hat Power, die steckt voller Energie, auch wenn man es ihr nicht ansieht."

„Wir verhören sie ein anderes Mal", versuchte Busboom seine Mitarbeiterin zu vertrösten, doch Ariana ließ nicht locker. „Oh Mann, wir hätten sie wirklich härter rannehmen sollen. Okay, verschieben wir es."

Vielleicht hatte Busboom ja Recht. Auch ihr war nicht danach, noch einmal ihre mageren „Erste-Hilfe-Künste" an Greta ausprobieren zu müssen.

„Die Leiche wird wohl bald freigegeben werden", hoffte Busboom und hoffte dabei inständig, Dr. Schubert von der Pathologie habe seinen Urlaub abgebrochen und die erforderlichen Untersuchungen fachgerecht an ihr durchgeführt. Alle Unklarheiten mussten schließlich beseitigt werden. Er musste endlich einen abschließenden und anständigen Obduktionsbericht in die Hände bekommen.

„Lassen Sie uns den Bericht abwarten, dann werden wir Frau Elderts ein weiteres Mal besuchen", beruhigte Busboom Ariana.

Von der inneren Unruhe, die ihn überfallen hatte, als er Greta Elderts gegenübersaß, sagte Busboom seiner Kollegin nichts. Warum nur hatte er Greta mit Samthandschuhen angefasst? Allein aus Angst eine weitere Ohnmacht zu erleben? Er wusste es nicht. Busboom war in der Küche einfach nicht fähig gewesen, sich zu konzentrieren.

Plötzlich wusste er, woran es gelegen hatte. Für den Bruchteil einer Sekunde nur hatte Greta Elderts ihn an seine Ehefrau Gesche erinnert. Verrückt, die beiden hatten keinerlei Ähnlichkeit miteinander. Unterschiedlicher konnten zwei Frauen gar nicht sein.

Er stellte fest, dass er Gesche und die Kinder vermisste, wie er es immer tat, wenn er ein paar Tage von zu Hause fort war. Aber er hatte sie doch erst vor wenigen Stunden das letzte Mal gesehen und würde sie heute Abend in der Ferienwohnung alle um sich haben. Was beunruhigte ihn dann so?

Der Fall Elderts war erst achtundvierzig Stunden alt und genau so lange musste seine Familie schon ohne ihn ihre Ferien verbringen. Ein denkbar schlechtes Gewissen überfiel ihn.

Durch diese Gedanken schlecht gelaunt, sauer auf sich selbst, trottete er neben Ariana her. Sie gingen die Westerstraße hinunter und überquerten den kleinen Platz, in dessen Mitte eine mit roten Steinen gemauerte Litfaßsäule stand. Gerne hätte er Ariana erzählt, dass am fünften Dezember, zwischen zehn und elf Uhr abends, hier an dieser Stelle der Teufel los war, und zwar in Form eines sogenannten Klaasohmfestes. Er ließ es aber bleiben. Sie gingen weiter in Richtung Polizeiwache. Unterwegs hörte er kaum, was Ariana ihm noch alles vorwarf. Er wusste, sie hatte Recht. Das Einzige, was Focko jetzt sofort aufbauen und seine gute Laune wieder herstellen konnte, war der Kontakt zu seiner Familie und ein gutes Mittagessen. Als sie in die Strandstraße einbogen, wenige Meter vor dem Polizeirevier, entschloss er sich Ariana allein ins Büro gehen zu lassen. „Nach der Mittagspause sehen wir uns wieder!“, rief er hinter ihr her.

11.

Hermine Elmau beobachtete, wie die beiden Kripobeamten das Hotel verließen. Sie ärgerte sich nicht mitbekommen zu haben, wie die beiden ankamen. Ihr wäre schon ein Grund eingefallen, um bei dem Gespräch mit Greta dabei zu sein. Sie machte sich große Sorgen um ihr Ziehkind. Hatte Greta dem Verhör standhalten können? Hatte die Polizei nach den verschiedenen Giften gefragt? Sicherlich!

Wie das Arsen in Jakobs vermaledeiten Körper gekommen war, wusste Hermine nur zu genau. Wenn alles gut ging, würde sie dieses Geheimnis mit ins Grab nehmen, was ihrer Meinung nach nicht in allzu weiter Ferne lag. Doch, fragte sie sich, warum hatte ihr Lämmchen ihm die Tabletten gegeben? Konnte sie nicht abwarten, bis das Arsen sein Werk getan hatte?

Jetzt wurde sie aber vergesslich und brachte da was durcheinander, was dachte sie denn da? Ihre kleine Greta wusste ja nichts vom Gift, das ihrem Mann pünktlich jeden Morgen mit seinem Kaffee verabreicht wurde. Jakob liebte diesen herben Geschmack ganz besonders. Hermine lächelte still vor sich hin, als sie daran dachte, wie erschrocken sie war, als Jakob das erste Mal am tödlichen Gebräu nippte. Mit lautem Klacken setzte er damals die Tasse auf die Untertasse, dass es nur so schepperte und verkündete dabei laut und zufrieden: „Das ist doch mal ein herrlich herber Geschmack. Verdammt ist der gut! So muss Kaffee schmecken. Hermine, so will ich ihn ab sofort jeden Morgen!“ Zufrieden hatte die alte Frau genickt und mit triefendem Sarkasmus gesagt: „Was der Herr befiehlt, soll er auch haben.“

Als er an diesem Morgen die Küche verließ, hatte sie ganz vorsichtig mit spitzen Lippen am restlichen Kaffee genippt.

Sie wollte wissen, wie so etwas überhaupt schmeckte. Schaden konnte es ihr sowieso nicht mehr.

Ich hätte es Greta sagen sollen, überlegte sie weiter, doch sie fürchtete sich vor der Reaktion ihres Lämmchens. Sie kannte Greta ihr Leben lang und hatte Angst davor, in Gretas Augen etwas Falsches getan zu haben und dadurch ihre Liebe und Zuneigung zu verlieren.

„Meine Sorgen waren grundlos“, murmelte sie, denn schließlich musste es Greta gewesen sein, die ihm Schlafpulver ins Essen gegeben hatte. Das Röhrchen in der Küchenschublade war am Vorabend gefüllt gewesen, jetzt war es leer. Einen kleinen Stich versetzte es ihrem alten Herzen. Ohne es ihrer Hermine zu sagen, hatte das arme Lämmchen eine Schuld auf ihre zarten jungen Schultern geladen, wo sie doch wissen musste, dass sie, Hermine, für Greta alles tun würde. Greta hatte sicherlich Mühe, sich das ausgefallene Medikament zu besorgen, machte sich dadurch gleichzeitig unnötig verdächtig und halste sich gleichzeitig ein schlechtes Gewissen auf. Außerdem das Risiko, das Vertrauen ihrer Kinder aufs Spiel zu setzen, all das hätte sie sich sparen können, wenn sie sich nur der alten Hermine anvertraut hätte. Sollte sie Greta etwas vom Arsengeheimnis und derjenigen, die es allmorgendlich in den Kaffee mischte, verraten? Vorläufig nicht, entschied Hermine.

Nach der Mittagspause war für Focko Busboom die Welt wieder in Ordnung, seine Konzentration voll hergestellt.

„Okay, fassen wir mal zusammen, was wir haben.“ Optimistisch blickte er in die Runde, die sich in seinem Büro versammelt hatte.

Die Auricher Kollegen Schell und Hölzner waren zeitig eingetroffen und die Inselkollegen Janssen und Bäcker saßen bereits erwartungsvoll auf ihren Stühlen.

„Laut dem letzten Obduktionsbefund ist also unser Opfer mit Arsen langsam aber sicher vergiftet worden. Was es mit dem Loch im Kopf und dem Wasser in der Lunge auf sich hat, konnte mir der Pathologe immer noch nicht telefonisch mitteilen“, brummte Busboom über den unzureichenden Laborbericht.

„Das ist aber gar nicht Doktor Schuberts Art.“, wunderte sich Teddy Schell.

„Der ist leider im Urlaub. Sieht ganz so aus, als ginge es in der Pathologie ohne ihn drunter und drüber“, antwortete Ariana an Busbooms Stelle.

„Auf alle Fälle können wir von Mord ausgehen“, beschloss Busboom, dem Giftmörder ganz besonders zuwider waren. „Teddy?“ Busbaum schaute Schell an, der wie immer verkehrt herum auf seinem Stuhl saß, seine dicken, stämmigen Beine gegen den Boden drückte und die ebenso starken Oberarme auf der Stuhllehne liegen hatte. Der Stuhl ächzte beängstigend.

„Georg Borland bleibt weiterhin mein Favorit“, brummte Teddy mit tiefer Stimme, die neben seiner Figur zu seinem Spitznamen beigetragen hatte. „Auch wenn es sich hier um Giftmord handelt, was ja im Allgemeinen an eine Mörderin denken lässt.“ Er zwinkerte Ariana belustigt zu, denn er wusste, sie konnte chauvinistische Aussagen nicht ausstehen. Doch er durfte sich bei ihr solche verbalen Attacken leisten, Ariana nahm ihm den Chauvi sowieso nicht ab. „Frauen morden liebevoller und einfühlsamer“, fügte er mit weiterem Augenblinzeln hinzu. Wie erwartet reagierte Ariana nicht. „Vielleicht hat der Mörder ja sein Opfer mit einem Schlag auf den Kopf etwas schneller in die ewigen Jagdgründe schicken wollen“, führte der bullige Polizist seine Vermutungen weiter aus. „Die Versicherung hat per Fax die Millionenpolice, bei Todesfall auf Gegenseitigkeit, bestätigt. Und im Versicherungsvertrag gibt es keine Klausel, die Mord oder Selbstmord als Auszahlungsgrund ausschließt. Borland bekommt auf jeden Fall sein Geld. Ich habe seine Aussage überprüft, in dem er als Alibi behauptet, in diesem Lokal ..."

Ariana nannte den Namen.

„Genau. Er behauptet, dort gewesen zu sein. Das trifft auch zu. Allerdings konnten sich viele nicht hundertprozentig daran erinnern, ob er nicht zwischendurch mal weg gewesen ist. An diesem Abend war dort Livemusik, der Laden gerammelt voll. Es bestand also für ihn die Möglichkeit, sich für eine halbe oder dreiviertel Stunde zu entfernen, ohne dass es aufgefallen wäre. Die Zeit hätte genügt, um Jakob Elderts zu erschlagen und ihn von der Buhne ins Wasser zu werfen."

„Das können wir allerdings erst klären, wenn wir ein festes Zeitfenster haben."

„Du vergisst, er wurde vergiftet", warf Janssen ein.

Teddy nickte bedächtig. „Sicher, aber er hatte auch ein Loch im Kopf!"

„Das glaube ich nicht", mischte sich Jan Bäcker ein.

„Was glauben Sie nicht?"

Bäcker ignorierte die Gegenfrage. „Ich kenne mich in den Gewässern rund um die Insel gut aus. Habe selbst ein kleines Segelboot. Ich habe alles genau durchgerechnet." Er faltete eine große Seekarte aus, wedelte mit den Fingern kreuz und quer darüber weg und sagte: „Wenn man die Gezeiten berücksichtigt, die Windrichtung und den Zeitpunkt, an dem er am Badestrand angetrieben wurde, kann er unmöglich von der Buhne aus ins Wasser gestoßen worden sein." Er knitterte den Plan auf den Tisch und griff in seine Hemdtasche. Ein paar

Fotos kamen zum Vorschein. „Der Fotograf hat diese Bilder noch nachgereicht“, sagte er und tippte auf die Fangarme der Qualle. „So große Tiere gelangen nur ganz selten dicht an den Strand. Ich glaube deshalb, Elderts ist weit draußen auf See ins Wasser gelangt und wurde dort von diesem Tierchen umarmt. Das Gleiche gilt für die Algen, sie treiben auch meist an der Insel vorbei.“

„Und wie ist er Ihrer Meinung nach ins Wasser gelangt?“

„Er muss weiter draußen auf dem Meer über Bord gegangen sein.“

„Können Sie uns sagen, wo ungefähr?“, fragte Busboom.

„Um es exakt berechnen zu können, brauche ich die genaue Todeszeit.“

Busboom nickte. Da war es wieder. Ohne diesen verflixten Obduktionsbericht hakte es überall. Er schaute Hölzner an, der laut hustend auf sich aufmerksam machte. Es war nicht nur gekünsteltes Gehuste, die vielen Zigaretten, die er rauchte, taten ein Übriges. Hölzner raschelte umständlich mit einem kleinen Stapel Papier, bevor er zu reden anfing. „Ich habe die Nachbarn des Bruders und der Schwägerin befragt. Eine alte Dame verriet mir ihr Geheimnis. Vor dem Zubettgehen betritt sie immer im Dunkeln ihr Schlafzimmer, stellt sich eine Weile hinter die Tüllgardinen, schaut hinaus und beobachtet die Nachbarschaft, bevor sie die Übergardinen zuzieht. So konnte sie ungesehen auf die Straße schauen. Sie behauptet, Hinrich Elderts oder seinen Sohn Matthias, der angeblich die gleiche Statur wie sein Vater hat, gegen Mitternacht gesehen zu haben.“ Hölzner hustete kräftig. Gerne hätte er jetzt eine geraucht. „Er verließ das Haus. Wann er zurückkam, konnte sie mir nicht sagen. Die anderen Nachbarn hatten nichts Hilfreiches zu berichten.“

„Wir sollten überprüfen, ob vielleicht Anje Elderts, die Schwägerin, die Gelegenheit hatte ihrem Schwager regelmäßig Arsen zu verabreichen."

„Wie kommen Sie gerade auf die Schwägerin?", wollte Ariana wissen.

Typischer Weibermord, wollte Hölzner einwerfen, verkniff es sich aber. Ariana und er mochten sich nicht besonders.

Jan Bäcker hatte die Schwägerin erwähnt und zuckte nun mit den Achseln. Wie hätte er auch zugeben können, dass ein Plappermaul, wie er eines war, nicht nur alles herausposaunte, sondern gelegentlich auch Informationen zurück erhielt. Zu gegebener Zeit würde er schon damit herausrücken. „Wie kommt man eigentlich an so ein Zeug ran?", stellte er stattdessen die Gegenfrage. Er jedenfalls wisse nicht, wie er an dieses Gift gelangen sollte. Man könne ja schließlich nicht so einfach in die Apotheke gehen und ein Tütchen Arsen verlangen.

„Na, ich denke trotzdem nur in Apotheken, beim Arzt oder Tierarzt."

„Darum werde ich mich kümmern", versprach Schell.

„Haben wir eigentlich schon einzelne Blätter über die Personen, die sich in Jakob Elderts näherem Umfeld befanden? Familie, Freunde und so weiter", wandte sich Busboom an Onno Janssen.

Dieser nickte. „Ich habe Ihnen für jede Person ein Extrablatt mit bekannten Daten angelegt. Sie wissen schon, Familienstand, Adresse, Arbeitgeber und so weiter. Gleichzeitig habe ich für jeden ein zweites Blatt gefertigt, auf denen unbestätigte Dinge zusammengefasst sind, also Gerüchte, alte und neue, glaubwürdige und weniger glaubwürdige, die natürlich nicht überprüft wurden. Wozu auch, bestand ja bisher keinerlei Anlass."

„Woher wissen Sie das alles? Sie leben doch erst ein paar Monate hier."

„Meine Frau ist eine Einheimische“, sagte Janssen und lehnte sich zufrieden auf seinem Stuhl zurück.

„Die Gerüchteküche brodelt, was?“

Janssen und Bäcker lachten gemeinsam. „Sie kocht über. Wir haben alles zusammengefasst.“ Janssen deutete auf einen Stapel Unterlagen, den Busboom noch gar nicht bemerkt hatte.

„Na, da haben wir ja den Rest des Tages zu tun“, stöhnte Ariana theatralisch.

„Und morgen Früh, wenn Todesursache und Todeszeitpunkt endlich feststehen“, sagte Busboom hoffnungsvoll, „werden wir uns eingehender mit dem Hotelpersonal auseinandersetzen.“

12.

Lisa, ein junges Mädchen von neunzehn Jahren, rannte mit schnellen Schritten die Treppe hinunter. Sie war genauso lange im Hotel Elderts als Zimmermädchen beschäftigt wie Halina. Die beiden hatten sich schnell miteinander angefreundet und verbrachten nicht nur die Arbeitszeit, sondern auch einen großen Teil ihrer Freizeit miteinander.

Manchmal jedoch wurde ihre junge Freundschaft auf die Probe gestellt. Irgendetwas Sonderbares, Unheimliches ging von der Polin Halina aus. Lisa konnte es nicht definieren, es war nichts Greifbares. Ungeachtet dessen mochte Lisa Halina gerne leiden.

Im Gegensatz zu Halina kam Lisa aus einer Familie, in der Schmalhans stets Küchenmeister gewesen war. Lisas Vater trank und war ständig arbeitslos. Ihre Mutter machte sich schon frühzeitig auf und davon.

In der kleinen Dachkammer im Hause Elderts, gleich neben Halinas Zimmer, fühlte sich Lisa wohl, so wohl, wie noch nie in ihrem Leben zuvor. Zu Hause, einem kleinen Ort im Harz, musste sie sich ein Zimmer mit einem ihrer Geschwister teilen. Eigene vier Wände und eigenes Geld zu haben war für sie paradiesisch. Sie durchquerte die kleine Empfangshalle des Hotels und wandte sich in Richtung Hotelküche, wobei ihr Busen leicht wippte und ihre Hüften sexy mitschwangen. Bis zur Ankunft in diesem Hause war sie sich ihrer erotischen Ausstrahlung nur unterschwellig bewusst gewesen. Nie wäre ihr in den Sinn gekommen, diese gezielt für ein bestimmtes Ziel einzusetzen. Lisa gehörte zu den ehrlichen Typen.

Auf dem Weg zur Küche zupfte sie ihre weiße Spitzenschürze, auf die sie sehr stolz war, zurecht. Im Hotel Elderts wurden diese Schürzen nur zum Servieren des Frühstücks getragen. Lisa verstieß gegen dieses unausgesprochene Gebot, sie konnte sich schwer vom Spitzentraum trennen. Wenn es ihr möglich war, lief sie den ganzen Tag damit herum. Spitzenschürzen waren für Lisa ein Attribut, welches zum Inbegriff einer heilen Welt gehörte und sie aus den gesammelten Schnulzenromanen ihrer Großmutter kannte und liebte. Eine Spitzenschürze gehörte untrennbar zu ihrem Beruf.

Durch die rosarote Brille betrachtet, liebte sie alles an ihrem Arbeitsplatz. Die Kollegen, das Haus und dessen Geruch, die Atmosphäre die entstand, wenn die Gäste schwatzend im Frühstücksraum saßen und Lisa sich einbilden konnte, es seien ihre ganz persönlichen Gäste und sie sei die Gastgeberin. Sie verehrte ihre Chefin und liebte und vergötterte deren Ehemann Jakob Elderts.

An der Küchentür angekommen, wischte sie sich mit dem Schürzenzipfel ganz vorsichtig eine letzte Träne aus dem Augenwinkel. Seit Stunden kamen keine richtigen Tränen mehr, sie hatte sich trocken geweint. „Das Leben muss auch ohne ihn weitergehen“, flüsterte sie. Dabei dachte sie an die vielen verweinten Stunden der ungeheirateten Mägde und Küchenmaiden, die von ihren geliebten Herzögen, Baronen und anderen Edelmännern nicht mehr rechtzeitig geheiratet werden konnten, weil der Tod die edlen Ritter vorzeitig ereilt hatte. Es war ihr Schicksal, Gleiches wie ihre Romanheldinnen erleiden zu müssen. Lisa würde diese Lebenslast würdevoll ertragen wie alle Romanjungfrauen.

Mit einem bezaubernden Lächeln stieß sie die Küchentür auf. Wie immer gegen elf Uhr saß Greta Elderts am großen Tisch und trank ihre Tasse Kaffee mit viel Milch, zwei Lisa unbekannte Personen daneben. Schon den ganzen Vormittag hatte Lisa versucht Frau Elderts aus dem Weg zu gehen. Jetzt riss sie sich zusammen und grüßte sie mit einem fröhlich gezwungenen „Guten Morgen", ehe sie auf dem Absatz kehrt machte, „Muss auf die Zimmer", murmelte und in den Etagen des Hauses verschwand.

Nicht zuletzt um die schlechte Laune seines Vorgesetzten aufzubessern, hatte Hölzner Weitsicht bewiesen. Er hatte Dr. Schuberts Urlaubsadresse ausfindig gemacht, ihn angerufen und ihm von den sich widersprechenden Obduktionsberichten erzählt. Dr. Schubert hatte Hölzner versprochen, sich sofort darum zu kümmern, auch wenn er dafür seinen Urlaub unterbrechen musste.

Mit dieser guten Nachricht konnte Hölzner Busbooms Laune tatsächlich verbessern, als er das Büro betrat. Busboom war seinem Kollegen dankbar.

„Ist da die Pathologie? Ich möchte Doktor Schubert sprechen", erklärte Busboom mit einem Ausdruck in der Stimme, der keinen Widerspruch zuließ.

Hölzner setzte sich auf einen der Stühle, um das Ergebnis des Telefongespräches abzuwarten.

Busboom beabsichtigte sich lauthals zu beschweren, dass er tatsächlich zwei Laborberichte vor sich liegen hatte, von zwei verschiedenen Ärzten unterschrieben, mit verschiedenen Todesursachen, bei ein und demselben Todesopfer.

Ungeduldig trommelte er mit den Fingern auf seinem Schreibtisch. Es dauerte lange, bis er durchgestellt wurde.

„Kriminalhauptkommissar Busboom, verbinden Sie mich bitte mit Doktor Schubert, Pathologie!“, rief er noch mal ins Telefon.

Oh je, dachte Hölzner, wenn der Chef sich schon mit seinem Titel meldet, ist es wohl doch nicht so gut um seine Laune bestellt.

„Schubert“, meldete sich eine dunkle Stimme.

Busboom lehnte sich erleichtert in seinem Bürostuhl zurück und lächelte.

„Hey, Kleiner, geh da vorsichtig mit um, das ist nicht die Pisse deiner Großmutter!“, brüllte Dr. Schubert deftig in den Hintergrund seines Labors. „Entschuldigung! Wer da?“

„Busboom“, meldete sich Focko noch einmal, ein Lachen unterdrückend. Er kannte und liebte die deftige Ausdrucksweise von Dr. Schubert. Etwas gewöhnungsbedürftig, doch man merkte schnell, dass in diesem Mann ein weicher Kern steckte. Focko Busboom war fest davon überzeugt, der Doktor würde durch diese Ausdrucksweise seine wahren Gefühle vor anderen zu vertuschen suchen, besonders dann, wenn ihm ein Fall in seiner Pathologie an die Nieren ging.

So wie jetzt. Schubert suchte ein Ventil, der Ohnmacht und der Hilflosigkeit gegenüber der Gewalt in dieser Welt zu entrinnen. Was er täglich auf seinem Seziertisch zu sehen bekam, erforderte starke Nerven.

„Busboom?“ Schubert klang erfreut. „So eine Sauerei“, fügte er mit rauem Ton hinzu. Busboom war sicher, er persönlich sei nicht gemeint.

„Bevor du dich aufregst, mein lieber Focko, kann ich dir versichern, ich werde den beiden Burschen nicht nur die Ohren lang ziehen!“, brüllte Schubert ins Telefon. Mit „den beiden“ waren sicherlich die Herren Doktoren Klein und Stumpf gemeint.

Focko sagte nichts.

Dr. Schubert schnaubte in den Hörer. „Ich habe das Missverständnis klären können. Glaub mir, man kann nicht einmal in Ruhe in Urlaub fahren, ohne dass hier im Schlachthaus alles drunter und drüber geht.“ Schubert pustete in den Hörer. Er hatte sich eine Zigarette angesteckt und seufzte tief. „Das Rauchen habe ich wieder angefangen, kannst du dir das vorstellen?“ Busboom konnte. Er hatte die nikotinverfärbten Finger Schuberts direkt vor Augen.

„Es ist ein Kreuz, kaum ist man ein paar Tage weg, schon ...“ Schubert schien die Erklärung hinausschieben zu wollen. Er zog kräftig an der Zigarette, hustete und meinte: „Du hast zwei Berichte meiner jungen Kollegen?“ Es war eher eine Feststellung als eine Frage.

„Darum rufe ich an.“

„Tja, okay.“ Es knisterte in der Leitung, als habe man den Hörer in einen Papierhaufen gesteckt. „Hier die volle Wahrheit. Halte dich fest, ...“ Theatralisch zu werden war gar nicht Dr. Schuberts Art. Busboom wartete. Wo blieb die nächste sarkastische Bemerkung?

„Focko, bist du noch da? Gut. Es war so: Stumpf hat vorgestern den Toten geöffnet. Er ist noch frisch im Beruf, gerade von der Uni hier eingetroffen. Es war der erste Tote, den er allein sezieren durfte. Stumpf allein zu Haus, haha. Gleich beim Öffnen des Brustkorbes und Freilegung der Lunge hat er die typischen Merkmale des Ertrinkens gefunden. Wie gesagt, er ist ein junger Kollege, meinte das reicht, wollte sich den Rest der Arbeit sparen. Er hat den Toten sofort wieder zugemacht, ohne weitere Untersuchungen durchzuführen. Pfusch!", brummte Dr. Schubert. „Später, also gestern, hat der Kollege Klein den Fehler von Stumpf wieder gutmachen wollen. Er hat das Blut, Fingernägel und die Haare von Elderts untersucht, die Stumpf ihm abgenommen hatte. So viel Verstand hatte er wenigstens noch", womit Dr. Schubert Stumpf meinte. „Hierbei kam die Todesursache „Arsenkumulation" heraus. Es brauchte dann noch einmal ein paar Stunden, bis ich von Hölzner aus dem Urlaub zurückgerufen wurde und die Jungs mir ihre Sünden gebeichtet hatten. Ich habe mir dann den armen Mann selbst vorgenommen. Also, wirklich keiner sollte drei Mal auf diesen Tisch. Armes Schwein. Richtig zerfleddert haben sie ihn, aber das nebenbei. Dem Himmel sei Dank, dass sie ihn noch nicht zur Beerdigung freigegeben haben", fügte Dr. Schubert nach einer kurzen Pause hinzu. Er hustete und räusperte sich laut. „Jedenfalls kann ich dir jetzt definitiv mitteilen: Der arme Mann ist gleich vier Mal gestorben."

Schubert ließ durch langes Schweigen das Gesagte wirken. Er wünschte dabei, er könnte Busbooms Gesicht jetzt sehen.

Dann erklang sein tiefes belustigtes Lachen. „Das Schlachtfest hier nicht mitgerechnet! Entschuldigung! Es ist schon wieder lustig, so traurig ist es." Schubert schien es auszukosten, Busboom auf die volle Wahrheit warten zu lassen. „Sitzt du gut?", fragte er ihn ein weiteres Mal und spannte ihn noch mehr auf die Folter.

Busboom ließ Schubert die Freude, die Ergebnisse seiner Arbeit auszukosten. „Ich setze mich jetzt", sagte er.

„Also, mein lieber Freund, Todesursache Nummer eins: Tod durch Ertrinken. Nummer zwei: Schädelbruch. Nummer drei: Arsenkumulation. Nummer vier: Überdosis von Schlafmitteln." Schubert ließ eine schöpferische Pause entstehen und gab Focko die Gelegenheit, die Tatsachen erst einmal zu verdauen, ehe er zum Höhepunkt seiner Untersuchung vorrückte. „Die fünfte Todesursache ..."

„Halt! Wieso fünf?"

„Wart's doch ab! Du kennst mich, ich bin immer für eine kleine Überraschung gut. Als fünfte Todesursache meine ich nicht das Schlachthauszenario hier bei uns ... Bist du noch dran? Focko, jetzt kommt der Höhepunkt. Die fünfte Todesursache ist ... eine natürliche. Elderts hatte an allen lebenswichtigen Organen Metastasen im Endstadium." Der Doktor lachte künstlich, ehe er erklärte: „Der arme Kerl! Ihm all die Gräueltaten anzutun, hätte man sich sparen können. War völlig überflüssig. Er wäre sowieso in den kommenden Tagen, vielleicht Wochen, gestorben."

„Und, was schließt du daraus?", konnte Busboom erst nach einiger Bedenkzeit nüchtern fragen.

Schubert war enttäuscht. Warum konnte Focko die Ironie des Schicksals nicht gebührend beachten?

„Nun, meiner Meinung nach ist Folgendes passiert!", sagte Schubert.

Hölzner, der nicht mitbekam, was Dr. Schubert sagte, rutschte unruhig auf seinem Stuhl hin und her. Er beobachtete nicht ohne Sorge die ständigen Gesichtsveränderungen seines Vorgesetzten. Eines stand für ihn fest: Was Busboom eben am Telefon mitgeteilt bekam, war wichtig für alle. Er erhob sich leise, verließ das Büro und informierte seine Kollegen. Die kommende Besprechung würde dem Fall eine ganz neue Bedeutung geben.

Wenig später war das komplette Ermittlungsteam in Busbooms Büro versammelt und schaute ihn gespannt an. Dieser hatte nach dem Telefongespräch lange auf seinem Stuhl gesessen, aus dem Fenster gestarrt, nichts gesagt und nichts getan.

Jetzt räusperte er sich und schaute in die Runde. Wie sollte er anfangen?

„Elderts ist ertrunken ...“, sagte er fast müde.

Teddy Schell wollte gerade zum Widerspruch ansetzen, als Busboom hinzufügte: „... und hatte einen tödlichen Schädelbruch.“ Er hob die Hände, um die erwartete Unruhe im Keim zu ersticken. „Er ist vergiftet worden, gleich zwei Mal. Und um allem die Krone aufzusetzen, all die Mühe des Mörders war umsonst, für die Katz. Elderts wäre sowieso an Krebs gestorben.“

Wie um seine Worte zu bestätigen, setzte sich in diesem Moment das Faxgerät in Bewegung. Die ersten Seiten von Dr. Schuberts schriftlichem Bericht trafen ein.

Es dauerte eine Weile, bis alle Blätter gedruckt waren. Keiner sagte ein Wort, aber alle reckten die Köpfe und wollten einen Blick auf den Bericht werfen, so als müssten sie sich höchstpersönlich von dieser Unglaublichkeit überzeugen.

Schell war der Erste, der seine Meinung zum neuesten Befund abgab. „Alle Achtung. Unser Opfer scheint nicht der Sunnyboy dieser Gemeinde gewesen zu sein. Da hat sich aber einer wirklich Mühe gegeben, den Typen gründlich und endgültig loszuwerden.“

„Vielleicht haben wir Glück und er steht bei der Beerdigung mit dem Spaten da, um noch einmal draufzuhauen.“ Hölzner wollte witzig sein.

Ariana räusperte sich, sparte sich aber einen vernichtenden Blick zu ihm. Stattdessen lächelte sie in die Runde, wie um allen etwas Mut zu geben und ließ dabei reizende Wangengrübchen sehen. Dieses aufmunternde Lächeln wurde von ihr konkurrenzlos beherrscht. „Ich glaube, ich muss euch enttäuschen, wenn ihr auf einen Täter tippt. Es sind mehrere Mörder. Wenn wir Pech haben, gleich vier.“

Busboom nickte. Zu diesem Schluss war er auch gekommen. Die Tötungsmethoden waren zu unterschiedlich, um von einer Person zu stammen.

„Genau das wird unser Problem werden“, sagte er fast schon mit schlechtem Gewissen, da Ariana heute geballten Optimismus ausstrahlte. „Konnte Elderts schwimmen?“, fragte er Janssen.

Dieser nickte bedächtig. „Vor Jahren war Jakob Elderts einmal Rettungsschwimmer. So was verlernt man nicht.“

„Gut. Dann können wir annehmen, dass er besinnungslos ins Wasser gelangt ist. Wenn er also ohnmächtig durch den Schädelbruch von jemandem ins Wasser geworfen wurde, sind zwei Tötungsarten von ein und derselben Person ausgeführt worden.“

„Dann hätten wir drei Mörder“, brummte Schell.

„Oder, er hat selber die Schlaftabletten geschluckt, ist dann zur Buhne gewankt, vielleicht weil er sich in der Richtung vertan hatte, ist mit dem Kopf unglücklich angeschlagen und von allein ins Wasser gefallen und ertrunken.“ Ariana steckte heute wirklich voller Optimismus und wenn es nur hieß, die eben selbst aufgestellte Theorie von vier Mördern zu berichtigen und auf zwei herunterzustreichen.

„Vielleicht ist er auch, geschwächt durch das viele Schlafmittel, auf die Buhne gewankt, ins Wasser gefallen und hat sich erst später den Kopf tödlich am Bollwerk geschlagen?“ Hölzner strich sich bei diesen Worten sein schon zurückweichendes Haar zurück.

„Sag ich doch.“

„Hat Bäcker nicht gesagt, er muss von einem Boot aus ins Wasser gelangt sein?“ Dieser Einwand wurde überhört.

„Oder dem Arsenmörder dauerte es zu lange, er fügte noch etwas Schlafmittel hinzu, wartete, bis das Opfer tranig genug war, um nichts mehr zu merken, führte ihn dann zum Wasser, stieß ihn hinein, wobei sich Jakob den Kopf an der Buhne aufschlug.“ Hierdurch versuchte Ariana die Anzahl der Mörder nochmals zu reduzieren.

„Der Schädelbruch war oben auf dem Kopf“, gab Busboom zu bedenken, „das bedeutet, der Mörder war entweder riesengroß oder es ist Jakob etwas auf den Kopf gefallen.“

„Oder absichtlich auf den Kopf geworfen worden?“ Dabei fiel Ariana diese Art länglicher Flaschenzug an der Decke der Werfthalle ein, die von Georg Borland „Laufkatze“ genannt worden war. Vielleicht hatte jemand von dort oben etwas auf Elderts herunterfallen lassen.

„Woran ist er denn nun tatsächlich gestorben?“, fragte Bäcker und handelte sich damit tadelnde und skeptische Blicke ein. „Ich meine, was als Erstes?“, drückte er sich hilflos aus.

„Richtig, wer ist denn der eigentliche Mörder? Ich meine so eine Art ‘Hauptmörder’“. Das ist ja dann derjenige, dessen Tat hauptsächlich war. Ich weiß nicht, wie ich das richtig ausdrücken soll. Ihr versteht schon, was ich meine.“

„Die anderen sind sozusagen Nebenmörder?“

„Blöder Ausdruck!“

„Tja, das ist schwer zu sagen. Hauptmörder, Nebenmörder! Fakt ist, wenn er keinen Schädelbruch gehabt hätte, wäre er vergiftet worden durch Schlaftabletten. Fehlten die Schlaftabletten, hätte ihn das Arsen über kurz oder lang dahingerafft. Vielleicht wollte er nur ein Bad nehmen, ist durch die Tabletten müde geworden und deswegen ertrunken. Oder ...“

„Ach, es gibt viele Varianten.“

„Und alles für die Katz, er wäre eh in absehbarer Zeit gestorben." Schell wollte witzig klingen, doch er brachte es nicht besonders gekonnt über die Lippen.

Gemeinsames Schweigen brachte die Kripobeamten, jedenfalls für den Moment, auch nicht weiter. Busboom ging in Gedanken die nächsten Schritte durch, ehe er Anordnungen erteilte. „Es muss geklärt werden, wer die Möglichkeit hatte, an Arsen heranzukommen. Weiter müssen wir klären, wer die Gelegenheit hatte, ihm dieses Zeug über einen längeren Zeitraum regelmäßig zu geben. Im Moment fällt mir spontan die Ehefrau ein."

„Könnte auch eine der Angestellten sein, eine, die ihm regelmäßig zum Beispiel Kaffee gekocht oder das Essen zubereitet hat. Das wird dieser Macho sicherlich nicht selbst getan haben."

„Ah, sind wir wieder beim Thema", flüsterte Hölzner absichtlich laut, damit Ariana es hören konnte. Ihre Anfälligkeit gegenüber Machogehabe war jedem bekannt. Nicht zuletzt deswegen wunderten sich alle, dass sie sich mit dem Meister dieses Fachs, dem Kollegen Kutschbauer, zusammengetan hat.

„Wir könnten ja mal Bernhard Kutschbauer fragen", schlug Hölzner vor.

„Es könnte aber auch eine seiner Geliebten gewesen sein." Diese Vermutung reihte sich in die Skala der offenen Geheimnisse dieser Insel ein. Janssen schaute Busboom direkt in die Augen. „Auf Ihrem Tisch liegt irgendwo ein Blatt, auf dem ich die angeblichen Gespielinnen des Opfers aufgezählt habe. Angeführt von den beiden jüngsten, also den letzten uns bekannten Mädchen."

„Hat die Ehefrau davon gewusst?" Ariana schaute bestürzter, als ihr zumute war. Ein Nicken bestätigte es ihr.

„An Schlaftabletten heranzukommen sollte weniger aufwändig und schwierig sein“, brachte Busboom die Sache wieder zum Punkt zurück. „Trotzdem klappern wir die hiesigen Ärzte ab. Wer war eigentlich Elderts' Hausarzt?“

„Der Schamane.“ Wieder einmal zeigte sich, dass die hiesigen Polizisten bei den Ermittlungsarbeiten unverzichtbar waren. „Jakob Elderts war am Vorabend seines Todes bei ihm gewesen.“

„Schamane? So heißt der doch nicht wirklich?“ Ariana wusste von ihrem ersten Fall auf dieser Insel, dass hier viele Menschen einen Spitznamen hatten. Sie fand, die meisten davon waren treffend.

„Doktor Scherer heißt er im wirklichen Leben“, lächelte der Kollege.

„Was wissen Sie über ihn?“ Busboom nahm sich vor, Bäckers Wissen über die Insulaner, ihre verzwickten Familienverbindungen und deren Lebensgeschichten voll auszuschöpfen und sagte ihm das auch.

„Scherer ist ein Quacksalber, wenn Sie meine Meinung hören wollen. Kein Insulaner“, fügte er schnell hinzu, als wolle er sagen, die tun so etwas nicht. „Praktiziert nur privat.“

Genau das wollte Busboom hören. „Weiter?“

„Seit gut drei Jahren auf der Insel. Wo er vorher sein Unwesen getrieben hat, mag der liebe Herrgott wissen. Lassen Sie sich von seinem Äußeren nur nicht täuschen. Zart nach außen, innerlich aber ein brutaler Kerl. Ständig wechselndes Personal in seiner Praxis. Frag mich, wozu der überhaupt Personal braucht. Praktiziert nur selten.“

„Kommt an Arsen und Schlaftabletten heran“, bemerkte Janssen.

„Wie alle anderen Ärzte auch“, tadelte Schell vorschnell, obwohl ihm dieser Gedanke ebenso durch den Kopf geschossen war.

„Ach übrigens, da fällt mir ein, ein Zeuge hat behauptet, den Schamanen zusammen mit Elderts gegen zweiundzwanzig Uhr gesehen zu haben.“

Richtig, die vielen Zeugenaussagen mussten alle durchgegangen werden. Es gab etliche Bürger, die sich gemeldet hatten, um zum Fall eine Aussage zu machen. Wie viel davon brauchbar war, würde sich erst im Laufe der Ermittlungen herausstellen.

„Den Schamanen werden wir jetzt besuchen“, sagte Busboom mit einem Blick in Arianas Richtung und löste damit die Versammlung auf.

13.

Wenig später betraten die beiden das Grundstück von Dr. Scherer. Sie hörten einen Hund winseln und ein Geräusch, als würde jemand mit einer Peitsche schlagen. Beide gingen um das Haus herum, in dem auch die Praxis lag, den Geräuschen nach. Als sich die Pforte am Zaun, die zum hinteren Teil des Grundstückes führte, quietschend öffnete, verstummten die Laute. Der Hund lag friedlich auf der Wiese. Ein sportlicher Mann, um die sechzig, kam ihnen lächelnd entgegen.

„Doktor Scherer?“, fragte Busboom. Winnetou oder besser gesagt, eine fast identische Ausgabe von Pierre Brice reichte Busboom die Hand.

„Busboom, Kriminalpolizei! Meine Kollegin Frau Peters“, stellte er vor.

„Ich habe Sie schon erwartet.“ Mit einer Handbewegung lud Dr. Scherer die beiden ein, ihm zur Gartenlaube zu folgen und sich auf die gepolsterten Gartenstühle zu setzen.

„Darf ich Ihnen etwas zu trinken anbieten?“ Auf dem Tisch standen eine Karaffe mit Saft und drei Gläser. Er hatte sie wirklich erwartet. Die Eiswürfel klirrten als er einschenkte. Ariana konnte nicht anders, sie starrte den Mann fasziniert an. Er hatte seinen Spitznamen zu Recht. „Schamane“, nicht nur, weil er Arzt war, sondern ganz sicher auch, weil er wie ein Indianer aussah. Pierre Brice, ihr Idol und Lieblingsschauspieler aus ihrer Jugendzeit. Ein lebensgroßes Bravo-Poster hing damals in ihrem Kinderzimmer.

„Sie waren der Hausarzt von Jakob Elderts?“, kam Busboom gleich zur Sache.

„Tragisch, nicht wahr!“ Sein Tonfall ließ Ariana sofort auf seine Hände schielen. Es hätte gepasst, wenn er jetzt den kleinen Finger abspreizte, so affektiert klang er. Meinte er den Mord an Elderts oder fand er es nur tragisch, des Opfers Arzt gewesen zu sein?

„Sie waren also Jakob Elderts Hausarzt!“, stellte Busboom nochmals fest und Dr. Scherer nickte.

„Können Sie mir etwas über Elderts Gesundheitszustand sagen?“

Mit hochgezogenen Augenbrauen schaute der Arzt den Kripobeamten amüsiert an. „Ich denke, Ihr Pathologe wird Ihnen das sicherlich gesagt haben. Das konnte er nicht übersehen.“

Busboom nickte. „Wusste Elderts Frau davon?“

„Ich denke nicht. Aber das müssen Sie sie schon selber fragen.“

„Wie ich höre, waren Sie auch privat mit dem Toten befreundet?“

„Wir sind beide Jäger“, ließ der Schamane die Frage unbeantwortet. Um seine Aussage zu unterstreichen rief er nach seinem Jagdhund, der sofort angerannt kam, sich vor seinem Herrn platt auf den Boden legte und den Schwanz einklemmte.

„Wann haben Sie Jakob Elderts das letzte Mal gesehen?“, fragte Busboom. Er fing Arianas Blick auf und wusste, sie dachte genau das Gleiche.

„Vergangenen Montag?“, versuchte sich der Indianer zu erinnern.

„Nicht vorgestern?“ Busbooms Stimme verriet Ariana, dass er den Doktor ebenso wenig leiden konnte wie sie.

Scherer griff mit der linken Hand nach seinem Hund, um ihm die Ohren zu kraulen. Das Tier begann zu zittern. Als der Schamane keine Antwort gab, fragte Busboom noch einmal: „Haben Sie jetzt Jakob Elderts vorgestern Abend gegen zweiundzwanzig Uhr gesehen oder nicht?“

„Jetzt, wo Sie es sagen, Herr Kommissar. Ja, da habe ich Elderts gesehen.“

„Sie wissen, dass das die Mordnacht gewesen ist?“

„Ja! Noch ein wenig Saft?“

„Was taten Sie und Herr Elderts nach zweiundzwanzig Uhr?“, vertiefte Ariana Busbooms Frage.

„Mögen Sie wirklich keinen Saft mehr?“

„Herr Doktor, bitte beantworten Sie unsere Frage.“

„Wir waren auf der Jagd.“

„Mitten in der Nacht?“ Gut, um diese Zeit war es noch nicht dunkel. Aber wen oder besser was jagte man um diese Zeit?

Scherer schaute arrogant, sagte aber nichts.

„Und was haben Sie gejagt?“

„Hasen.“

„Am Strand?“

„Wieso Strand?“

Busboom machte ein Gesicht, als sei dieses bewiesene Tatsache.

„Selbstverständlich nicht, wie kommen Sie auf solch eine absurde Idee?"

„Sie wurden aber nach zweiundzwanzig Uhr dort gesehen", gab Busboom einen Schuss ins Blaue ab. „Also, was haben Sie dort gemeinsam gemacht?"

„Hasenjagd", beharrte der Arzt.

„Herr Doktor Scherer, Sie wollen uns doch nicht erzählen, dass Sie am Strand Hasen jagen!", nahm Ariana in ungewohnt scharfem Ton Busboom Versuchsfaden auf. Ihr war es kaum noch möglich, ihre Abneigung gegen den Arzt zu verbergen.

Seufzend setzte Scherer die Saftkanne ab, die er immer noch in der Hand hielt. Er griff unter den Stuhl nach dem Hund, der sich aber in der Zwischenzeit, von allen unbemerkt, davongeschlichen hatte.

„Also?", wiederholte Busboom.

„Gut, gut, ich sagen es Ihnen ja." Beschwichtigend hob Scherer die Hände. „Ich denke, Sie bekommen es sowieso heraus." Nach längerer Überlegungspause sagte Scherer: „Seehunde."

„Seehunde?" Ungläubig schauten Ariana und Busboom sich für den Bruchteil einer Sekunde an.

Aber die stehen unter Naturschutz, wollte Ariana gerade sagen, als Busboom losdonnerte: „Wollen Sie mich verarschen?"

„Nichts läge mir ferner, Herr Kommissar."

„Dann erzählen Sie mir nicht, Sie jagen mitten im Hochsommer Seehunde auf Borkum Riff."

Blitzschnell überlegte Busboom, ob es möglich war. Nein, unmöglich. Um diese Jahreszeit wurde es sehr spät dunkel, sodass auch nach dreiundzwanzig Uhr noch mit Spaziergängern in diesem riesigen Strandabschnitt zu rechnen war. Sollte in dieser Nacht Neumond gewesen sein, oder eine dichte

Wolkenbank über der Insel gelegen haben, bestand eventuell die Möglichkeit auf mehrere Nachtstunden in völliger Dunkelheit. Allerdings ist bereits morgens gegen vier Uhr wieder mit ersten Joggern zu rechnen. Vom absoluten Jagdverbot einmal ganz abgesehen, überlegte Busboom. Und wie sollte ein erlegtes Tier unauffällig von dort forttransportiert werden? Busboom war nicht gewillt, sich von diesem Mann so eine haarsträubende Geschichte auftischen zu lassen. Seemannsgarn vom Feinsten! Hier musste etwas härter durchgegriffen werden.

Ein paar Sekunden lautes Brüllen genügten und der feige Schamane sprudelte nur so vor Redseligkeit. Ganze fünf Minuten später wussten die beiden Kriminalbeamten die komplette Geschichte.

Ein neuer Tag brach an, als Ariana und Busboom das Hotel *Haus Elderts* zum dritten Mal betraten und nach Frau Elderts fragten. Ein junges Mädchen, dessen Vokale lang und gedehnt klangen, führte sie abermals in die Hotelküche. Hier präsentierte sich ihnen eine völlig veränderte Greta Elderts.

Immer noch in Schwarz gekleidet, bedeckte eine viel verhüllende weiße Kittelschürze ihren Körper. Greta Elderts strahlte in diesem Augenblick eine Lebenslust, Autorität und Energie aus, die nach dem letzten Besuch so schnell nicht zu erwarten gewesen war.

Es war noch früh am Morgen, die Frühstückszeit für die Hotelgäste begann eben erst. Greta saß am großen Küchentisch und schnitt geschickt und schnell ein großes weiches Brot in Scheiben. Gleichzeitig erteilte sie präzise Anordnungen an das übrige Hauspersonal. Es herrschte rege Geschäftigkeit, aber keine Hektik. Sie hatte alles fest im Griff. Es dauerte eine

Weile, bis sie die Polizisten bemerkte. „Herr Kommissar, was kann ich für Sie tun?"

„Ich muss Ihnen noch ein paar Fragen stellen."

Greta Elderts machte keine Anstalten auf Busbooms Worte zu reagieren. Stattdessen erteilte sie dem Personal weitere Anweisungen, die flink, geschäftig und ohne Widerrede ausgeführt wurden. Ariana verfolgte das Schauspiel, noch nicht sicher, was sie davon halten sollte, bis Busboom leicht gereizt mit erhobener Stimme sagte: „Ein paar heikle Fragen. Ich denke, es wäre Ihnen lieber, diese in aller Ruhe und nicht vor dem Personal zu besprechen."

Ariana lächelte in sich hinein. Sie registrierte mit Genugtuung, dass ihr Vorgesetzter seine alte Vernehmungsform wiedergefunden hatte.

Greta schickte das Personal hinaus. Als sie allein waren, sprach Busboom in einem Ton, der signalisierte, dass die gewährte Schonfrist für Greta Elderts vorbei war. „Wie gesagt, ein paar heikle Fragen."

Beim Anblick der Witwe wurde Busboom plötzlich eines klar. Frau Elderts war in diesem Moment auf Platz Nummer eins seiner ganz persönlichen Verdächtigenliste gerutscht. Was hatte seinen Sinneswandel bewirkt? Welche unterschwelligen Signale sandte Greta aus, dass sie von einer Sekunde auf die andere auf die Top-Liste potenzieller Mörder gerutscht war?

War es das, was der Polizeichef von Borkum gestern bei der Besprechung ganz nebenbei zu Schell sagte, als er auf einige Details aus seinen Papierstapeln einging, die er getrennt nach Gerüchten und Tatsachen sortiert hatte?

Er hatte erzählt, Greta Elderts sei seit über zwanzig Jahren Mitglied in der Borkumer Niederdeutschen Bühne. Sie verfüge über solch ein schauspielerisches Talent, dass jedes Jahr ein Bühnenstück mit ihr besetzt werde.

Busboom fiel sofort der Zusammenbruch im Wohnzimmer bei ihrem ersten Besuch ein und fragte sich unweigerlich, ob ihnen etwas gekonnt vorgespielt worden war. Alles zusammen genommen führte dazu, Busbooms Witwenrücksicht auf ein Minimum schrumpfen zu lassen. Die vor ein paar Stunden noch so zerbrechliche Person zeigte jetzt ihre starke Seite.

Sein Blick traf den Arianas. Ihr Mienenspiel signalisierte ihm, dass seine innere Wandlung bei ihr angekommen war.

„Heikle Fragen, auf die Sie trotzdem eine Antwort wünschen?“, fragte Greta.

Sie saßen sich am großen Küchentisch gegenüber. Abwartend und selbstsicher lehnte Greta sich zurück.

Die alte Frau kam völlig lautlos in die Küche und hantierte etwas herum, während sie der Unterhaltung aufmerksam zuhörte. Mit einem Lappen wischte sie das dritte Mal über die Spüle und bemühte sich, völlig harmlos zu wirken. Ariana war es nicht entgangen, dass der alten Dame kein gesprochenes Wort entging. Sie zuckte zusammen, als Greta sie bat, Teewasser aufzusetzen. Dabei schaffte die Alte es schnell wieder beiläufig zu schauen und auch diesen Tonfall in ihre Stimme zu legen: „Das wollte ich sowieso gerade machen.“

Greta war intelligent genug, um zu wissen, dass sie den beiden nicht noch einmal so leicht etwas vorspielen konnte.

„Frau Elderts, wie wir ihn Erfahrung gebracht haben, war Ihr Mann in der Mordnacht bei einem seiner Jagdfreunde. Können Sie mir dazu etwas sagen?“

Greta Elderts verneinte. „Wie ich Ihnen bereits sagte, bin ich zeitig zu Bett gegangen. Sie wissen, wir haben getrennte Schlafzimmer. Ob mein Mann noch aus war, kann ich Ihnen beim besten Willen nicht sagen.“

Busboom ließ es vorerst darauf beruhen. Für einen Augenblick war er überzeugt, sie sage die Wahrheit.

„Ihr Mann hatte ein Verhältnis, wussten Sie davon?", fragte er stattdessen.

„Ein Verhältnis?" Die Betonung lag auf dem ersten Wort. Es machte keinen Sinn zu leugnen, von der Untreue ihres Mannes gewusst zu haben. Schließlich pfiffen es die Spatzen seit Jahren von den Dächern der Insel.

Busboom nickte. „Uns interessiert seine letzte Beziehung. Die zu Ihrer Saisonangestellten Halina."

Greta Elderts Gesichtszüge veränderten sich abrupt. Das hatte sie nicht gewusst. Sie brauchte einige Sekunden, um sich mit der Situation vertraut zu machen.

„Mit Halina? Davon wusste ich nichts", sagte sie ehrlich und schnappte kurz nach Luft. Nach einer kurzen Pause fragte sie: „Spielt das bei Ihren Ermittlungen eine Rolle?"

„Spielt was eine Rolle?" Erleichtert darüber, dass Busboom seine altbewährte Verhörtaktik wieder gefunden hatte, lehnte Ariana sich entspannt auf ihrem Stuhl zurück.

„Wer ihn umgebracht hat", gab Greta zurück.

„Spielt es für Sie denn eine Rolle?"

„Natürlich." Greta Elderts wirkte plötzlich müde. „Natürlich interessiert es mich, wer ihn umgebracht hat. Es macht ihn aber nicht wieder lebendig ..." Sie hielt inne. „Hat Halina etwas damit zu tun?"

„Schön, dass Sie auf Halina zurückkommen. Ihnen ist also nicht aufgefallen, dass Ihr Mann sich des Nachts aus seinem Zimmer schlich, um in das Bett von Halina zu kriechen?"

Brutaler hätte ich es kaum ausdrücken können, dachte Ariana.

Greta schüttelte den Kopf. Tränen traten der Witwe in die Augen. Ariana überfiel Mitleid. Spielte sie jetzt Theater oder nicht?

„Und Sie wollen nie die Vertrautheiten zwischen den beiden bemerkt haben? Offensichtlich haben alle anderen hier im Hause davon gewusst." Greta antwortete nicht und Busboom wechselte das Thema. „Als ich Sie das letzte Mal fragte, sagten Sie, Sie seien an dem Morgen, als die Leiche Ihres Mannes gefunden wurde, gegen acht Uhr aufgestanden."

„Das ist richtig", erwiderte Greta, sichtlich froh, nicht weiter von Halina sprechen zu müssen. Diese Neuigkeit musste sie erst einmal verdauen. Sie wusste, ihr Mann machte nachts die Runde, hatte aber auf Lisa getippt. Sie konnte nicht ahnen, dass ihr Mann, im Bewusstsein, seine letzten Monate auf Erden zu verbringen, gleich beide Mädchen wechselweise besuchte.

„Um kurz nach acht Uhr haben Sie aber bereits in der Küche bei einer Tasse Kaffee gesessen."

„Ja, und?"

„Kaffee trinken Sie gewöhnlich gegen elf. Das heißt, gut drei Stunden, nachdem sie frühmorgens Tee getrunken haben."

„Dann habe ich sicher Tee getrunken."

„Nein, es war Kaffee. Gewohnheiten können tückisch sein. Wir schließen daraus, dass Sie an diesem Morgen bereits seit Stunden auf den Beinen waren."

„Dann habe ich mich wohl in der Zeit geirrt." Sie reagierte bockig.

„Das glaube ich kaum." Busbooms sanfter Ton war trügerisch. „Ich frage Sie noch einmal: Wann sind Sie an diesem Morgen aufgestanden?"

„Das muss dann wohl kurz vor sechs gewesen sein."

„Nicht noch eher?"

„Nein, warum sollte ich. An diesem Tag war großer Gästewechsel. Da gibt es viel zu tun. Da stehe ich immer früh auf, aber sechs Uhr reicht vollkommen."

„Warum haben Sie das nicht schon beim letzten Besuch gesagt?“

„Ich war durcheinander, das ist doch wohl zu verstehen!“

„Sie sind also erst kurz vor sechs aufgestanden!“, wiederholte Busboom.

„Ja.“

„Kann das jemand bezeugen?“

„Frau Elmau.“

Busboom nickte. Hermine Elmau würde alles für ihre Greta bezeugen, da war er sich sicher.

Ein Seitenblick auf die Teekochende bestätigte seine Vermutung. „Wieso sind Sie dann bereits zwei Stunden später bei einer Tasse Kaffee angetroffen worden?“, wollte er noch einmal wissen. „Haben Sie für die Abweichung von Ihrer Gewohnheit eine Erklärung?“

Greta nickte geistesabwesend, dann schaute sie ihn lange ausdruckslos an, ehe sie tief Luft holte und resigniert mit den Schultern zuckte. „Ich habe keine Erklärung.“

„Gut Frau Elderts, belassen wir es erst einmal dabei. Hatte ihr Mann Feinde?“

Erstaunt schaute sie den Polizisten an. „Herr Kommissar, wenn Sie das noch nicht herausgefunden haben, dann weiß ich nicht, was Sie den ganzen Tag so tun!“ Die Antwort war unverschämt, klang jedoch aus ihrem Mund anders.

Busboom nickte nachdenklich. „Sie haben Recht. Dann formuliere ich es anders. Ist jemand in der letzten Zeit besonders aufgefallen?“

Greta Elderts ließ sich mit der Antwort Zeit. „Wissen Sie, eigentlich ist es leichter, die Menschen aufzuzählen, die ihn mochten.“

Für eine liebende Ehefrau eine Feststellung, über die man sich Gedanken machen sollte, dachte Ariana . „Und wie ist es mit Ihnen?“

Ein grenzenlos trauriger Blick, der sie tief im Herzen rührte, traf die fragende Beamtin. Greta Elderts hatte ihren Mann trotz seiner Seitensprünge offenbar geliebt, das stand in diesem Moment für Ariana felsenfest. Auch wenn dem alles widersprach, was sie bisher über diese Ehe ermitteln konnten.

Auch Busboom hatte den traurigen Blick bemerkt. Er fühlte sich plötzlich seltsam unwohl in seiner Haut. Zwischen den beiden Frauen war spürbar ein freundschaftlicher Verständnisfunke übergesprungen, der ihn ausschloss. Für Sekundenbruchteile war er das fünfte Rad am Wagen. Beklommen raffte er sich zur nächsten Frage auf, die überflüssig war und von der er die Antwort schon wusste. Aber er stellte sie trotzdem. „Sie haben ihn trotz allem geliebt?“

Greta war diese Frage weniger unangenehm als ihm. Es wirkte, als habe sie sie erwartet. Entspannt auf ihrem Stuhl zurückgelehnt, galt ihre Antwort ausschließlich Ariana. „Ja, ich habe ihn geliebt.“ Ihre Augen wurden glasig. „Es war Liebe von Kindesbeinen an, müssen Sie wissen. Jakob war der schönste und begehrenswerteste Mann auf der ganzen Insel. Damals konnte ich mein Glück kaum fassen, dass er sich mit mir abgab, wo doch so viele Frauen ihn umschwärmten. Als er schließlich um meine Hand anhielt, haben etliche mich vor ihm gewarnt. Meine Freunde, meine Familie. Doch ich habe alle Warnungen in den Wind geschlagen. Wir waren das Traumpaar. Die ersten Jahre sind wir im Glück geschwommen. Na ja, ich zumindest. Ich habe nicht gemerkt oder wollte nicht merken, was vor sich ging. Es war immer das Gleiche. Alle anderen wussten Bescheid, doch die Ehefrau erfuhr es zuletzt. Er betrog mich, wo er nur konnte. Ich habe mich lange dagegen gesperrt, wollte es nicht wahrhaben. Erst nachdem meine jugendliche Blindheit nachließ, konnte ich ihn mit anderen Augen sehen. Damit kamen die schlimmen Jahre für mich." Sie seufzte. „Wir hatten oft Krach wegen seiner Affären. Jedes Mal versprach er mir aufs Neue, es nicht wieder zu tun, er liebe nur mich. Und ich glaubte ihm immer und immer wieder."

Ehefrauen, die sich einredeten, dies wäre jetzt der letzte Ausrutscher des Ehemannes und es würde nie wieder vorkommen, kannte Ariana zu Genüge. Auch, dass den Ehemännern ein ums andere Mal verziehen und deren Beteuerungen allzu gerne geglaubt wurde. Doch konnte sie von dieser intelligenten und gut aussehenden Frau wirklich annehmen, zu dieser Sorte stets verzeihender Ehefrauen zu gehören?

„Als Jakob dann älter wurde, in die Jahre kam", erzählte Greta, „wurden die Mädchen immer jünger und seine Affären immer kürzer. Ich musste nur noch darauf warten, bis eines der jungen verflossenen Dinger der jeweiligen Favoritin meines Mannes erzählte, was Jakob für ein Kerl war." Bitterkeit lag in ihrer Stimme. „Wissen Sie, die Werft wirft in letzter Zeit nicht viel ab. Irgendeiner fand sich immer, der den jungen Dingern erzählte, dass das große Vermögen", hierbei machte sie eine ausschweifende Handbewegung, „mir gehört. Spätestens dann trennten sie sich von ihm. Er hat in den letzten Jahren nie eine gefunden, die nur ihn liebte und nicht sein angebliches Geld. Ein Gutes hatte das, ich konnte immer sicher sein, dass er zu mir zurückkam."

Na, wenn das gut war, dachte Ariana. „Haben Sie niemals daran gedacht, ihn zu verlassen?"

„Sicher, auch meine Liebe ist nicht unerschöpflich."

„Und warum taten Sie es nicht?"

„Nennen Sie es Gewohnheit, Egoismus. Es war einfach praktischer."

Ariana konnte sich beim besten Willen nicht vorstellen, was daran praktisch sein konnte, fragte aber nicht, weil sie sah, wie Busboom zur nächsten Frage ansetzte.

„Gewohnheit“, die war ihm in all den Jahren seiner Ermittlungsarbeiten oft untergekommen. Doch bei „Egoismus“ und „praktisch“ wurde auch er stutzig und hob fragend die Augenbrauen.

„Wieso praktisch und warum Egoismus?“, fragte er.

Unvermutet lächelte Greta. Sie beachtete ihn wieder. „Wissen Sie, Herr Kommissar, ich habe unter meinen Freundinnen eine junge Witwe, eine Geschiedene und eine, die nie verheiratet war.“

Sie blickte Ariana direkt in die Augen und setzte eine Miene auf, als müsse sie dieser jungen Frau etwas grundlegend Wichtiges mitteilen, was jeder jungen Frau von einer älteren unbedingt mit auf den Weg gegeben werden sollte. „Wenn sie einen Mann ihr Eigen nennen“, wobei sie kurz und trocken auflachte, „ist das Leben in sehr vielen Dingen einfacher, praktischer, ja angenehmer. Schauen Sie nicht so skeptisch, Frau Peters. Das geht schon mit den Handwerkern los. Glauben Sie ja nicht, dass diese einer alleinstehenden Frau sofort zu Diensten stehen. Frauen werden tagelang hingehalten. Ist jedoch ein Ehemann im Haus, sieht die Sache schon ganz anders aus. Oder nehmen Sie offizielle Anlässe, Festlichkeiten; zu denen werden nur Paare gemeinsam eingeladen. Für alleinstehende Frauen sind sie plötzlich tabu. Bei Tanzveranstaltungen wird jede einzelne Handlung einer Singlefrau mit Argusaugen begutachtet und bemängelt. Ich könnte noch Hunderte von solchen Beispielen aufzählen, die das Leben mit einem Mann einfach praktischer gestalten. Sie sehen, es hat auch was mit Egoismus zu tun.“

Ariana konnte diese Gedanken nicht teilen, nahm sich aber vor, darüber nachzudenken und zu versuchen, sich in Gretas Situation zu versetzen.

„Ach übrigens, welches Schlafmittel verwenden Sie?“, fragte Busboom eher beiläufig.

„Diazepan“, antwortete Greta Elderts geistesabwesend.

Busboom nickte, genau das war in Jakobs Leichnam gefunden worden.

Die beiden Kripobeamten waren schon lange fort. Greta saß allein in ihrem Wohnzimmer, grübelte und dachte an ihren letzten Besuch bei Dr. Scherer.

Der Schamane war seit zwei Jahren auch Gretas Arzt, Vertrauter und Freund. Er nahm ihre Klagen über verschiedene Krankheitssymptome ernsthaft entgegen, untersuchte sie, lehnte sich dann im Sessel zurück und deutete spielerisch mit dem Stethoskop auf sie.

„Du bist keine gebrechliche Erscheinung und in deinem Alter bemerkenswert gut auf den Beinen.“

„Ich weiß, dass ich eine robuste Konstitution habe“, erwiderte Greta. „Trotzdem muss ich gestehen, dass ich mich ein wenig überanstrengt fühle, ziemlich erledigt und ausgelaugt.“

„Du arbeitest eben viel zu viel.“ Ein Hauch von Sarkasmus lag in seiner Stimme.

„Ja natürlich, aber wer soll die Verantwortung sonst für alles übernehmen. Ich rege mich in letzter Zeit viel zu viel auf. Bin unruhig und schlafe schlecht.“

Dr. Scherer betrachtete sie mit aufkeimendem Verständnis. „Ich werde dir ein Schlafmittel verschreiben“, versprach er entgegenkommend.

„Danke. Ich nehme sonst immer Baldrian, aber das hilft nicht mehr richtig. Wie wäre es mit Hoggar N?“

„Meine Liebe, das Rezepteschreiben solltest du mir überlassen.“

„Ich dachte ...“ Greta schaute mit arglosen blauen Augen zu ihm auf, „ob nicht Diazepan noch besser wäre?“

„Das unterliegt strengsten Auflagen, es enthält Krampfgifte. Bei Überdosierung kann ...“

„Ja, ja, aber du hast selbst zugegeben, dass meine Nerven angegriffen scheinen.“

Dr. Scherer seufzte und griff nach seinem Rezeptblock. „Nun sag schon, was ich dir verschreiben soll.“

Die Kripobeamten verließen Greta Elderts Hotel bei strahlendem Sonnenschein, es war früher Vormittag. Sie gingen schweigend zum Revier zurück. Die sommerlich gekleideten Menschen, die die Inselstraßen bevölkerten, beachteten sie nicht. Beide ließen sich Gretas Aussage durch den Kopf gehen und untersuchten sie auf Glaubwürdigkeit, Lücken oder Fehler.

„Glauben Sie alles, was diese Frau gesagt hat?“, fragte Ariana, als sie in ihrem Büro Platz genommen hatten.

Busboom wusste sofort, dass Ariana damit die Einstellung Gretas zur Ehe meinte. „Klingt alles ein wenig bizarr.“ Ein anderes, passenderes Wort fiel ihm im Moment nicht ein.

„Bizarr ist gut. Irgendwie kann ich nicht glauben, dass sie die Seitensprünge ihres Mannes so gelassen hingenommen hat, wie sie behauptet. So was trifft einen doch innerlich, da ärgert man sich, es kommen böse Gefühle auf, wie Minderwertigkeit, das Gefühl ungeliebt zu sein, Zweifel an der eigenen Ausstrahlung, Zerstörung des Selbstbewusstseins und vieles mehr.“

Busboom antwortete nicht sofort. Ariana war noch jung. Ihm hingegen fiel es schon leichter zu glauben, dass diese Frau es fertig brachte, neben solch einem Ehemann zu leben. Dass das jedoch ohne seelischen Schaden vonstatten gehen konnte, bezweifelte er. An Begriffe, wie „praktisch“ und „egoistisch“ musste man sich in diesem Zusammenhang erst gewöhnen. Gesche, seine Frau, hätte ihm hierzu sicherlich einige Erklärungen geben können. Wobei er sich nicht sicher war, ob er sie aus ihrem Mund hören wollte. Gesche betrachtete die Dinge ebenfalls von der praktischen Seite. Hoffentlich nicht auch ihn. Er schüttelte den Kopf, um diesen privaten Gedanken wieder loszuwerden und wandte sich an Ariana.

Diese schaute ihn interessiert an. „Sind Sie anderer Meinung?“

„Im Moment habe ich gar keine Meinung“, wich er aus.

„Die Sache mit dem Tee, ist die glaubwürdig?“

„Überprüfen wir.“

„Und dass sie von Halina nichts gewusst haben will? Soll ich da auch noch einmal beim Personal nachhaken? Obwohl, wenn ich es mir recht überlege, sie war doch überrascht. Es kam mir vor, als habe sie eine andere Geliebte in Verdacht gehabt.“

„Was hat Kollege Janssen über Halina zu berichten?“

Ariana kramte auf dem Schreibtisch ein wenig herum, bis sie das Gesuchte gefunden hatte.

„Halina Pisowitz, Polin, zweiundzwanzig Jahre, ledig, hat für fünf Monate einen Arbeitsvertrag bei Frau Elderts als Zimmermädchen. Ihre Zeit ist fast um. In vierzehn Tagen muss sie wieder zurück in die Heimat. Soll von Anfang an ein Verhältnis mit dem Opfer gehabt haben.“

„Haben Sie schon mit ihr gesprochen?“

„Nein, leider war sie beide Male nicht im Hause. Irgendwie hatte ich das Gefühl, dass hier eine Begegnung mit der Polizei vermieden werden sollte. Von wem auch immer. Aber ich kann mich auch täuschen.“

Das hingegen glaubte Busboom nicht. Im Laufe der vergangenen Jahre hatte sich Ariana in solchen Dingen selten getäuscht.

14.

„Arsen ...“, philosophierte Ernst Hölzner. „Wofür braucht man es oder besser, wie kommt man an das Zeug ran?“

„Arsen, chemisches Element. Zeichen As, stahlgrau, spröde, metallähnlich“, sagte Janssen und grinste dabei. Er hatte gestern in einem alten Lexikon nachgesehen, aber leider war das alles, was er darüber herausfinden konnte. Bäcker schaute seinen Vorgesetzten sprachlos an. Er war durch solch anscheinend spontan vorgetragenes Wissen zu beeindrucken.

„Arsenik, Arsentrioxyd, gewonnen durch Rösten arsenhaltiger Erze, weißes Arsenmehl, giftig. Früher von Ärzten in kleinen Dosen zur Kräftigung gegeben sowie als Rattengift und zum Konservieren von Tierbälgen“, zitierte Janssen weiter und lächelte. Bäckers Gesichtsausdruck war zu köstlich.

„Giftig, das weiß ich auch“, brummte Teddy Schell. „Arsenhaltige Erze werden nicht zufällig in Borkums Dünen abgebaut?“, spöttelte er.

„Aber wie kommt man an das Zeug ran?“

„Apotheken? Die führen doch sicher ein Giftbuch.“

„Habe ich schon nachgeprüft.“ Hölzner schüttelte den Kopf. „Nichts.“

„Wie sieht es aus mit dem Müllplatz?“

„Bin ich auch schon gewesen.“

„Aber, die haben doch sicherlich Rattengift.“

Hölzner nickte zustimmend. „Haben sie. Führen aber streng Buch über Menge und Auslage des Giftes. Außerdem verwenden sie kein reines Arsen, sondern so ein Mittel, das die Tiere erst Tage nach dem Fraß sterben lässt."

Bäcker tippte sich mit dem linken Zeigefinger gegen die Nase. Das hatte er von Busboom abgeguckt, der es immer machte, wenn er nachdachte.

„Na, an was denkst du gerade?", wollte Janssen von ihm wissen.

„Die alte Hermine Elmau, deren Schwiegervater war doch früher Tierpräparator. Ich erinnere mich noch, wie wir als Kinder immer fasziniert in den Laden geschaut haben. Da lagen ausgestopfte Seehunde im Schaufenster und Haie hingen unter der Decke. Es stank fürchterlich im Laden und es war aus unerfindlichen Gründen immer dunkel darin."

„Ja." Janssen erinnerte sich selbst natürlich nicht, doch seine Schwiegereltern sprachen gelegentlich über frühere Zeiten. Der alte Elmau hatte damals für die Kinder etwas Unheimliches und Geheimnisvolles an sich. Er wirkte gespenstisch, wenn er in gebückter Haltung durch seinen Laden schlurfte. Sein Buckel tat ein Übriges. Janssen sah ihn bildlich vor sich. „Doch der alte Elmau ist schon seit gut dreißig Jahren tot."

„Stimmt. Aber vielleicht hat ja seine Schwiegertochter noch einige dieser alten Mittelchen, die er früher zum Konservieren gebraucht hat."

„Eigentlich sehr unwahrscheinlich. Wo sollte sie diese die ganzen Jahre über aufbewahrt haben?"

„Im Hotel. Wäre doch möglich, schließlich wurde das neue Gebäude auf den Grundmauern des alten Hauses der Familie Fenken errichtet. Der Keller wurde zum Beispiel unverändert gelassen. Außerdem ist die Familie Fenken eng mit den Elmaus verwandt."

„Der Neffe Matthias könnte auch an das Gift gelangt sein."

„Wie das?"

„Erinnerst du dich nicht mehr? Der war doch bis vor ein paar Monaten mit einer Sprechstundenhilfe vom Schamanen zusammen, ehe der Doktor sie entließ."

„Weswegen wurde sie entlassen?", fragte Schell interessiert.

„Doktor Scherer praktiziert so gut wie gar nicht mehr. Da braucht er auch kein Personal. Also, nichts Verdächtiges."

„Trotzdem, fragen wir doch die junge Dame. Mir fallen da spontan zwei Möglichkeiten ein, wie Matthias an das Gift herangekommen sein könnte. Erstens, er hat es unbemerkt von dem jungen Mädchen geklaut oder sie hat es für ihn besorgt."

„Dann käme allerdings Doktor Scherer selbst auch in Verdacht. Er war schließlich der Arzt des Ermordeten und sein Jagdfreund. Ihm war es gleichfalls möglich, Jakob Elderts in regelmäßigen Abständen unbemerkt Arsen zu verabreichen."

„Ich glaube nicht, dass der Neffe seinem Onkel, Jakob Elderts, regelmäßig Arsen verabreichen konnte!"

Schell seufzte. Warum musste in diesem Fall alles so kompliziert sein? Es gab nicht einmal für jede einzelne Ermordungsmethode nur einen Verdächtigen!

Die festländischen Kriminalbeamten waren unterwegs. Ein paar einheimische Inselpolizisten saßen unter sich.

„Wenn wir den oder die Täter gefunden haben, wie geht es dann weiter?", fragte Bäcker seinen Vorgesetzten Onno Janssen.

Dieser schaute ihn verwundert an.

„Sie werden verurteilt und wandern ins Kittchen!"

„Klar ...", druckste Bäcker herum. „Ich habe lange darüber nachgedacht. Teilen die sich die Jahre untereinander auf?"

Janssen schüttelte den Kopf. Manchmal konnte er Bäckers Gedankengängen nicht folgen. „Sicherlich nicht. Wie kommst du darauf?"

„Na ja, angenommen für Mord bekommt man zwanzig Jahre. Wenn wir jetzt vier Mörder dingfest machen, bekommt dann jeder fünf Jahre?“

„Das denke ich nicht, aber das liegt nicht in unserer Hand, so was entscheidet das Gericht.“

„Vielleicht teilt der Richter auch die Jahre anders auf“, ließ Bäcker nicht locker, „ich meine, einer von ihnen muss doch so eine Art Hauptmörder sein. Was meinst du, ist das der, der ihm den Kopf eingeschlagen hat?“

„Ich weiß nicht. Im Obduktionsbericht stand, wenn Elderts nach der Entstehung der Kopfverletzung rechtzeitig in ein Krankenhaus gelangt wäre, hätte man sein Leben retten können.“

„Dann ist die Giftmörderin die Haupttäterin, oder die, die ihm so viele Schlaftabletten eingeflößt hat!“

„Ja und Nein“, sagte Janssen. „Auch hier gilt, wäre er rechtzeitig zu einem Arzt gelangt und ihm der Magen ausgepumpt worden, wäre er auch daran nicht gestorben.“

„Und der, der ihn ins Wasser geschmissen hat? Das war sicherlich ein Mann, wenn man den Kraftaufwand bedenkt, der dazu nötig ist.“

Janssen gab keine Antwort.

„Sicherlich kann der nicht als Haupttäter gewertet werden, vielleicht hat er nur die Chance ergriffen, als er den ohnmächtigen Elderts gefunden ihn dann in der Hoffnung ins Wasser geworfen hat, er ertrinkt. Was ja auch der Fall war“, fügte Bäcker seinen eigenen Gedanken hinzu.

„Nee, nee. So einfach ist das nicht. Denn er wäre nicht ertrunken, hätte er nicht die Kopfverletzung oder die Tabletten im Bauch gehabt, die seine Sinne vernebelten. Laut Obduktionsbericht ist beides fast gleichzeitig geschehen.“

„Und was ist mit der Arsenvergiftung?“

„Hier gibt es meines Erachtens zwei Möglichkeiten. Erstens: Es ist ein und derselbe Täter, der ihm auch die Schlaftabletten gegeben hat oder, und diese Version ziehe ich vor, es hat beim Vergiften zwei Täter gegeben. Ich glaube nicht, dass der Arsen-Spezi es nicht abwarten konnte und das weitere Risiko einging, mit zusätzlichen Tabletten den Tod schneller herbeizuführen. Meiner Meinung nach können wir getrost davon ausgehen, dass wir vier Täter haben werden."

„Wenn man Mutter Natur mit dem Krebs hinzurechnet sogar fünf."

„Die kannst du schlecht verhaften."

„Das nenne ich Aufwandsballung. Jakob hatte wirklich keine Freunde in dieser Welt." Bäcker lachte gekünstelt.

„Mann, ich bin wirklich froh, hier nicht die Verantwortung zu tragen."

„Richtig, lass das ruhig die Auricher machen."

Busboom, der auf dem Flur stand, lauschte dem Gespräch bei angelehnter Tür. Dabei ein schlechtes Gewissen zu haben, kam ihm nicht in den Sinn. Im Gegenteil, es beruhigte ihn ungemein, dass sich auch die heimischen Kollegen außergewöhnliche Gedanken über den Fall machten und an Lösungen arbeiteten. Er wollte gerade ins Büro treten, als das Handy in seiner Tasche vibrierte.

Nach dem Telefonat merkte er, dass ihm das eben geführte Gespräch mit seiner Frau Gesche neue Kraft gegeben hatte. Auch wenn er immer noch ein schlechtes Gewissen hatte, dass seine Familie den Urlaub so gut wie ohne ihn verbringen musste.

Der Fall würde immer komplizierter werden, er spürte es in den Knochen. Genervt dachte er allein an die vier Mordarten, Mutter Natur in Form des Krebses nicht mitgerechnet.

Da war es schon ein gutes Gefühl sich auf den Feierabend freuen zu können und Gesche an seiner Seite zu wissen. Er musste zugeben, ihre Art gewisse Dinge in einem ganz anderen Licht zu sehen als er, war ihm oft eine Hilfe gewesen und brachte ihn nicht selten der Lösung seiner Fälle ein Stückchen näher. Gesches so ganz andere Betrachtungsweise der Menschen und der Umstand, dass sie die Personen nicht persönlich kannte, eröffneten teilweise ganz andere Perspektiven.

Er seufzte leicht. Diesmal war es etwas anders. Einige der tatverdächtigen Personen waren auch seiner Ehefrau persönlich bekannt, zumindest kannte sie diese vom Sehen und natürlich von all den vielen Geschichten, die um diesen Fall kreisten und sogar vor den Strandkörben der Feriengäste nicht Halt machten.

Schattenhaften Gespenstern gleich entstanden Gerüchte wie aus dem Nebel und nahmen nach und nach feste Gestalt an. Form und Dichte der Gerüchte verändern sich ständig. Janssen hasste sie genauso intensiv, wie sein Kollege Bäcker sie liebte. Doch eines musste man ihnen lassen, ein Quäntchen Wahrheit lag stets in ihnen.

Das war der Grund, warum Onno Janssen sich die Mühe machte und einem nachging. Am Morgen beim Frühstück erklärte ihm seine Frau, die Kripo bräuchte gar nicht weiter zu suchen, der Neffe sei der Mörder. Als handfestes Tatmotiv sollte das Erbe herhalten. Was es in diesem Fall für ihn zu erben gab, wusste Janssens Ehefrau allerdings nicht. Schließlich habe sie es aus dritter oder vierter Hand erfahren.

Zum Mittagessen erwähnte sie schließlich, dass Matthias Elderts, besagter Neffe, zur Tatzeit im Kurpark gesehen wurde, ganz in der Nähe der Werfthalle. Und da Jakob Elderts bekanntlich erschlagen worden war, was lag da näher, als dieses in der

Werfthalle zu tun. Da gäbe es schließlich schweres Werkzeug in Hülle und Fülle. So das Gerücht! Janssen musste stillschweigend zugeben, dass dies alles nicht ganz von der Hand zu weisen war. Etwas Wahres konnte dran sein, zumal bei einer Besprechung diese Möglichkeit angeschnitten worden war. Er konnte sich aber beim besten Willen nicht vorstellen, warum sich Onkel und Neffe nachts in der Halle treffen sollten. Denn, wenn der Neffe ihn dahin gelockt haben sollte, was für einen wichtigen Grund hätte er wohl angeben müssen, damit der Onkel sich auch mit ihm traf?

Onno Janssen beschloss, sich etwas intensiver mit Matthias Elderts zu beschäftigen, ehe er dem Kommissar darüber berichten würde.

15.

Teddy Schell stand in der Werfthalle, neben ihm ragte ein hölzernes Segelschiff in die Höhe. Er war gerade damit fertig eine Fläche des Fußbodens mit rotweißem Flatterband abzuspannen, als ein Schatten darauf fiel. Schnaufend kam Teddy von den Knien in die Höhe. „Hallo“, grüßte er den jungen Mann, der ihn freundlich angrinste und dabei eine sympathische Zahnlücke zeigte. Das Gesicht mit dem Kinngrübchen und der feingeschnittenen langen Nase kam ihm sehr bekannt vor. „Kollege Kutschbauer, wenn ich mich recht erinnere.“

Bernhard Kutschbauer trat näher an ihn heran, um Schells mächtige Hand zu schütteln.

„Teddy Schell! Moin. Ich dachte, Sie sind auf dem Festland, zur Weiterbildung.“

„Bin ich auch. Es geht aber erst in drei Tagen weiter.“

„Na, da wird sich aber einer mächtig freuen“, meinte Schell und ließ ein gewaltiges Lachen durch die Halle dröhnen.

Kutschbauer nickte und schaute auf die Stelle am Fußboden, die Schell für wichtig genug befunden hatte, um sie einzuzäunen.

„Haben Sie etwas entdeckt?“

„So weit ich das erkennen kann, sind das Blutspuren.“

Kutschbauer ging in die Knie und deutete mit dem Zeigefinger auf eine Stelle. „Das ist getropftes Blut. Sehen Sie, es sind kleine runde Flecken. Bei einer normalen Fallgeschwindigkeit haben sie eine Spritzergröße von etwa drei Millimeter Durchmesser.“

„Was Sie alles wissen!“

„Zufall, nehmen wir gerade durch.“

„Und was schließen Sie daraus?“

„Dass jemand geblutet hat und die Tropfen aus der Wunde herunterfielen.“

Schell schaute nach oben an die Decke der Halle. Dort hing eine Art Flaschenzug, bestehend aus mehreren dicken, schweren Ketten.

„Wenn einem das Ding da oben auf den Kopf fällt ...“, weiter kam Teddy Schell nicht.

„... dann gäbe es andere Blutspuren“, unterbrach ihn Bernhard Kutschbauer. „Wenn einem etwas auf den Kopf fällt und eine Wunde aufplatzt, dann werden die Bluttropfen praktisch weggeschleudert. Fliegende Tropfen sind kugelförmig, wenn sie auf ein Ziel treffen, flachen sie ab und hinterlassen eine Spur.“

Schell nickte. Irgendwann einmal hatte er das auch gewusst.

„Diese Blutflecken hier sind einwandfrei getropft.“

„Mag sein. Trotzdem wird die Spurensicherung sich das hier mal anschauen müssen.“

Ein junger Mann im Blaumann hatte sich zu ihnen gesellt und schaute interessiert.

„Sie arbeiten hier?“, wollte Schell wissen.

Der Mann nickte.

„Als was?“

„Maler.“ Er zeigte auf die abgesperrte Stelle. „Das ist Blut von unserem Chef.“

„Borland?“

„Nee, Elderts.“

„Woher wissen Sie das?“

„War vor ein paar Tagen. Elderts hatte Nasenbluten. Vermutlich hat ihm jemand eine auf die Nuss gegeben.“

„Wissen Sie, wer?“

Der Blaumann zuckte mit den Schultern.

„Und Sie sind sicher, dass er genau an dieser Stelle aus der Nase geblutet hatte?“

Der Maler nickte. „Sieht man doch deutlich, Tropfspuren.“

„Trotzdem“, beharrte Schell. „Das wird hier gründlich untersucht.“

Busbooms schlechte Laune, verursacht durch ein Telefongespräch mit seinem Vorgesetzten, den er regelmäßig von den laufenden Ermittlungsarbeiten zu unterrichten hatte, verflüchtigte sich, als er die Kollegen Peters, Schell und Hölzner im Gänsemarsch in sein Büro spazieren sah. Als alle einen Sitzplatz gefunden hatten, tauschten sie Neuigkeiten aus. Schell beabsichtigte, sich weiter um Georg Borland zu kümmern, seinem Hauptverdächtigen in Sachen Schädelbruch. Die Blutflecken auf dem Boden in der Werfthalle stammten einwandfrei von Jakob Elderts. Den Beteuerungen des gesamten Personals, der Chef habe sich Tage vorher, genau an dieser Stelle verletzt, wollte er keinen rechten Glauben schenken.

Hölzner favorisierte den Arzt, der Schamane gerufen wurde, nicht zuletzt deswegen, weil er alle Voraussetzungen erfüllte, seinem Patienten regelmäßig Arsen verpassen zu können. Der Tote hätte die vermeintliche Medizin kommentarlos und regelmäßig geschluckt. Außerdem war der Doktor Jäger. Er präparierte sein Wild selbst. Auch dazu wurde dieses Gift benötigt. Ein Motiv konnte Hölzner allerdings nicht anbieten. Er arbeite daran, war sein Kommentar dazu. Gleichzeitig hatte er die Ehefrau schwer in Verdacht, auch sie konnte für die Schlaftabletten und das Arsen verantwortlich sein. Sollte sie vielleicht sogar mit dem Doktor unter einer Decke stecken? Eventuell waren sie ein Liebespaar?

Ariana schüttelte stumm den Kopf.

„Wir dürfen die Mitarbeiter im Hotel nicht ausschließen. Wenigstens drei hatten die Möglichkeit, Jakob Elderts regelmäßig Arsen zu verabreichen. Hermine Elmau und die beiden Geliebten. Bei allen dreien ist anzunehmen, dass das Opfer ohne Argwohn regelmäßig Getränke oder etwas Essbares von ihnen entgegengenommen hat." Schells Stirn legte sich in bedenklich viele Falten als er überlegte und gleichzeitig sprach.

In diesem Moment wurde an die Tür geklopft und ein zerzauster Haarschopf ließ sich blicken. „Entschuldigung, das soll ich von Frau Elderts hier abgeben."

Das kleine Bündel nahm Schell entgegen, er saß der Tür am nächsten. Er reichte es weiter. Es sah aus wie einige Liebesbriefe, zusammengebunden mit einem roten Samtband.

„Ist es das, wofür wir es alle halten", fragte Ariana, nachdem Busboom sich den Stapel kurz angesehen und einen rosa Briefbogen kurz überflogen hatte.

„Richtig." Er hob die Papiere an die Nase und verzog diese. „Und sie riechen sogar danach." Mit einem fast flehentlichen Blick auf Ariana, als wolle er sagen, die Untersuchung von

Liebesbriefen falle in den Kompetenzbereich einer Frau – er hütete sich allerdings dieses in ihrer Gegenwart auszusprechen –, reichte er ihr das Bündel herüber.

„Schon gut, ich kümmere mich darum", murmelte sie.

Busboom schaute auf seine Armbanduhr. Der Tag war lang gewesen, seine Mitarbeiter strahlten keine große Leistungsfähigkeit mehr aus.

„Wir machen jetzt Feierabend. Meine Familie wartet", schloss Busboom kurz entschlossen die Unterredung.

Gesche stand in der Badezimmertür der Ferienwohnung und schaute ihren Mann einfach nur an. Der sah auf seine Uhr. Schon so spät! Er hatte völlig in Gedanken seine Körperpflege in die Länge gezogen. Gesche hatte ihm gerade berichtet, die Kinder hätten verkündet, sie wollten abends nur einen schnellen Hamburger mit Pommes aus der Hand essen und dann wieder an den Strand zurück. Am Jugendbad sollte heute Nacht ein Lagerfeuer brennen. Seine älteste Tochter hatte versprochen, auf die Jüngeren zu achten und nicht zu spät nach Hause zu kommen. Schließlich waren Ferien, hatte sein Sohn plädiert und seine Ausgangszeit um einiges verlängern können.

„Du willst sie doch wohl nicht allein dorthin gehen lassen?"

„Nein." Gesche lächelte ihn an und strich über seine glattrasierte Wange. „Unsere Vermieterin geht mit ihren Kindern und hat ein Auge auf unsere."

Die Kinder sicher untergebracht, ging das Ehepaar Busboom Arm in Arm die Strandstraße hoch, überquerte die Schienen, folgte dem Bogen der Straße nach links und schon standen sie vor der Pizzeria *Il Faro*, die erst vor Kurzem an dieser Stelle neu eröffnet hatte.

Salvatore, *Il Faro*-Eigentümer, kannte Busboom schon lange. Eine lockere Freundschaft verband die beiden.

Das Lokal war voll als sie eintraten. Antonella, die Ehefrau Salvatores, erkannte die beiden sofort und begrüßte sie herzlich. Schnell fand Antonella für sie noch einen freien Tisch. Sie sprachen kurz über die Kinder der beiden Familien, doch Antonella hatte wenig Zeit. Während die Busbooms aus der reichhaltigen Speisekarte wählten, kam der Hausherr an ihren Tisch. Sie umarmten sich herzlich und Salvatore setzte sich kurz zu ihnen.

„Was kannst du uns heute empfehlen, Salvatore?“

„Komm mit, ich zeig es dir.“

Busboom folgte ihm in die Küche.

Wann der Tod einen Fisch ereilt hat, sieht man an seinen Augen, sie trüben sich. Weiße Augen sind ein untrügerisches Zeichen dafür, dass er schon lange stinkt.

Die Fische, die Salvatore ihm zeigte, hatten lebendige, glitzernde Augen, so, als würden sie noch leben.

Busboom lief das Wasser im Mund zusammen.

„Herrlich, die nehmen wir.“

„Eine kleine Vorspeise? Ich hätte da ..., ach, lass dich überraschen, es wird dir auf der Zunge zergehen.“

Das Essen war wundervoll. Busbooms ließen sich viel Zeit zum Genießen. Dabei erzählte Gesche ihrem Mann, was sie über die Ermittlungsarbeiten im Fall Elderts wusste.

„Wo hast du denn das alles erfahren?“

„Das ganze Dorf ist voll davon. Sogar am Strand wird von Strandzelt zu Strandzelt über nichts anderes gesprochen.“

Busboom grinste. Da hatte er doch endlich einmal die Gelegenheit mit seiner Frau über seine Arbeit zu sprechen, ohne ein schlechtes Gewissen zu haben, er könnte Dienstgeheimnisse lüften. Die Gerüchte, die Gesche ihm allerdings erzählte, waren teilweise haarsträubend, eben typisches Seemannsgarn.

Es gab aber so einiges, das ihm bekannt vorkam und der Wahrheit entsprach.

Einige Zeit später schob Focko zufrieden und reichlich gesättigt seinen Teller beiseite. Sein italienischer Freund hatte nicht übertrieben, das Essen war wieder einmal spitzenmäßig gewesen.

„Focko, was macht dein Fall?“, erkundigte sich Salvatore, als er sich erneut für ein paar Minuten zu ihnen an den Tisch setzen konnte. Seine Frau Antonella brachte vier Grappa und setzte sich ebenfalls für einen Moment zu ihnen.

„Salute“, prosteten sie sich zu. Focko konnte gewiss sein, dieses edle Getränk stammte aus Salvatores Privatbeständen. Der Schnaps war ein Genuss.

„Nun, was macht dein Fall?“

Busboom zuckte mit den Schultern, wurde aber einer Antwort enthoben, da der Wirt zum Nebentisch gerufen wurde.

„Wir sprechen nachher drüber. Ich muss dir dringend etwas sagen.“

„Sabato, Samstag, habe ich es gesehen“, erzählte er wenige Minuten später. „morgens, ganz früh, ich sah ihn am cancello, am Gittertor, von der Werft.“

„Wen hast du gesehen?“

„Na, den ragazzo, wie heißt er noch?“

„Der Sohn von Hinrich Elderts?“

„Si.“

„Matthias?! Aber der war zur Tatzeit nicht auf der Insel. Wir haben sein Alibi überprüft. Das kann nicht sein, Salvatore, du irrst dich.“

„Ridicolo, lächerlich, ich kenne ihn genau. Ich sage dir, Focko, ich habe ihn gesehen, sabato, Samstag, ganz früh.“

„Was meinst du mit ganz früh, Salvatore?“

„Oh, es war noch vor sieben Uhr.“

Das änderte natürlich einiges. Den Neffen des Ermordeten hatten sie inzwischen schon wieder als Täter ausgeschlossen, da er ein handfestes Alibi nachweisen konnte. Seine Eltern hatten behauptet, er sei zu dem Zeitpunkt nicht auf der Insel gewesen. Dieses wurde von einem Freund des jungen Mannes bestätigt, der angeblich mit ihm auf dem Festland gewesen war. Sie würden das Alibi ein wenig genauer unter die Lupe nehmen müssen.

„Und du bist sicher, dass es Matthias Elderts war?"

„Hundertprozentig! Einer meiner Stammkunden. Er isst immer Pizza mit Meeresfrüchten, nichts anderes. Stasera, heute Abend, wird er sicherlich wieder kommen."

Ehe Focko Busboom seinen Freund näher befragen konnte, war dieser auch schon wieder verschwunden. Es gab eben viel zu tun im Lokal.

Als sich Busbooms vom Tisch erhoben, war es spät geworden. Sie beschlossen, trotzdem einen Umweg über den Strand zu machen. In der hell erleuchteten Wandelhalle setzten sie sich kurze Zeit auf eine Bank und genossen die Atmosphäre.

Die Kurpavillons und Wandelhallen an Deutschlands Küsten werden von Sängern und Musikern anhand ihrer Akustik beurteilt. Reinheit, Fülle und Klang ihrer Kunst verlieren sich leicht an diesen Orten, so dicht gelegen am rauschenden Meer, umgeben von wandelnden Touristen.

Die Badegäste hingegen bewerten und beurteilen eher die Eleganz der Gebäude und beim Genuss der Kurmusik und einer schönen Tasse Kaffee den Blick aufs Meer.

Manche Wandelhallen bestechen durch ihre Einfachheit, andere durch künstlerische Moderne. Doch keine von ihnen kann gegen den unnachahmlichen Wandelhallenbau der Insel Borkum bestehen. Beim Bau dieser Anlage scheute man weder Kosten noch Aufwand. Der ganze Komplex erstreckt sich über hunderte Meter. Er ist eine faszinierende Verbindung mehrerer Stilepochen. Viele große Künstler ihrer Zeit traten hier auf. Vor der eleganten weißglänzenden Fassade steht der runde Musikpavillon, dessen Dach mit einer Meerjungfrau gekrönt ist, die als Windrichtungsanzeige dient. Nach der erfolgreich abgeschlossenen Restaurierung der alten Anlage vor ein paar Jahren, erstrahlt alles wieder im alten Glanz vergangener Zeiten.

Zu dieser späten Stunde jedoch war hier alles ruhig und still. Nur das Meer rauschte leise.

„Lass uns nach Hause“, murmelte Focko und erhob sich schwankend. Er hatte ein wenig zu viel Grappa getrunken, morgen würde sein Kopf sich dafür rächen.

Zur selben Zeit:

Kutschbauer steuerte auf einen Tisch zu, an dem eine große Anzahl älterer Damen saß. „Dürfen wir uns zu euch setzen?“, fragte er. Ariana versuchte einen säuerlichen Gesichtsausdruck zu unterdrücken. Sie hätte es lieber gesehen, mit Bernhard allein an der Theke oder an einem Tisch zu sitzen.

„Aber sicher doch mien lütje Kerlke“, sagten gleich drei wie aus einem Mund und schauten interessiert zu Ariana hinüber.

„Das ist Frau Peters, sie ermittelt im Mordfall Elderts“, stellte er sie unnötigerweise vor, denn allen Anwesenden war klar, wer die junge Frau war. Schließlich ließ der Fall Elderts seit Tagen kaum noch anderen Gesprächsstoff zu.

„Ihren kleinen Jungen“ hatten die Frauen den Kollegen Kutschbauer genannt. Das musste Ariana erst einmal verdauen.

Unaufgefordert stellte der Wirt Kutschbauer ein Glas Altbier hin und fragte nach Arianas Wunsch.

Geraume Zeit lauschte Ariana dem Tischgespräch, an dem sich alle beteiligten, bis auf sie selbst. Man sprach Borkumer Platt, von dem sie wieder nicht einmal die Hälfte mitbekam. Den Gesprächen im Auricher Plattdeutsch konnte sie gerade noch den allgemeinen Inhalt entlocken, hier aber versagte sie. Eine der Damen merkte es und bestimmte schulmeisterlich, ab sofort nur noch Hochdeutsch zu reden, damit die „Krimikommissarin", wie sie diese nannte, auch etwas vom Gespräch mitbekam.

Das Tischthema war Ahnenforschung, oder besser gesagt, wer hier mit wem verwandt und verschwägert war. Ab und an stimmte die ganze Runde ein enthusiastisches Geschrei an, wenn es bei bestimmten Personen besonders erwähnenswerte Anekdoten gab. Die Entdeckung, dass Kutschbauers Großtante mütterlicherseits und sieben der anwesenden neun Damen eng miteinander verwandt waren, rief einen ungeheuren Lärm hervor, dem noch andere Erkenntnisse mit ähnlichem Gewicht folgten.

„Erinnerst du dich noch an die alte Netti, die am Bahnhof wohnte?", fragte eine der Damen.

„Ja", antwortete Kutschbauer brav.

„War die angeheiratete Kusine deines Großvater", sagte die Zweite.

„Und ihr Bruder starb im selben Jahr, in dem deine Tochter heiratete", meinte die Dritte zur Ersten.

„Hatten alle keine Kinder", fügte die Vierte hinzu.

„Auch die jüngere Schwester nicht?", wollte die Sechste wissen.

„Die, die nach Hamburg verzogen ist?"

„Die habe ich seit ewigen Zeiten nicht mehr gesehen."

„Kannst du auch nicht, die ist schon lange tot."

Ariana langweilte sich und fragte sich im Stillen, warum Kutschbauer ihr das antat, bis er zum Kern seines Anliegens kam, aufbauend auf dem zuvor erfolgten Gesprächsthema. Geschickt entlockte er den Damen Familienbande aus dem Hause des Mordopfers, die ihm selbst noch nicht bekannt waren. Konnte der Wirt Gedanken lesen? Er hatte ihm unaufgefordert einen Stift und Papier gebracht, sodass Kutschbauer sich alles notieren konnte. Zum Dank für die schönen Geschichten bestellte der Polizist eine Runde Fasanenbrause, einen vom Wirt selbst aufgesetzten Schnaps aus Sanddornsaft, ehe er und Ariana sich verabschiedeten. Unentschlossen, was sie vom Verlauf des Abends halten sollte, lehnte Ariana Bernhards Angebot, sie nach Hause zu bringen, ab.

16.

„Wer hat eigentlich die Liebesbriefe abgegeben? Frau Elderts?"

„Nein, das war ihre Tochter."

„Tochter?"

„Sie studiert in Oldenburg, ist nur in den Ferien auf der Insel."

„Hat sie gesagt, wie sie daran gekommen ist?"

Inselpolizist Bäcker schüttelte den Kopf und Busboom nahm sich vor, die junge Dame diesbezüglich zu befragen. Er seufzte innerlich und hoffte inständig, dass die junge Dame ein handfestes Alibi hatte und beweisen konnte, wo sie zum Todeszeitpunkt ihres Vaters gewesen war. Außerdem war zu klären, warum er erst jetzt von ihrer Existenz erfuhr.

Doch vorerst wollte er die Auswertungsergebnisse der gefundenen Liebesbriefe von Ariana erfahren.

Ariana schaute ihn angewidert an und Busboom überkam für Sekundenbruchteile ein schlechtes Gewissen, ihr als Vertreterin des weiblichen Geschlechtes diesen Part zugewiesen zu haben. Sie war eben für so eine Aufgabe die Beste in seinem Team, beruhigte er sich selbst. Busboom wartete geduldig Arianas Erläuterungen ab.

„Zum Ersten, der Brief neuesten Datums lässt durchblicken, dass die Schreiberin ein süßes Geheimnis im Herzen trägt. Sie kann natürlich auch „unter dem Herzen" gemeint haben, aber das reimte sich nicht. Wäre also ein Motiv. Schwanger vom Chef. Zum Zweiten haben alle Briefe wohl die gleiche Handschrift, scheinen aber nicht von ein und derselben Person zu sein. Es gibt da schmalzige Gedichte, die einem die Zehennägel hochklappen lassen, so schlecht sind sie. Dann habe ich Texte gefunden, die etwas schöner sind. Durch Zufall habe ich zu diesem Zeitpunkt gerade im Radio das Lied „Lady in Red" gehört und dabei festgestellt, dass die Texte übereinstimmen. Bleibt zu klären, wer die Übersetzung gemacht hat, denn die Schreiberin der anderen Liebesgedichte halte ich geistig zu so etwas nicht fähig. Und dann habe ich noch etwas Komisches festgestellt. Eines der Gedichte fällt vollkommen aus der Art. Es hat Rhythmus, folgt den allgemeinen Regeln für gute Lyrik. Es ist vom Inhalt etwas spritziger. Dabei handelt es sich um leichte Abwandlungen von Wilhelm-Busch-Texten." Ariana schaute interessiert zu Busboom auf. „Soll ich es mal vorlesen? Der Mann, der hier im Schlaf noch liegt, ist Jakob, der im Traum noch fliegt, ..."

Busboom hob abwehrend die Hände. Wenn er eines hasste, dann waren das Gedichte.

Bäcker räusperte sich leise. „Greta Elderts hat mal Theater gespielt. Niederdeutsche Bühne. Ist zwar Jahre her, ... und eines der ausländischen Zimmermädchen soll ein sprachliches Talent haben, ich meine, wegen der Übersetzungen."

„Und die andere hat den Verstand eines pubertierenden, verliebten Teenagers", konnte Bernhard Kutschbauer beisteuern, der schon seit einigen Minuten in der Tür stand und von allen, außer Ariana, bemerkt worden war. Beim Klang seiner Worte drehte sie sich ruckartig um. Ein freches Grinsen flog über das Gesicht Kutschbauers, als er sie anschaute. Dann veränderten sich seine Gesichtszüge und ein zärtlicher, verliebter Blick traf sie.

Kommentarlos und wie selbstverständlich standen die Männer auf, gingen grüßend an Kutschbauer vorbei und ließen die beiden allein. „Ich gebe Ihnen fünf Minuten, dann gehen Sie und stellen fest, wer für diesen Schmarrn an Liebesbriefen verantwortlich ist", murmelte Busboom beim Hinausgehen.

Ariana betrat die Hotelterrasse. Sie war auf der Suche nach der Tochter des Hauses, Tanja Elderts, die ihnen die Liebesbriefe gebracht hatte. Kollege Janssen hatte ihr erklärt: „Die können Sie gar nicht verfehlen."

Da es sich nach seiner Beschreibung um eine Superblondine handelte, verriet ihr ein kurzer Blick sofort, dass Tanja nicht unter den jungen Damen war, die gemütlich auf der Terrasse in der Sonne saßen. Alle gehörten zum Personal und gönnten sich gerade eine kleine Pause. Ariana ging langsam auf die Mädchen zu und wurde von den meisten wortlos mit einem Kopfnicken begrüßt.

„Wisst ihr, wir leben hier in einem erstklassigen Hotel, doch kein Mensch kümmert sich darum", sagte Tina, eines der Mädchen, aufgeregt. Sie war eine unglaublich dürre Blonde, mit skelettartigen Oberärmchen und einem pfiffigen Gesichtsausdruck, die Hände in die Hüften gestemmt.

Eine andere schaute versonnen und gedankenverloren auf die schöne Dünenlandschaft, die hinter dem Hotel begann und sich bis zum Strand erstreckte. Niemand reagierte auf Ariana.

„Keinen Menschen scheint das zu interessieren“, sagte die Dünne und auf einmal kam Leben in ihr Gesicht. „Also, wirklich, ganz ehrlich, die angeblichen Zufälle machen mir ernsthafte Sorgen.“

Eine intelligent wirkende Brünette verdrehte die Augen, ihr Lächeln verriet herablassende Nachsicht über Tinas dumme Worte sowie Vorfreude auf das gleich Kommende. Sie griff mit einer Hand nach Ariana und zupfte sie am Ärmel. „Setz dich“, flüsterte sie mit Blick auf die Dünne. „Setz dich, sonst verpasst du was.“

Nun ist es wieder so weit, dachte auch Waltraud mit den kurzen schwarzen Locken, und konnte sich nicht entscheiden, wie sie reagieren sollte. Normalerweise versprach es freudige Augenblicke, wenn Tina ihr „males Fell“, ihre verrückten Sekunden, hatte und sich über die sich häufenden Unglücksfälle im Hause lustig machte. So wie jetzt. Wenn Tina das Thema Zufälle anschnitt, wussten alle Bescheid.

„Zufälle?“, fragte unvorsichtigerweise Hannelore, die tat, als ob sie nicht Bescheid wüsste.

„Klar, Zufälle, oder ist dir der Begriff Teufelswerk lieber?“, unterstrich die dünne Tina mit einer Handbewegung. „Bisher waren wir vor Schäden geschützt. Aber um die eigentliche Ursache kümmert sich kein Schwein.“

Alle nickten heftig.

„Ich habe erst gestern einen Kobold gesehen, bin fast über ihn gestolpert. Sah schlecht aus, war brandmager. Dass ‘weiß ich nicht’, ‘war ich nicht’ und ‘habe keine Ahnung’ in fast jedem Betrieb vorkommen, ist normal, doch hier bei uns ..., das gibt mir doch zu denken.“

„Bist über ihn gestolpert?“, wollte Hannelore mitfühlend wissen.

Tina nickte, verschwieg den anderen jedoch, dass sie gestern Abend etwas zu tief ins Glas geschaut, auf dem Nachhauseweg geschwankt hatte und anschließend über einen achtlos auf dem Treppenabsatz liegenden kleinen Kehrbesen gestolpert war. Hannelore hoffte für die dürre Tina, sie wäre vor lauter Körperschwäche gestolpert und nicht über irgendeinen mysteriösen Umstand.

Lisa hingegen wusste, sie würde heute Abend wieder gegen Halinas Beteuerungen und Ängste anreden müssen. Seit ihrer gemeinsamen Ankunft im Hotel ging hier so einiges schief und Halina hatte die fixe Idee, sie oder ihre Aura sei an allem schuld.

Alles totaler Quatsch, dachte Lisa. Es gab eben Zeiten, da ging alles daneben.

Ariana schaute irritiert von einem zum anderen, während sie dem Gespräch lauschte. Sie hatte das Gefühl für die anderen gar nicht anwesend zu sein. Die Mädchen unterhielten sich weiter über komische Dinge, die offensichtlich von Kobolden, Hauselfen oder Unglückstrollen angestellt wurden. Sie sprachen angeregt und aufgeregt über das Thema, wobei einige herzlich lachten, andere eher verhalten wirkten.

Dann wurde es still. „Bist du das neue Zimmermädchen?“, fragte die Dürre. Die fröhlich-freundlichen Gesichter wandten ihre Aufmerksamkeit Ariana zu.

„Diese Dinge gibt es nicht wirklich, stimmt´s?“, fragte sie, statt sich als Kriminalpolizistin auszugeben, ihr fiel so schnell nichts Besseres ein. Dafür erntete sie ein allgemein herzliches Lachen. „Du hast es erfasst. Komm, ich zeige dir erst einmal dein Zimmer. Wie heißt du überhaupt?“

„Ariana“, erwiderte sie, fummelte umständlich in ihrer Handtasche herum, zog ihren Dienstausweis heraus, wobei sie sich ertappt vorkam. „Kripo. Kann ich euch ein paar Fragen stellen?“ Normalerweise verloren sich prompt die einem eben noch entgegengebrachten Sympathien, wenn man sich als Polizist vorstellte. Diese kleine fröhliche Truppe reagierte anders. Die Mädels schauten sie interessiert an und rutschten noch tiefer in die bequem aussehenden Rattanstühle. Eine sprang hoch, öffnete einen weißen Sonnenschirm und forderte Ariana auf, doch etwas näher heranzurücken. Als alle fünf Ariana verschwörerisch gegenübersaßen, schauten sie interessiert, eine sogar mit aufgerissenem Mund und runden Kulleraugen, Ariana an. Die Dünne meldete sich als Erste zu Wort. Ihnen war klar, dass es um den Mord an Jakob Elderts ging, es gab schließlich kaum ein anderes Gesprächsthema mehr. „Meinst du, ich könnte auch Kripobeamtin werden?“

„Ich denke du schützt Trolle und Kobolde?“, kicherte eine Kollegin. Ihr Einwand wurde ignoriert.

„Gibt es da nicht eine Uniform? Ich meine, diese hässliche grüne von den üblichen Polizisten.“

„Sicherlich angenehmer, als dauernd nur Zimmer zu putzen“, meinte eine andere.

„Keine Uniform! Ich bin hier, um intimere Dinge über Jakob Elderts zu erfahren“, erstickte Ariana die aufkommenden Fragen zu ihrem Beruf. Die Mädchen reagierten mit einem einträchtigen Kopfnicken, doch keine machte Anstalten, etwas hierzu zu sagen. Plötzliches Schweigen, kein Gekicher, keine albernen Kommentare.

Ich habe einen Fehler gemacht, dachte Ariana. Hier, unter den fünf Mädchen, saßen mindestens zwei, die wahrscheinlich mit ihrem Chef ein Verhältnis gehabt hatten. Sie würde sie einzeln nach Elderts befragen müssen. „Ich möchte gern, dass Sie mir dazu etwas sagen“, Ariana nickte der fröhlichen Dürren zu. Den anderen gab sie zu verstehen, dass sie mit ihnen noch heute nacheinander sprechen wolle.

„Und wir haben gedacht, Sie seien Halinas Nachfolgerin", erklärte Tina, als die anderen sich entfernt hatten.

„Wann läuft Halinas Arbeitsvertrag aus?"

„In acht Tagen."

Ariana nahm sich vor, sich sofort darum zu kümmern. Die Aufenthaltserlaubnis musste bis zum Ende der Ermittlungsarbeiten verlängert werden. Immerhin gehörte Halina zu den Tatverdächtigen. Ariana seufzte. Wer gehört in diesem Fall eigentlich nicht zu den Verdächtigen, fragte sie sich kurz, besann sich dann aber auf ihr Gegenüber und stellte dem jungen Mädchen ihre Fragen, die sich größtenteils um die gefundenen Liebesbriefe und deren Schreiberin drehten. Auch die kleineren und größeren Unglücke im Hause interessierten sie brennend.

17.

Georg Borland war in Greetsiel geboren, einem Fischerdorf in Ostfriesland, das sich im Laufe der Jahre in einen Touristenort verwandelt hatte. Während die Menschen früher vom Fischfang lebten, hatte sich die Erwerbsquelle jetzt in Richtung Feriengäste verlagert. Nicht geändert hatten sich das Hafenbild, die Fischkutter und die Vorliebe der Greetsieler für die Seefahrt und das Meer. Auch Georg liebte diese Dinge. Von klein auf war er ständig im Hafen zu finden. Er war ein hervorragender Schüler, weil er über ein fotografisches Gedächtnis verfügte. Seine Zukunftsaussichten waren mehr als gut, Abitur und Studium hätte er mit links gemeistert, Doktoren- und Professorentitel wären sicherlich auf dem Fuße gefolgt. Doch bereits im achten Schuljahr wusste er, dass er Schiffsbauer werden wollte.

In diesem Beruf ging er auf, war schon nach kürzester Zeit Geselle und dann auch Meister. Bei Jakob Elderts und auf der Insel Borkum hatte er sich schnell eingelebt. Der Menschenschlag der Insulaner lag ihm. Schnell fand er es hier genauso sympathisch wie in seinem Heimatort. Freunde fanden sich rasch, die Arbeit ging gut von der Hand, das Glück war auf seiner Seite. Wenige Wochen nach seinem Meistertitel bot Elderts ihm eine Partnerschaft in der Firma an. Manchmal fragte er sich, ob er übereilt gehandelt hatte, als er dieser zustimmte. Denn Georg Borland und Jakob Elderts waren in der Vergangenheit oft genug aneinander geraten, weil ihre Meinungen über die Qualität ihrer Arbeit stark auseinander gingen. Elderts vertrat die Ansicht, dass die steinreichen Kunden – und nur solche hatten sie, denn sie bauten Segeljachten vom Feinsten – sowieso nur Geld in der Tasche, aber keinen Sachverstand im Kopf hatten. Der Kunde würde nicht merken, wenn Quantität statt Qualität abgeliefert würde. Eines Tages ging der Streit so weit, dass Borland Elderts damit drohte, falls sich nichts ändere, doch noch eine eigene Werft zu eröffnen.

Dieser Gedanke war bis heute nie ganz erloschen, hatte sich jedoch seit Jakobs Tod in Wohlgefallen aufgelöst.

Borland dachte an die erste Zeit ihrer neuen Geschäftsbeziehung, wo er sich noch als Glückspilz wähnte, bis er merkte, dass mit Jakob nicht nur menschlich sondern auch geschäftlich alles mehr als oberfaul war. Da gab es einen angeblich geplatzten Scheck, der als Ausrede von Jakob herhalten musste, obwohl er es versäumt hatte, überhaupt einen Scheck vom Kunden anzufordern. Nicht verwunderlich, dass sie so schnell in Zahlungsverzug gekommen waren, denn Material zum Bau der Schiffe, sowie die Mitarbeiter mussten bezahlt werden. Es kam zu einem heftigen Streit zwischen ihnen, der damit endete, dass Jakob ihn überredete, oder besser gesagt Borlands Gemüt beruhigte, indem er vorschlug, diese ominöse Lebensversicherung auf Gegenseitigkeit abzuschließen, damit die Firma auf jeden Fall gerettet sei, wenn einem von ihnen mal etwas zustoßen sollte. Dass die Lebensversicherung im Grunde nichts mit ihren eigentlichen Problemen zu tun hatte, merkte Georg erst nach geleisteter Unterschrift auf der Versicherungspolice. Da war es schon zu spät. Dumm zu glauben, diese Police würde ihnen in irgendeiner Weise aus ihrer damaligen Misere heraushelfen. War aber typisch für Jakob Elderts, spontane und unüberlegte Schritte zu machen.

Georg Borland ließ es auf sich beruhen, die Firma erholte sich dank Borlands Arbeit in wenigen Wochen wieder und die Lebensversicherung wurde vergessen.

Bis jetzt. Sollte ihn tatsächlich dieses blöde Police, die auf Jakobs Mist gewachsen war, ans Messer liefern? Ein besseres Mordmotiv konnte Georg sich beim besten Willen nicht vorstellen. Und die Kripo sicher auch nicht! Eine Million Euro waren eine Million Gründe, diesem Schweinesack das Lebenslicht auszupusten.

Wie konnte ihm nur dieser Patzer geschehen, bei seinem phänomenalen Gedächtnis? Den Kripobeamten ein lückenloses Alibi herunterzubeten, war alles, was ihm spontan eingefallen war. Doch würde es genügen? Er musste sich etwas einfallen lassen. Es war nur eine Frage der Zeit, bis die Polizei herausfand, dass er sehr wohl die Gelegenheit hatte, Jakob zu ermorden. Eine schwierige Aufgabe, Fantasie war nicht Georgs Stärke. Was gab es, was er zwischen vier Uhr und sieben Uhr morgens gemacht haben könnte und den Nachforschungen Stand hielt? Zu Hause war er jedenfalls nicht gewesen. Er war sich sicher, dass es nicht mehr lange dauern würde, bis die Kripo ihn wieder besuchen kam um bohrende Fragen zu stellen.

Und nun war es soweit, sie standen an der Tür. Nach dreimaligem Klopfen öffnete er endlich.

„Schell“, sagte der Mann und zeigte seinen Dienstausweis. „Ich habe noch ein paar Fragen zu Ihrem Alibi.“

Borland nickte ergeben. Wenn ihm nicht schnell etwas einfiel ...!

„Wie wäre es mit Selbstmord?“, Teddy Schell blickte fragend in die Runde. Für einen Augenblick blieb es still. Busboom verzog keine Miene, er versuchte Schells Gedanken in dieser Richtung zu folgen. Auch Janssen schaute ihn ausdruckslos an und wartete auf eine Erklärung. Nur Hölzner sprang sofort darauf an. Er ließ keine Gelegenheit verstreichen, den Kollegen Schell in ein schlechtes Licht zu rücken. Hölzner grinste breit, seine aufgezwirbelten Bartenden zitterten erregt. Er holte tief Luft und sagte in schneller Reihenfolge und mit spöttischem Ton: „Klar, erst hat er sich tagelang mit Arsen voll gestopft und weil das so schön schwindelig macht, hat er jede Menge Schlaftabletten dazu genommen, ist in die Werkshalle gegangen, hat sich etwas Schweres auf den Kopf fallen lassen, wegen der herrlichen Kopfschmerzen vielleicht, ist dann auf die Buhne hinaus getorkelt und ins Wasser gesprungen, um sich zu ersäufen.“ Hölzner lachte ein wenig zu laut und allein, denn die anderen fielen nicht mit ein.

„Wenn du mit deiner Spinnerei fertig bist, kann ich vielleicht erklären, was ich meine?“, sagte Schell unberührt.

„Sag schon“, ermunterte ihn Busboom mit lauter Stimme. Hölzners Lachen verstummte.

„Ich meine, wenn der Mann gewusst hat, dass er bis unter die Haarspitzen mit Krebs voll war, dann kann er doch aus Verzweiflung die Schlaftabletten genommen haben.“

„Damit könnten wir einen Mörder weniger haben. Bleibt aber die Frage: Warum ist er dann noch in die Halle gegangen? Irgendwer oder irgendwas Wichtiges muss ihn hingelockt haben. Schließlich hatte er innerlich mit seinem Leben abgeschlossen. Da müsste ihm so gut wie alles egal gewesen sein, auch was dort geschieht.“

„Und wenn er erst Arsen und später zusätzlich die Tabletten genommen hat, schließt das schon zwei Mörder aus“, warf Hölzner ein, um seinen Fehltritt von eben abzuschwächen.

„Es ist in der Geschichte oft vorgekommen, dass sich jemand selbst Arsen verabreicht. Es soll die Sinne schärfen und süchtig machen“, erklärte der einheimische Kollege Janssen.

„Das tat man vor hundert Jahren, als es noch kein LSD und all diese neumodischen Drogen gab.“

„Jedenfalls erkennt man Arsensüchtige an Schwielen in den Handflächen, die druckempfindlich sind“, wusste Janssen.

„Ob er Schwielen hatte oder nicht, interessiert doch nicht. Fakt ist nun mal, dass er regelmäßig Arsen bekommen hat. Ob nun freiwillig oder nicht, das müssen wir herausfinden.“

„Apropos herausfinden. Der Neffe von Elderts arbeitete ebenfalls in der Werft.“

„Und er ist am Tatmorgen früh dort gesehen worden“, sagte Busboom.

„Wie heißt er?“

„Matthias“, antworteten Janssen und Busboom zweistimmig.

„Überprüfen Sie das bitte“, gab Busboom die Anweisung an Janssen, dem in diesem Moment wieder einfiel, was seine Frau ihm von den Gerüchten über den Neffen erzählt hatte.

„Und was ist jetzt mit meiner Theorie?“, unterbrach Schell Janssens Gedanken.

Busboom winkte ab. „Die würde unserem Vorgesetzten Wiegand in Aurich sicher am allerbesten gefallen. Aber es bleiben zu viele Punkte offen. Die Wunde am Kopf, der Sturz ins Wasser ..."

Peter Bäcker öffnete in dem Moment die Bürotür, als der Name Matthias Elderts fiel.

„Der Neffe Jakob Elderts′? Ein durch und durch netter junger Mann, anständig und wohl erzogen", meinte er und setzte sich unaufgefordert. Bäcker tat sich wichtig, schließlich war er der dienstälteste Polizist der Insel, auch wenn er es mit seiner Karriere nicht sehr weit gebracht hatte. Was sicherlich daran liegen mochte, dass er Geheimnisse nicht für sich behalten konnte. Nicht einmal Dienstgeheimnisse. Busboom sah Kutschbauer an. Stimmt die Bewertung des Neffen Matthias, fragten seine Augen stumm. Kutschbauer war hier schließlich der Spezialist in Fragen Lebensgeschichte der Insulaner, außerdem kamen ihm die Worte Salvatores vom gestrigen Abend wieder in den Sinn.

„Nun, das stimmt nicht ganz", begann Kutschbauer zaghaft. Es widerstrebte ihm, Busboom in Gegenwart Bäckers in die Lebensgeschichte des jungen Matthias Elderts einzuweihen.

„Und?", forderte Busboom Kutschbauer mit Nachdruck auf. „Was haben Sie über diesen netten, wohlerzogenen Mann zu sagen?"

„Jugendgefängnis ..."

Der Kopf Bäckers zuckte hoch, er starrte seinen Kollegen an. „Das kann nicht sein", fiel er ihm ins Wort.

Kutschbauer ignorierte seinen Einwand. „... wegen Körperverletzung. Das war allerdings nicht das einzige Mal, dass Matthias auffällig geworden ist", fügte Kutschbauer mit Seitenblick auf Bäcker hinzu. Dieser kam mit seinem Stuhl etwas näher herangerückt.

Kutschbauer glaubte zu sehen, wie seine Ohren größer wurden. Aber das war Einbildung.

„Bereits in der Schule ist Matthias Elderts aufgefallen. Etwa ab der achten Klasse war er immer wieder gegen seine Mitschüler und später auch gegen die Lehrkräfte handgreiflich geworden. Dabei hat er es stets vermieden, Zeugen zu haben." Kutschbauer stand mit einem Seufzer auf. „Kleinen Moment", er verließ das Büro. Nach wenigen Sekunden kehrte er zurück und legte Busboom eine schmale Akte auf den Tisch. „Das ist sein Vorstrafenregister."

Mit einem scharfen Blick taxierte er den Kollegen Bäcker. „Sollte in den kommenden Tagen an irgendeiner Theke darüber gesprochen werden, bist du fällig."

Er sagte das mit so drohender Stimme, dass Busboom erschrak. Bäcker war alles andere als beleidigt, grinste nur breit und verließ das Büro.

„Gut", sagte Busboom, als er von der Akte wieder aufblickte. „Ein brutaler Schlag auf den Hinterkopf seines Onkels ist ihm also zuzutrauen."

Kutschbauer nickte.

„Warum ist nie etwas über Matthias kriminelle Ader auf der Insel bekannt geworden oder besser gefragt, warum weiß Kollege Bäcker nichts davon?"

„Die Elderts sind eine einflussreiche Familie und das seit einigen Generationen."

Busboom verstand.

„Dann lassen Sie uns gleich mit Matthias Elderts sprechen. Mal sehen, was der junge Mann zu sagen hat." Busboom schaute Teddy Schell an, der sich bisher nicht zu Wort gemeldet hatte.

„Ich möchte, dass du mit ihm sprichst."

Schell nickte.

„Hier im Büro oder bei ihm zu Haus?"

„Im Büro."

Der Raum war mit Spannung gefüllt. Sie saßen um einen runden Tisch herum und blickten ihn wie eine Musterungskommission an. Argwöhnisch, als hätten sie es mit einem Simulanten zu tun. Matthias Elderts war klar, dass ein hochnotpeinliches Verhör folgen würde, doch er war entschlossen, sich nicht in die Karten blicken zu lassen. Er setzte sein Pokergesicht auf und hoffte, dass die Kripobeamten darauf hereinfallen würden. Matthias schaute sich um. Keiner sagte ein Wort. Ein richtig korpulenter Mann, er sah aus wie ein Teddybär, hatte die fetten Hände auf der Tischplatte ausgestreckt, den Kopf lauernd in die Schultern gezogen und warf ihm einen finsteren Blick zu. Mit diesem Mann schien nicht gut Kirschen essen. „Wir wollten Sie sprechen", dröhnte auch gleich Schells tiefe Stimme durch den Raum. Es kam einem Bärenbrummen sehr nahe. Der kräftige Mann beugte sich zu ihm vor. Matthias Elderts Pokergesicht schwand auf der Stelle. Bereits nach wenigen Sekunden war sein Vorsatz gebrochen, sich nicht in die Karten schauen zu lassen.

Matthias kam der letzte Auftrag in den Sinn, als er den Kriminalbeamten gegenübersaß. Es war noch nicht lange her. Der Kunde war da gewesen und die Pläne für das zu bauende Schiff lagen ausgebreitet auf dem Tisch, um sie erst einmal auf den Kunden wirken zu lassen. Das tat sein Onkel immer. Sich wichtig machen, das konnte er wie kein Zweiter. Die zukünftigen Segeljachtbesitzer starrten auf die Pläne und meistens verstanden sie nicht, was sie darauf erkennen sollten. Dann kam Onkel Jakobs große Stunde. Er räusperte sich und ergriff das Wort. Dabei strich er sich über die blonden Haare und begann zu erklären, und das in einem leichten, beiläufigen Plauderton, als sei es das Selbstverständlichste der Welt, was dort auf dem Tisch lag. Dabei sagte er nie so etwas wie: „Diese geriffelten

Stellen sind angedacht, um als Stauraum für Gepäck genutzt zu werden." Bei ihm klang das anders, bestimmender und endgültig beschlossen, also keine Widerrede duldend: „Hier an dieser Stelle wird Stauraum entstehen." Dann nickten die Kunden vor Ehrfurcht vor so viel Kompetenz und wagten keinen Einwand.

Matthias staunte immer wieder, wenn er das miterlebte und er ärgerte sich jedes Mal, dass Elderts so eine Show abzog und mit keinem Wort erwähnte, dass er, sein Neffe Matthias, alles Zeichnerische erarbeitet und erdacht hatte. Er war der Einzige in der Firma, der über genügend Fantasie verfügte.

So war es immer, Matthias machte die Arbeit am Reißbrett und Jakob Elderts sackte die Lorbeeren der Kunden ein. „Ach, was für tolle Einfälle Sie immer haben, Herr Elderts", hörte er und ihm war übel. Wieder mal hatte sein Onkel nicht gesagt, dass Matthias dafür hart gearbeitet hatte und sich so manche Nacht über den Plänen den Kopf zerbrochen hatte. In Matthias gärte es seit langem. Vor ein paar Tagen dann, kam ihm endgültig die Galle hoch, und er verließ wutschnaubend das Büro. Er wusste, würde er die Sache vor dem Kunden richtig stellen, hätte sein Onkel es irgendwie geschafft, ihn als lächerlichen kleinen Wichtigtuer darzustellen und diese Schmach hätte noch mehr weh getan.

Matthias hatte somit auch ein Motiv, seinen Onkel zu töten. Verletzte Eitelkeit, Demütigung und die Aussicht auf Rache. Ihm war nicht wohl in Gegenwart der Kripobeamten. Erschwerend kamen seine Jugendsünden hinzu. Matthias war sich sicher, sie alle hier im Raum wussten von seiner Vergangenheit.

„Herr Elderts, Sie behaupteten, am frühen Morgen des Mordtages nicht auf der Insel gewesen zu sein", brummte der bärige Mann. „Unsere Ermittlungen haben jedoch ergeben, dass Sie zum Todeszeitpunkt in der Werft Ihres Onkels gewesen sind."

Matthias kniff seine Lippen fest zusammen. Das machte er immer, wenn er nicht weiter wusste, oder wenn er bei etwas ertappt wurde. Seine Lippen blieben verschlossen, trotzig schaute er den Polizisten an.

„Also, wir hören!“

Matthias Mund war nur noch ein waagerechter, schmaler Strich.

Schell beugte sich ein wenig weiter vor. Der Abstand zwischen ihren Augen betrug nur noch wenige Zentimeter.

Matthias gab auf. „Ja, ich war bei der Werft. Aber ich habe nichts mit dem Tod meines Onkels zu tun. Ich habe ihn gar nicht gesehen.“

„Was hatten Sie so früh am Morgen in der Werft zu suchen?“

Wieder kniff Matthias die Lippen fest zusammen.

„Herr Elderts!“, sagte Schell in hartem Ton und Matthias glaubte, die mächtigen Augenbrauen sich aufrichten zu sehen.

Resigniert ließ er die Schultern hängen, sein verkniffener Mund entspannte sich. Im reumütigen Ton sagte er: „Ich wollte mich an meinem Onkel rächen.“

„Und da sind Sie zu ihm hingegangen und haben ihm eins über den Schädel gezogen!“, mischte sich Bäcker ein. Er erhielt dafür einen strafenden Blick Schells. Bäcker verstummte.

„Nein, nein. Mein Onkel war gar nicht da, ich habe ihn nirgends gesehen. Das müssen Sie mir glauben. Die Seitentür der Halle war offen, das wunderte mich. Ich ging hinein, durch die Werfthalle und in das Büro.“

„Was wollten Sie im Büro?“

„Ich suchte meinen Onkel.“

„Und was wollten Sie von Ihrem Onkel?“

„Ich wollte kündigen. Wirklich!“

„Und warum wollten Sie kündigen?“

Matthias erzählte von seiner nicht anerkannten Arbeit, die er für die Firma leistete.

„Da hatten Sie ja allen Grund, Ihrem Onkel das Allerschlechteste zu wünschen!"

„Ich war es nicht. Ich habe Onkel Jakob an dem Morgen überhaupt nicht gesehen." Schell war geneigt ihm zu glauben. Oder besaß Matthias ebenso ein schauspielerisches Talent wie seine Tante?

„Haben Sie irgendjemanden gesehen oder gehört, als Sie ins Büro gingen?"

„Nein."

„Und Sie haben nicht nachgeschaut, ob sich jemand auf dem Gelände aufhielt? Sie sagten doch, die Tür war unverschlossen."

„Ich habe gerufen: Ist da jemand? Aber keine Antwort erhalten. Ich bin also ins Büro, habe mir die Unterlagen für ein Schiff genommen, Baubeginn in zwei Monaten, und bin wieder verschwunden."

„Haben Sie firmeneigene Unterlagen entwendet?"

„Es sind meine, meine eigenen Entwürfe", sagte Matthias trotzig. Schell nickte.

„Haben Sie die Tür verschlossen, als Sie gingen?"

Matthias nickte. „Meinen Onkel habe ich wirklich nirgends gesehen, ich schwöre Herr Kommissar."

18.

Etwa zur gleichen Zeit gingen Ariana Peters und Bernhard Kutschbauer ins Hotel Elderts. Busboom hatte sie gemeinsam geschickt, mit einem belustigten Zwinkern in den Augen.

Kutschbauer hatte sich bei Ariana eingehakt. Ihr Haar roch nach Meeresbrise und Sommer, nach geheimnisvollen Versprechungen. Er konnte das Spiel ihrer Muskeln unter ihrer Haut spüren, während sie den Weg zum Hotel gingen, als seine Hand wie beiläufig auf ihrem Arm lag und schließlich um ihre Taille fasste. Sie hatte fest trainierte Muskeln und kein überflüssiges Gramm Fett und, oh Wunder, sie ließ es sich gefallen.

In der Hotelhalle kam ihnen eine Superblondine, mit luftigem, halb durchsichtigem Kleid entgegen. Sie eilte zielstrebig auf Kutschbauer zu, umarmte ihn und küsste die Luft neben seinen Wangen.

Tanja Elderts, die Tochter von Jakob Elderts, lebte allein und ging viel aus. Sie war kein Kind von Traurigkeit und ließ nichts anbrennen. Diese Gene hatte sie sicherlich von ihrem Vater geerbt. Kutschbauer mochte Tanja gerne, doch hatte er stets darauf geachtet, ihr nicht zu nahe zu kommen. Zwar stellte er sich hin und wieder vor, wie es wohl wäre, wenn er sie in seinen Armen halten würde, doch er hielt sich immer zurück es in die Tat umzusetzen, da er wusste, dass sein bester Freund Markus seit ewigen Zeiten versuchte, sie für sich zu gewinnen. Etwas mit Tanja anzufangen, würde Markus ihm nie verzeihen.

Die Freundschaft war ihm wichtiger. Außerdem war er jetzt mit Ariana Peters zusammen oder etwa nicht?

Irgendetwas in ihrer Beziehung zueinander lief schief. Seit ihrem gemeinsamen Fall, bei dem sie sich kennen gelernt hatten, versuchte er, eine enge Beziehung zu ihr aufzubauen. Er liebte sie, das hatte er mit Schrecken festgestellt, denn so etwas war ihm bisher noch nicht geschehen. Kutschbauers Traum war es, dass sie zu ihm ziehen, ihren Beruf aufgeben, ihn heiraten und eine Familie mit ihm gründen würde. Doch bis dahin war es noch ein weiter Weg. Er hütete sich davor, ihr diesen Vorschlag zu unterbreiten, hatte er ihr doch noch nicht einmal richtig, so wie es sich gehört, seine Liebe erklärt. Kutschbauer war ein Mann vom alten Schlag, und wenn er es sich ehrlich eingestand, war es ihm ein Dorn im Auge, dass Ariana im gleichen Beruf arbeitete und sogar rangmäßig über ihm stand. Er bemühte sich wirklich, diesen nagenden Punkt zu überwinden. Mit der Anmeldung zur Fortbildung auf dem Festland, die er jetzt wegen dem Mordfall unterbrochen hatte, arbeitete er im Grunde genommen gegen seinen Wunschtraum. Ariana würde nie die Kripo aufgeben, sie liebte ihren Beruf und war eine selbstständige, emanzipierte Frau, der Machos auf die Nerven gingen. Er seufzte innerlich. Er wusste das doch alles, aber es war schwer, seine Lebenseinstellung zu ändern. Er nahm sich fest vor, hart daran zu arbeiten. Doch erst einmal musste ihm das Kunststück gelingen, seine intensive Mitarbeit am Fall und die Werbung um Ariana unter einen Hut zu bringen. Der gestrige Abend hatte für die Ermittlungsarbeiten etwas gebracht, ging aber in seiner Beziehung zu Ariana völlig daneben. Er seufzte laut.

Und jetzt das! Die Begegnung mit Tanja war äußerst peinlich. Mit einem Auge schielte er zu Ariana, als er Tanja in auffällig beiläufigem Ton fragte: „Moin Tanja. Weißt du zufällig, ob Hermine Elmau im Hause ist?“

Tanja strich ihm mit ihren zarten, feingliedrigen Fingern über die Wange und warf Ariana dabei einen triumphierenden Blick zu. „Sicher mein Süßer“, dabei wies sie mit der anderen Hand in eine Richtung. „Dort hinüber. Du kennst ja den Weg.“

„Frau Elmau, können wir Sie einen Moment sprechen?“, fragte Ariana in säuerlichem Tonfall. Die Eifersucht auf Tanja nagte an ihr und der grimmige Blick der alten Dame trug nicht gerade zur Besserung von Arianas Stimmung bei. Sie stellte der Alten ein paar belanglose Fragen, ehe sie zum Kern kam. „Wie ich hörte, gibt es in diesem Hause", und dabei zeigte sie mit dem Finger auf den Fußboden, „im Keller, einige brisante Chemikalien und Gifte."

Zwei wässrige alte Augen schauten sie ungerührt an.

„Dürften wir Sie bitten, uns diese zu zeigen?", knurrte Ariana.

Hermine Elmau schaute Kutschbauer mit einem Blick an, als würde sie „Verräter" sagen. Dieser ignorierte ihn, nickte nur leicht mit dem Kopf. Ohne etwas zu erwidern ging die alte Dame los, die beiden Polizisten hinterher.

In einer kleinen Kammer im Keller des Hotels stand ein altes, wackelig aussehendes Holzregal im Schummerlicht. Ariana trat etwas näher heran. Fein säuberlich nebeneinander aufgereiht standen die Gefäße. Der Anblick erinnerte an eine Apotheke aus der Zeit der Jahrhundertwende, allerdings der vorletzten. Ariana suchte die Gläser und Porzellangefäße mit den Augen ab, konnte aber keinerlei Spuren entdecken, dass eines dieser Gefäße in der letzten Zeit berührt worden war. Dicke Staubschichten lagen überall. Sie las: Fructus Capsici – span. Pfeffer; Fabae Tonco – Tonkabohnen; Caryophylli – Nelken und vieles mehr.

„Das wird sich unser Spezialist ansehen", bestimmte sie. „Vorerst darf niemand diesen Raum betreten. Gehen wir." Sie verließen den Raum und Ariana versiegelte die Tür.

Sie folgten der alten Dame die Treppen hoch. Sie ging schleppend und langsam. Kutschbauer war dicht hinter ihr. Ariana konnte sich des Gefühles nicht erwehren, dass er jeden Moment damit rechnete, die alte Hermine auffangen zu müssen. Wieder oben in der Hotelhalle, fragte sie Hermine Elmau: „Kann jeder aus dem Hause ungehindert in die Kellerräume gelangen?"

Der greise Kopf nickte, die alten Augen jedoch blitzten.

„Die Türen sind nie verschlossen?“

„Nein.“

„Wie es aussieht, sind die Gifte in diesem Haus für jedermann zugänglich“, stellte Ariana nüchtern fest.

„Wer sagt denn, dass es sich um Gifte handelt?“, wollte Frau Elmau wissen.

„Ich denke, das werden unsere Spezialisten schon feststellen“, versicherte Ariana der alten Dame. „Und weiter denke ich, Greta Elderts oder ein anderer der Familie hat Jakob mit Arsen vergiftet“, versuchte Ariana Hermine aus der Reserve zu locken.

„Und ich sage Ihnen, das glaube ich nicht. Ebenso wenig wie ich glaube, dass Halina etwas damit zu tun hat.“

Listige Augen beobachteten Arianas Reaktion. Diese tat der alten Dame keinen Gefallen. Auch sie verstand es gelegentlich, keine Miene zu verziehen.

Nun musste Hermine Elmau auf eine altbewährte Technik zurückgreifen. Als alte, vergessliche und Unsinn redende Greisin war sie unschlagbar, wenn es darauf ankam. Die Rolle beherrschte sie seit Jahren perfekt.

Ausschweifend begründete die sonst so wortkarge Hermine ihre Bemerkung über Halina. Angeblich habe sie sich im Namen vertan. Sie blickte dabei auf Kutschbauer. Männer waren im Allgemeinen von alten Frauen einfacher zu belügen. Im Augenwinkel jedoch behielt sie die Polizistin fest im Blick. Zufrieden stellte sie fest, dass ihre Bemerkung über Halina auf fruchtbaren Boden gefallen war. Gut so, sie wollte auf jeden Fall jeglichen Verdacht von Greta ablenken, da war ihr jedes Mittel recht. Vielleicht, so überlegte sie, würde sie beim nächsten Mal den Beamten etwas ganz anderes erzählen. Bis dahin musste sie ausgiebig darüber nachdenken, was sie ihnen auftischen würde. Sie war sicher, ihr würde etwas Passendes einfallen, um sie auf eine falsche Spur zu lenken. Es gab schließlich in Jakobs Umfeld genügend Feinde und Verdächtige, die alle Gründe hatten, ihm den Tod zu wünschen. Da war es einfach, so nah wie möglich an der Wahrheit zu bleiben. Es log sich dann einfacher, man musste sich nicht so vieles merken. Das beruhigte ihr kurzzeitig aufkommendes, schlechtes Gewissen den Beschuldigten gegenüber ein wenig. Auch wenn sie keinerlei Skrupel hatte, die Kripo anzulügen. Sie lächelte dümmlich vor sich hin.

„Ich sage Ihnen, nirgends leben die Menschen zufriedener miteinander, als hier in diesem Haus. Das ginge nicht, wenn irgendeiner solch eine grausige Tat auf sein Gewissen geladen hätte", setzte die alte Frau noch einen drauf. „Ich glaube das ebenso wenig, wie ich überhaupt an einen Mord glaube." Jetzt sollte ich aber aufhören, dachte die alte Dame, ich fange an zu übertreiben.

Das Gleiche dachte Ariana auch. „Ach, Frau Elmau? Sie erwähnten eben einen Matthias. Wer ist das?", fragte sie listig.

„Er ist ein Taugenichts, ein Rowdy. Sie können ihn auch von Grund auf schlecht nennen. Auf jeden Fall ist er ein Krimineller", antwortete die Alte gnadenlos. „Das steht fest. Er hat in seinem jungen Leben schon so manches angestellt, war in viele Schlägereien verwickelt, soll schon gestohlen haben und kleinere Betrügereien gehen auch auf sein Konto." Genüsslich schaute sie von einem zu anderen. „Die Eltern können einem auf jeden Fall richtig Leid tun, es muss für sie eine harte Prüfung sein!", fügte sie scheinheilig hinzu. „Jedenfalls würde ich an Ihrer Stelle diesem jungen Mann so gut wie alles zutrauen."

So wie ich dir, du alte Schachtel, dachte Ariana.

Tanja Elderts kam in die Lobby, winkte kurz und lief ihnen entgegen.

Ariana ließ Frau Elmau kommentarlos stehen und rauschte mit ausgreifenden Schritten aus der Hotelhalle. Kutschbauer versuchte mit ihr Schritt zu halten.

„Ich gehe jetzt zu Roswitha Neubeeren. Was du machst, ist mir vollkommen egal“, zischte Ariana.

19.

Nach einem geschlagenen Vormittag Frühjahrsputz, obwohl Sommer und keineswegs nötig, war Roswitha in einer erschöpften aber zufriedenen Verfassung. Sie hatte heute Morgen in einem Anfall von Wut und Hilflosigkeit, wechselseitig abgelöst von Zufriedenheit und Wohlbefinden, damit begonnen. Schuld war die Sonne, versuchte sie sich einzureden. Sie meinte, im hellen Sommerlicht wirke alles etwas schmuddelig. Ja, sie glaubte sogar, übelriechende Ecken in ihrer Wohnung zu haben. Jetzt roch ihr Haus nach synthetischen Rosen und dem schmeichelhaften Duft von grünen Wiesen. Doch der Zustand der Zufriedenheit währte nicht lange. Als es an der Tür klopfte, rief sie, zerzaust, in Kittelschürze und mit hochrot erhitztem Kopf: „Herein, die Tür ist offen.“

Die junge Polizistin trat ein. „Putzwut?“, fragte sie zur Begrüßung und schaute in Richtung Eimer und Besen.

„Ab und an überkommt mich die Lust“, meinte Roswitha. „Trinken Sie einen kühlen Saft mit mir?“

Ariana nickte. Sie folgte Roswitha in die Küche. Aufmerksam schaute sie sich um. An einer Wand hingen mehrere Holzregale, auf denen altertümliche Gläser und Porzellan standen. Sie wirkten wie ein kurzer Ausschnitt aus einer alten Apotheke und erinnerten sie sofort an den Hotelkeller, den sie soeben versiegelt hatte. Die Deckelgläser hier im Regal zierten alte Aufschriften. Auf einem mit gelblich durchsichtiger Flüssigkeit gefüllten Glas stand Rizinusöl. Roswitha folgte Arianas Blick.

„Die sind alle uralt, aber täglich in Gebrauch", meinte sie.

„Das auch?", fragte Ariana skeptisch und zeigte auf ein weißes Gefäß mit der Aufschrift Salpeter."

Roswitha lachte. „Im Salpeter ist Mehl, Sonnenblumenöl im Rizinusglas und Zucker im medizinischen Seifenpulver. Sind über hundert Jahre alt, die Dinger, habe ich geerbt."

Roswitha reichte Ariana ein gefülltes Glas mit Saft.

„Kommen Sie, wir setzen uns in die Sonne."

Draußen unter dem Sonnenschirm konnte man es gut aushalten. Die beiden Frauen saßen zunächst schweigend beisammen und beobachteten ein paar Spatzen, die sich in der heißen Sonne zankten.

„Was treibt Sie zu mir?", wollte Roswitha nach einiger Zeit wissen.

Um es genau zu sagen, Ariana wusste es nicht! Sie hatte sich maßlos über Bernhard und dieses barbieblonde Gift geärgert. Er und seine Frauengeschichten! Hinzu kamen die verworrenen Räuberpistolen der alten Elmau, denen sie kaum Glauben schenken konnte. Senile alte Dame. Und doch blieb etwas hängen. Hinter all dem, was Ariana von Hermine Elmau heute gehört und teilweise verarbeitet hatte, ertönte ein Signal aus dem Unterbewusstsein. Unaufhörlich, aber ungreifbar. Ariana war über sich selbst erbost, dass ihre Psyche Botschaften aussandte, die sie nicht entziffern konnte. Hinzu kam der spontane Entschluss einer inneren Eingebung zu folgen. So war Ariana hier gelandet.

Hilflos zuckte sie mit den Schultern und kam sich blöde und unprofessionell vor. Roswitha lächelte sie an.

„Hermine Elmau, wie alt ist die eigentlich?“, fragte Ariana, nur um etwas zu sagen.

Roswithas Lächeln wurde etwas breiter, die blitzweißen Beißerchen machten die Ausstrahlung der fahlen Haut wieder wett. Ihr Alter konnte Ariana immer noch nicht schätzen. Sie hatte vergessen in den Unterlagen nachzusehen.

„Aah, die alte Hermine hat Ihnen das Leben schwer gemacht.“ Roswitha Neubeerens Lächeln zeigte keine Spur von Bosheit. „Eine ganze Ecke über siebzig, nahe an achtzig.“

Ariana nickte zerstreut. „Schon etwas verwirrt!“, meinte sie eher zu sich selbst.

„Nein, da täuschen Sie sich. Hermine ist weit von jeder Senilität entfernt. Schauen Sie nur in ihre jugendlich blitzenden Augen. Aber deswegen sind Sie doch nicht zu mir gekommen?“

„Nein“, antwortete Ariana gedehnt.

„Probleme mit Kutschbauer?“ Es klang freundlich, kein Quäntchen Sarkasmus war herauszuhören. „Hat mein kleiner Cousin sich daneben benommen? Machen Sie sich nichts draus. Den muss man so nehmen, wie er ist. Eigentlich ein feiner Kerl. Ich habe es Ihnen schon mal gesagt, sie beide passen zusammen, so verschieden sie auch sein mögen. Denken Sie immer daran, Männer sind einfach gestrickt.“

„Sie sagten, Sie haben die schönen alten Arzneigläser in Ihrer Küche geerbt?“, lenkte Ariana ab.

„Richtig.“

„Sie sehen aus wie die im Keller vom Hotel Elderts.“

„Stimmt. Stammen alle aus der gleichen Quelle.“

„Dann haben sie und Hermine Elmau ähnliche Antiquitäten geerbt?“

„Ja. Wir sind miteinander verwandt.“

„Ihre Tante?“

„Nein, eine Schwester meiner Großtante. Ich glaube, dafür gibt es keine Bezeichnung."

„Und Bernhard ist Ihr Cousin!"

Für Roswitha erübrigte sich eine Antwort auf diese Feststellung und für Ariana stellte sich die Frage: Wie war der Polizist Kutschbauer mit der verdächtigen Elmau verwandt?

Sie wechselte erneut das Thema und die beiden Frauen unterhielten sich lange miteinander. Ariana hatte das Gefühl, Roswitha Neubeeren schon ewig zu kennen. Sie mochte sie, auch wenn Roswitha ein schwieriger Mensch war. Sie eckte bei ihren Mitmenschen schnell an, was zum Teil daran lag, dass sie gerne deutlich die Wahrheit sagte, was bekanntlich die Wenigsten vertragen. Sie nahm kein Blatt vor den Mund, konnte es sich aber auch leisten, da sie gesellschaftlich und finanziell unabhängig war. Außerdem stand sie in dem Ruf, Frauen mehr als Männer zu mögen, was Ariana nach diesem vertraulichen Gespräch unter Frauen allerdings bezweifelte.

Nachdem sie über dies und das, Gott und die Welt, große und kleine Leute, die Insel im Allgemeinen und Bernhard Kutschbauer im Besonderen gesprochen hatten, schwiegen sie. Die Sonne hatte unter dem Schirm einen Weg zu Arianas Beinen gefunden, die sich langsam röteten.

Als sie sich von Roswitha verabschiedete, sagte diese mit einem verschmitzten Lächeln: „Nichts turnt Männer mehr ab, als eine Prinzessin, die ihren Drachen selbst tötet. Denken Sie mal darüber nach."

Gedankenversunken, aber mit sich und der Welt wieder zufrieden, machte sich Ariana auf den Weg ins Büro.

Unterwegs kam sie an einem Schild vorbei, das auf das Heimatmuseum hinwies. Das könnte ich mir eigentlich schnell anschauen, dachte sie und bog in die altertümliche Straße ein.

Ariana blieb am Eingang stehen, um eine Eintrittskarte zu erwerben. Sie machte einen Rundgang durch die einzelnen Räume, bis sie in eine große Halle gelangte.

Die Luft im Innern der Halle war kühl und feucht und roch nach Geschichte. Die gewaltige Decke hoch über ihr wirkte eigenartig schwerelos, obwohl ihre Ausmaße beträchtlich waren. Das Gefühl der Schwerelosigkeit wurde durch das über ihrem Kopf schwebende Riesenskelett eines Wales verursacht. Die Ausmaße hatten schon etwas Gigantisches. Das lange, mit faustgroßen Zähnen bestückte Gebiss zeigte auf eine große Terrassentür.

Die Halle war eine bemerkenswerte Verschmelzung von Geschichte und Moderne. Über Ariana fiel ein warmer Sonnenstrahl durch die Fenster ins Innere. Ihre Augen folgten dem Verlauf der Dachkonstruktion bis zu der Stelle, wo sie in die Wand überging, und von dort aus weiter zum Steinfußboden. Das leise Echo von Schritten und murmelnden Stimmen von Touristen hallte durch den Saal. Ariana musterte verstohlen die Besucher, die herumwanderten, dann wandte sie sich den anderen Ausstellungsstücken zu. Ein überdimensionales Glas betrachtend, in dem in einer undefinierbaren Flüssigkeit ein kinderbeingroßes Teil schwamm, interessierte sie.

„Interessant, nicht wahr?", fragte eine einschmeichelnde Stimme. Ariana drehte sich um. Dicht hinter ihr stand ein Mann, dessen Lächeln eine Reihe schneeweißer Zähne zeigte.

„Könnte man den Deckel abschrauben, würden wir wahrscheinlich sofort ohnmächtig zu Boden sinken."

„Ach", konnte sie nur einsilbig antworten. Sie hatte immer noch keine Ahnung, um was es sich handelte.

„Wegen des Gestanks, meine ich." Ein breites Grinsen zeigte noch mehr Zähne. Mein Gott, dachte Ariana. Zweiunddreißig Stück hat ein Mensch davon. Dieser schien soviel allein in der oberen Reihe zu haben.

Sie folgte seinem Blick und blieb wieder an diesem Einmachglas hängen.

„Sie wissen nicht, was das ist?!“

Ariana schüttelte den Kopf, wandte aber nicht den Blick vom Glas.

„Das ist der Penis von einem Wal, eingelegt in Alkohol“, sagte der Mann stolz und es klang, als sei es sein eigener.

Wenn ich ihn jetzt anschaue, platze ich vor Lachen, dachte Ariana, ließ den Mann einfach stehen und eilte zum nächsten Artefakt.

Schnell wurde sie eingeholt. „Ich bin übrigens so etwas wie der Museumswächter hier“, sagte er.

„Dann können Sie mir sicherlich helfen.“ Manchmal bleibt einem eben nichts erspart. Wenn sie sich schon intensiver mit diesem aufdringlichen Kerl beschäftigen musste, konnte sie wenigstens testen, ob er noch außermuseumstechnische Dinge wusste.

Sie drehte sich zu ihm um, zeigte ihr berühmtes Lächeln, das keinen Zweifel darüber offen ließ, was sie von ihrem Gegenüber hielt, ehe sie mit ihrer Befragung begann.

„Meine Frau ist die Nachbarin von Doktor Scherer“, schwatzte er eifrig drauflos. „Der hat übrigens was mit der jungen Witwe.“

„Welche Witwe?“

„Ha, jetzt nehmen Sie mich aber auf den Arm, Frau Kommissarin. Greta Elderts meine ich.“

„Und wie kommt Ihre Frau zu dieser Behauptung?“

„Sie hat es mit eigenen Augen gesehen.“

„Was hat sie gesehen?“

„Jeden Mittwoch“, er griff nach Arianas Ärmel und zog sie geheimnisvoll in eine Ecke. „Jeden Mittwoch um die Mittagszeit kommt die Elderts in Doktor Scherers Praxis.“

„Das ist nichts Ungewöhnliches.“

„Auch nicht, dass wenige Minuten später in seinem Schlafzimmer die Gardinen zugezogen werden?“

„Hmm.“

„Sehen Sie! Keine halbe Stunde später werden die Gardinen wieder aufgezogen. Würden ja sonst auch in der Sonne vergilben!“

Ariana schaute ihn skeptisch an, wobei sie sich ein Lachen verkniff. „Und dann verlässt Frau Elderts das Haus?“

Der Mann nickte heftig und beugte sich verschwörerisch vor. „Aber durch die Hintertür, Frau Kommissarin. Sie glaubt, meine Ilse merkt das nicht.“

„Du hast mir nicht gesagt, dass du mit Roswitha Neubeeren verwandt bist.“ Ariana tat erbost und wütend.

Kutschbauer seufzte ergeben. Wer ist hier auf der Insel nicht mit jedem verwandt?, hätte er am liebsten gefragt, ließ es aber bleiben. Sie sah schon wütend genug aus. „Klaas Neubeeren war mein Ururgroßvater“, fing er an. „Der unbeliebteste Zeitgenosse, den man sich vorstellen kann, wenn man den alten Geschichten Glauben schenkt. Und Sarah Neubeeren, Cousine meiner Urgroßmutter, hat sich ein paar Jahre als Bürgermeisterin versucht. Ja, wir waren damals schon sehr fortschrittlich, was die Gleichberechtigung angeht“, sagte er wie beiläufig und hoffte, das würde sie etwas beruhigen. „Die liebe Großtante Käthe hat die Familientradition begründet, die ab und an immer mal wieder durchschlägt. Ich meine, wir sind alle ein wenig exzentrisch, wie Roswitha. Man kann auch ‘leicht verrückt’ dazu sagen.“ Er fuchtelte mit den Fingern vor seinen Augen herum. Dabei lächelte er sie umwerfend an. Erst jetzt merkte er, dass Ariana ihm gar nicht mehr grollte.

„Und was haben all diese Leute jetzt mit Roswitha zu tun?“, fragte sie mit sanfter Stimme.

„Sie ist mit diesen Menschen genau so verwandt, im gleichen Grade sozusagen, wie ich.“

„Aha“, sagte Ariana und versuchte sich vorzustellen, wie nah oder wie entfernt das nun war. Cousine und Cousin zweiten Grades oder überhaupt gar keine nähere Verwandtschaft? Ist ja auch egal, dachte sie und beschloss, über ihren eigenen Schatten zu springen, ihren inneren Gefühlen nachzugehen und nicht mehr so ablehnend Kutschbauer gegenüber zu reagieren.

„Darf man eure Zweisamkeit stören?“, fragte Schell, als er den Kopf zur Tür hereinsteckte. „Busboom will dich sehen“, meinte er zu Ariana. „Ihr habt einen Ortstermin auf See.“

Ariana und Busboom folgten einem Mann zur Anlegestelle, eine Holzpier im Hafen auf der Reede, die auf dem Wasser schwamm und sich leicht im Wellengang hob und senkte. Sie traten an ein weiß-blau gestrichenes Boot und der Mann ging an Bord. Er warf einen Blick auf Busbooms Schuhe und nickte. Sie wurden von ihm als bootstauglich anerkannt, weil sie keine schwarzen Sohlen hatten, die unansehnliche Striemen auf dem Bootsdeck hinterließen. „Gut“, nickte er. „Kommen Sie an Bord.“ Er reichte ihm hilfreich die Hand. Ariana musste ihre Schuhe ausziehen. Hohe Absätze waren von Schiffseignern nicht gern an Bord gesehen. Ariana war das ganz recht, denn das Wetter war ideal. Barfuß trat sie an Deck. Auch ihr wurde eine hilfreiche Hand gereicht, um über den kurzen Steg zu gelangen.

Überall an Deck lagen Leinen, Netze, Angelruten und andere Gerätschaften herum, deren Gebrauch Ariana schleierhaft war. Auf einen Wink des Eigners hin betraten sie die

Kabine und ihr Kapitän machte die Leinen los. Während sie starteten, erzählte der Seemann vom Geschäft: „Angelfahrten zur See“ und der „Besuch bei den Seehundsbänken.“

„Die Arbeit ist angenehm“, meinte er. „Wenn ich Glück habe, kann ich mit den Einnahmen eines Sommers den ganzen Winter überstehen.“ Ariana sah ihn fragend an.

„Im Winter habe ich keine Verdienstmöglichkeit“, erklärte er fröhlich, „oder glauben Sie, die Touristen mögen bei klirrender Kälte, eisigen Nordwestwinden und bei hohen Wellenbergen die Seehunde besuchen?“ Ariana nickte verständnisvoll und genoss die Fahrt.

Der Schiffseigentümer hielt während der Tour nicht eine Sekunde seinen Mund, er redete ununterbrochen vor sich hin. Als sie in Sichtweite des Hauptbadestrandes kamen, stoppte er den Motor und seine Rede.

Ariana sah zum Strand hinüber. Es war ein prachtvolles Bild. Die bunten Strandzelte wirkten fröhlich in der Sonne. Zwischen ihnen konnte Ariana ab und zu einen weißen Strandkorb entdecken. Die roten Badekarren, in denen die Rettungsschwimmer saßen und ein wachsames Auge auf die Badenden hielten, standen an der Wasserkante. Sie glaubte den Geruch von Sonnenöl zu riechen, aber das war sicherlich nur Einbildung. Sie warf einen Blick ins Wasser, das leise an die Bordwand plätscherte.

„Hier ist die Stelle?“, fragte Busboom und schaute sich um.

„Das kann man so genau nicht sagen“, meinte der Schiffer. „Aber so ungefähr. Jedenfalls sind wir jetzt querab von der Buhne, in deren Nähe der Tote gefunden wurde.“ Das Schiff schaukelte leicht in den Wellen. Vom Strand drangen die typischen Badegeräusche herüber.

„Wir haben das doch besprochen“, begann Busboom und damit meinte er das für ihn nur teilweise verständliche, schwierige Thema über Meerestiefen, Strömungen, Windrichtungen, Gezeitenspiele und vieles mehr, um das Treiben der Leiche im Meer zu berechnen. „Was glauben Sie also?“

„Nun“, auf einmal war der Skipper etwas wortkarg. „Jedenfalls“, begann er zögerlich, „wenn ich wollte, dass ein Gegenstand“, und dabei schaute er etwas komisch, „an Land treiben soll, ich meine, wenn man Windrichtung, Unterströmungen und die Gezeiten berücksichtigt, würde ich ihn ungefähr hier über Bord werfen.“

„Das klingt irgendwie nicht logisch“, gab Ariana zu bedenken. „Warum sollte jemand sich die Mühe machen hierher zu fahren, um dann jemanden über Bord zu werfen, damit er direkt am Badestrand gefunden wird.“

„Es sei denn, das Opfer und sein Täter sind gemeinsam mit einem Schiff hierher gefahren, haben dann Streit bekommen und der Mann ist über Bord gegangen“, bemerkte Busboom.

„Aber er konnte gut schwimmen, schließlich ist er mal Rettungsschwimmer gewesen. Wäre es möglich von hier aus an Land zu schwimmen?“, sie sah den Seemann an. Dieser nickte ergeben. Es war möglich, für Olympioniken. Am liebsten hätte er geantwortet: „Wenn man lebensmüde ist, ja!“

„Vorausgesetzt, man ist ein wirklich guter Schwimmer“, sagte er stattdessen, machte aber ein Gesicht, das seine Aussage Lügen strafte.

„Aber das ist doch nicht weit.“

Der Seemann seufzte. Immer diese Touristen! Sie glauben, im Meer zu schwimmen sei genauso wie in jedem x-beliebigen See. In einem Tonfall, der Nachsicht durchblicken ließ, sagte er: „Wie gesagt, Strömungen.“ Er griff in seine Jackentasche und zog eine Pfeife hervor. Umständlich stopfte er Tabak hinein und zündete sie an. Ein herrlicher Duft zog mit dem Wind in Busbooms Nase. *Borkum-Riff* hieß die edle Tabaksmarke, wie Busboom ein Blick auf die Verpackung verriet.

Er fragte sich, was er sich eigentlich von diesem Lokaltermin hier mitten auf dem Meer erhofft hatte.

„Aber am Strand sind Hunderte von Menschen im Wasser“, übertrieb Ariana, die die Gefährlichkeit der Schwimmstrecke nicht verstehen wollte.

„Dort ist es auch nicht gefährlich. Sehen Sie, die Leute sind alle nicht sehr tief im Wasser, dort, so nahe am Strand sind auch noch keine Strömungen. Und die Rettungsschwimmer passen auf.“

„Ist schon mal ein Gast ertrunken?“, wollte Ariana wissen. Der Seemann schüttelte den Kopf. „Gott sei Dank hier auf der Insel seit Jahren keiner mehr. Bis auf unseren Jakob“, fügte er hinzu.

„Nun, das wissen wir noch nicht mit Bestimmtheit, darum sind wir ja hier“, berichtigte ihn Busboom. „Fahren wir“, wies er den Kapitän an.

Dieser nickte. „Kein Blick auf die Seehunde? Sind nur noch wenige Minuten von hier!“

Busboom schüttelte den Kopf.

Ariana hätte die Tiere gerne aus der Nähe gesehen, sagte aber nichts, da sich durch die Schaukelei auf den Wellen ihr Magen unangenehm meldete.

„Ist es möglich, dass Jakob Elderts allein mit einem Schlauchboot, Kanu oder sonst einem Schiffchen bis hierher gefahren ist, dann kenterte und ertrank? Wir sollten feststellen, ob irgendwo ein herrenloses Boot herumliegt“, überlegte sie laut.

„Glaub ich nicht“, meinte der Seemann. „Jakob wäre mit so einem kümmerlichen Gefährt nicht in See gestochen.“ Unter seiner Würde, hätte er noch gerne hinzugefügt, verkniff es sich aber.

„Man muss bedenken, er war nicht mehr ganz bei Sinnen. Die Tabletten und das Arsen, dazu das Loch im Kopf. Alles zusammen muss seine Sinne vernebelt haben."

Busboom schaute skeptisch. Ein seltsames Unbehagen beschlich ihn. Noch eine weitere Spur, der sie nachgehen mussten.

Noch auf wackeligen Seemannsbeinen wollte Ariana endlich die unangenehme Konfrontation mit Tanja Elderts in Angriff nehmen. Schließlich hatte sie von Busboom den Auftrag, sich mit der Tochter des Toten wegen der Liebesbriefe eingehender zu unterhalten. Mit leichten Vorbehalten gegen diese junge Frau behaftet, hatte sie sich doch so ungezwungen an Bernhard Kutschbauer herangemacht, suchte die Kriminalistin sie auf.

Tanja war eine Frau, die mit klugen und wohlklingenden Worten umzugehen wusste und sie konnte sich blitzschnell auf jede neue Situation einstellen und war nicht das platinblonde Barbiedummchen, wie Ariana erhofft hatte. Tanja verstand es meisterhaft, sich hinter einem Lächeln oder einem schockierten Gesichtsausdruck zu verstecken.

„Ich habe noch ein paar Fragen zu den Liebesbriefen", begann Ariana.

„Ganz zufällig fand ich sie, meine Mutter bat mich, etwas aus dem Wäscheschrank meines Vaters zu holen. Sie tat es nicht selbst, Sie verstehen, die aufsteigenden Emotionen über den Verlust meines Vaters hätte sie schwer verkraftet." In diesem Plauderton brillierte Tanja weiter.

Sie war die geborene Lügnerin und eine kluge dazu. Ganz die Tochter ihrer hobbymäßig schauspielernden Mutter Greta. Doch Ariana kannte sich aus mit diesem Typ Frau, ihre beste Freundin aus alten Schulzeiten beherrschte ebenfalls diese Kunst meisterhaft. So hatte Ariana in Tanjas Augen, die sie gerade aufs Vortrefflichste anlog, einen bestimmten Ausdruck gesehen und wusste, dass sie perfekt log.

Es waren die Kleinigkeiten, so wie in diesem Moment die winzigen Siege, die der Gegenspieler nicht mitbekam, die Ariana an ihrem Beruf so liebte. Diese noch so kleinen Erfolge, auch wenn die Lügnerin nicht bemerkt hatte, dass sie durchschaut worden war, summierten sich im Laufe eines Falles und ergaben eines Tages ein Ergebnis.

Ariana hatte durch die Aussagen Tanjas erfahren, was sie wissen wollte und kam zu dem Ergebnis, das sowohl Tanja als auch ihre Mutter von diesen Briefen vorher etwas gewusst haben mussten. Aber warum hatten sie diese Post der Polizei zugespielt? Um den Verdacht auf andere zu lenken, um weitere Motive aufzuzeigen?

20.

Eine Seefahrt macht hungrig. Gesche hatte ihm für heute Mittag ein inseltypisches Essen versprochen und so eilte Busboom in die Mittagspause.

Nach dem Mittagsessen war für Focko Busboom die Welt wieder in Ordnung, seine Konzentration voll hergestellt. Es gab *Dröge Bontjes*, getrocknete Bohnen, die man leider nicht in einem Geschäft kaufen konnte. Gekocht mit einem schönen Stück Speck und geräucherten Würstchen war das Eintopfgericht eine Wucht. Diese seltene Spezialität hatte Gesche von der Eigentümerin ihrer Ferienwohnung geschenkt bekommen. Gesättigt und zufrieden dachte Focko daran, seine Badehosen anzuziehen und am Südstrand kurz ins Meerwasser zu springen. Sein gefüllter Magen hingegen dirigierte ihn auf den Balkon, in die warme Sonne, wo er vor sich hindöste. Eine Stunde später erwachte er aus seinem Mittagsschläfchen. Sein Sohn Arik wollte ihn sprechen, da Gesche Fockos ersten Gedanken für sich in die Tat umgesetzt hatte und nun am Südstrand im Badeanzug im warmen Sand lag. Arik teilte ihm mit, dass bei ihm alles in bester Ordnung sei, schimpfte kurz über seine beiden Schwestern, bis er schließlich fragte, ob er heute Nacht mit einem Kumpel am Strand übernachten dürfte.

„Am Strand? Das ist verboten", fiel Focko als Erstes dazu ein. Dafür handelte er sich einen Blick ein, der besagte, wen interessiert das, kombiniert mit dem Ausdruck: Eltern verstehen einen sowieso nicht.

„Was hat Mama denn gesagt?"

„Mama sagt, ich soll dich fragen."

Aha, dachte Focko, Gesche hatte es also verboten. Focko lächelte in sich hinein, als sein Sohn gewichtige Argumente anführte, die für ein Strandcamping sprachen. Gefolgt vom uralten Trick eines jeden Kindes: Alle anderen dürfen, nur ich nicht.

„Es ist auch nicht wirklich in den Dünen", sagte der Junge.

„Wo dann?"

„Bei Jans Eltern hinter dem Haus. Dort fangen gleich die Dünen an."

Focko hatte gute Laune und gab sein Einverständnis.

Im Büro erwarteten die Kollegen den Kommissar.

„Verletzte Eitelkeit, ist das auch ein Motiv für euch?", Hölzner hatte ein Grinsen von einem Ohr zum anderen, als würde er sich tierisch darauf freuen, was für ein Gesicht die anderen gleich machen würden.

„Natürlich ist verletzte Eitelkeit ein Mordmotiv", sagte Busboom und schaute ihn an.

„Dann habe ich etwas für euch. Wie ihr wisst, hatte ich die Aufgabe, Schreibtisch und Büro sowie alle Unterlagen vom Toten zu untersuchen und da habe ich das hier gefunden." Grinsend schwenkte er ein Blatt Papier. Man konnte sehen, es war ein Behördenbogen, auf dem mit einem kräftigen Rotstift viele Stellen angezeichnet waren. Ariana sah über Teddys kompakte Schulter hinweg, dass unten die Schreibfehler zusammengezählt waren und ein Kommentar geschrieben stand. Wie in der Schule, wenn man eine berichtigte Deutscharbeit zurückbekam.

„Das ist der Ablehnungsbescheid von einer Behörde." Hölzner schaute so begeistert, als wären ablehnende Bescheide das Schönste für ihn.

„Kommen Sie, Hölzner, heraus mit der Sprache, machen Sie es nicht so spannend", forderte Ariana ihn zum Weiterreden auf.

„Der Tote wollte seinen Betrieb erweitern und brauchte die behördliche Genehmigung dafür", spannte Hölzner seine Kollegen weiter auf die Folter.

„Und?" Busboom wurde langsam unruhig. „Nun sprechen Sie schon."

„Jakob Elderts hat eine Ablehnung bekommen. Im allgemeinen, supersahnigen, für alle leicht verständlichen Behördendeutsch." Er lachte kurz über seinen eigenen Witz. „Und was glaubt ihr, was der arrogante Elderts gemacht hat? Er hat den ablehnenden Bescheid auf Rechtschreibfehler korrigiert und ich muss sagen, es waren recht viele. Dann hat er den Brief, versehen mit der Schulnote 'ungenügend' für Rechtschreibung, 'mangelhaft' für Textgestaltung und ein weiteres 'ungenügend' für die Gliederung des Briefes, zurückgeschickt. Hier steht wortwörtlich: Sie hätten die Schinken-Butterbrotschule nicht ohne Abschluss verlassen sollen." Hölzner schaute belustigt in die Runde. „Wenn das kein Grund für verletzte Eitelkeit ist? Ich meine für den Beamten, der diese Ablehnung geschrieben hat!“ Hölzner lehnte sich zufrieden auf seinem Stuhl zurück. „Es könnte doch so gewesen sein“, philosophierte er. „Die beiden Männer, jener Beamte und Jakob Elderts, trafen sich in der Mordnacht. Sie liefen sich vielleicht zufällig über den Weg. Jakob Elderts pöbelte den Beamten an. Ich meine, unser Opfer war gemein genug, um den Staatsmann noch ein wenig mehr mit Worten zu reizen. Der Büromensch ist dann einfach ausgerastet und schlägt zu. Zack! Daher die Wunde auf dem Kopf.“

In Busboom sträubte sich alles. Noch ein weiterer Kandidat für den Posten eines Mörders, nein, davon hatten sie nun reichlich genug. Es lohnte sich schon, eine Lostrommel anzuschaffen, um all die vielen Teilnehmer, namentlich fein säuberlich auf Zettelchen notiert, hineinzuwerfen und auszulosen.

„Von wann ist dieses Schreiben?“, wollte er wissen.

Hölzner schaute nach. „Sieben Wochen alt.“

„Rache erst nach sieben Wochen?“, meinte Ariana skeptisch.

„Eigentlich ungewöhnlich, aber wir dürfen es nicht aus den Augen lassen“, sagte Busboom, mehr um Hölzner zu beruhigen. „Sie bleiben am Ball. Besuchen den Beamten mit der kreativen Rechtschreibung und überprüfen sein Alibi.“

Gut, Hölzner war erst einmal beschäftigt.

„Wieder und wieder frage ich mich, warum haben wir das Blut mitten in der Werkshalle gefunden, wo es doch ein Leichtes gewesen wäre, dieses mit viel kaltem Wasser wegzuspülen und stattdessen zum Beispiel eine halbe Dose Altöl auszugießen“, brummte Schell.

„Und?“

„Ich denke, jetzt habe ich die richtige Antwort. Das Blut wurde gefunden, weil der Mörder wünschte, dass wir es finden."

„Ja ...?"

„Daraufhin stellte ich mir die nächste Frage: Weshalb wünschte der Mörder, dass wir es finden?"

Busboom nickte bedächtig.

„Auch darauf fand ich eine Antwort. Weil Jakob Elderts gar nicht an dieser Stelle erschlagen worden ist."

„Das wäre eine Schlussfolgerung."

Gemeinsam dachten sie darüber nach.

„Und was ist mit der Ehefrau?", meldete sich Janssen.

„Tja, wollen mal gemeinsam überlegen und zusammenstellen", sagte Busboom. „Greta Elderts ist entweder schuldig oder nicht schuldig. Wenn sie unschuldig ist, warum hat sie uns dann dieses Theater mit der Ohnmacht vorgespielt, diese liebende und jetzt verzweifelte Frau? Warum hat sie verschwiegen, von der Schwangerschaft der kleinen Polin gewusst zu haben?"

„Ja, warum wohl?", unterbrach Hölzner.

„Nehmen wir mal an, Greta Elderts ist schuldig, weil sie von dem zu erwartenden Bastard ihres Ehemannes gewusst hat", nahm Schell den Faden auf, „was wäre geschehen, wenn das Kind geboren wäre?"

„Schädigung des Ansehens in der Gemeinde!"

Ariana schüttelte den Kopf. „Jakob betrügt sie seit Jahren mit immer wechselnden Frauen."

„Aber bisher ohne Folgen. Ich meine, die Schwangerschaft!"

„Den finanziellen Aspekt können wir ausschließen. Jakob hatte kein Geld, gehört sowieso alles ihr."

„Bleibt noch ihre eigene Vergangenheit zu bedenken. Das Kind würde ihr Schicksal erleiden. Schließlich entstammt sie auch solch einer Beziehung. Bedenkt, sie ist die uneheliche

Tochter des Ehemannes der alten Hermine Elmau und diese hat sie großgezogen."

„Das ließe ja die Schlussfolgerung zu, Greta beabsichtigte insgeheim, dieses Kind selbst großzuziehen. Nein, wenn sie das vorgehabt hätte, deutet das eher auf ihre Unschuld hin."

„Ich glaube, hier weichen wir viel zu weit ab", sagte Busboom.

21.

Halina lag auf ihrem Bett und sah wieder einmal träumend in den Himmel. Sie wunderte sich, dass die Polizei immer noch nicht mit ihr gesprochen hatte. Lange schon überlegte sie, was sie sagen wollte, konnte sich aber nicht so richtig entscheiden.

Ihre Zeit hier in Deutschland ging bald zu Ende, dachte sie mit einem weinenden und einem lachenden Auge. Die Monate auf der Insel hatten ihr gut gefallen, ihr erhofftes Ziel war jedoch nicht erreicht. Seit Jakobs Tod nagte Heimweh an ihr. Wehmütig dachte sie an die ersten Wochen auf Borkum zurück. Sie wurde im Hause Elderts herzlich aufgenommen und einige Wochen glaubte sie, ihre Zeit als Unglücksrabe sei vorbei. Vehement wehrte sie sich gegen Jakobs Annäherungsversuche, bis sie ihnen erlag. Die letzte Nacht vor seinem Tod kam ihr vor, als sei sie erst Sekunden her. Sie hatte unbedingt gewollt, dass er die Nacht mit ihr verbrachte und sich nichts sehnlicher gewünscht, als dass er neben ihr aufwachte. Dass seine Ehefrau mit unter dem gleichen Dach schlief, bereitete ihr stets Sorgen, die Jakob immer schnell ausräumen konnte. Noch vor wenigen Tagen hatte er ihr geschworen, er würde mit seiner Frau nur noch platonisch zusammenleben. In ihrer Ehe hätten sie sich schon seit langem nichts mehr zu sagen und miteinander schlafen würden sie schon ewig nicht mehr. Halina wünschte sich nichts mehr, als dies glauben zu können. Gut, sie hätte eigentlich merken müssen, dass zumindest der erste Teil seiner Aussage nicht stimmte, denn die beiden sprachen sehr wohl miteinander, wie sie Tag für Tag miterleben konnte. Oder hatte sie ihn da falsch verstanden? Deutsche Sprache, schwere Sprache.

Außerdem schlief das Ehepaar Elderts, entgegen seinen Beteuerungen, doch noch miteinander, was sie anhand der privaten Bettwäsche feststellen konnte, die in der Hotelwaschküche landete. Ihr Wunsch, die Nacht mit Jakob zu verbringen, war am Vorabend seines Todes übermächtig geworden. Sie wusste nur ein Mittel, ihn zum Bleiben für eine ganze Nacht zu zwingen: Schlaftabletten! Aber wie viel brauchte ein Mann von seiner Statur, um nach dem Geschlechtsakt einzuschlafen und nicht nach zwei, drei Stunden wieder aufzuwachen, aber pünktlich morgens früh vor dem Frühstück wieder fit zu sein? Drei, vier oder fünf Tabletten? Sie entschied sich für zwei, löste sie in einem Whiskey auf und gab vorsichtshalber noch eine weitere hinein. Ihre Finger zitterten leicht, dabei purzelten noch mehr Tabletten aus dem kleinen Glasbehälter. Waren sie ins Glas hineingefallen oder hatte sie diese wieder eingesammelt? Sie konnte sich beim besten Willen nicht mehr erinnern. Ohne sich weitere Gedanken zu machen, ob vielleicht doch zu viele hineingeraten waren, ging sie zu Jakob und reichte ihm das Glas. Mit einem kräftigen Zug stürzte er den Inhalt hinunter, sagte kurz „Bah, wie bitter“, stellte das Glas beiseite, ergriff ihre Taille und zog sie an sich.

Einige Zeit später lag er schnarchend in ihren Armen und Halina schlummerte mit einem glücklichen Lächeln ein.

Am nächsten Morgen, sie war bereits gegen sechs Uhr aufgewacht, war er weg und sie enttäuscht.

Sie schreckte aus ihren Gedanken hoch, denn es klopfte kräftig an der Tür. Halina öffnete und schaute in zwei fremde Gesichter. Die beiden stellten sich als Kripomitarbeiter vor, die sie zu sprechen wünschten. Halina bat den kräftigen, etwa fünfzigjährigen Mann und seine hübsche rothaarige Mitarbeiterin in den Aufenthaltsraum für Hotelmitarbeiter. In ihrem Zimmer wollte sie niemanden haben. Halina ging mit wiegenden Schritten voran. Sie hatte eine Art ihren Hintern zu bewegen, ihre Hüften zu schwingen und dabei das lange Haar zu schütteln, dass es auf Männer anziehend wirken musste wie süßer Kuchen auf Wespen, dachte Ariana und konnte sich für wenige Augenblicke vorstellen, wie Jakob Elderts dieser Verlockung nicht widerstehen konnte.

„Die Leute sind alle furchtbar ungerecht gegen Jakob", begann sie mit einem hübschen osteuropäischen Klang in der Stimme. „Keiner hier auf der Insel mochte ihn."

„Wer mochte ihn nicht?", fragte Busboom sofort.

Halina schaute ihn an, als erwache sie aus einem unangenehmen Traum. „Ich weiß nicht, Herr Kommissar. Ich kenne die Namen nicht, ich bin doch noch nicht so lange hier. Da ist dieser unheimliche Mann, dieser Indianerdoktor."

„Sie meinen Doktor Scherer?"

Halina nickte heftig. „Ja, und sein Kumpan, der blonde hübsche Mann, wie heißt er noch?"

Kumpan? Ah, sie meinte sicherlich Kompagnon. „Sie meinen Borland, Georg Borland?"

Wieder ein Nicken. „So viele Menschen, alle reden so gemein über Jakob." Halina riss ein Paket Papiertaschentücher auf. Die einzelnen Teile flogen wie explodierend durch das Zimmer. Halina achtete nicht darauf. Sie griff sich eines und putzte sich die Nase.

„Aber ich nicht, ich liebte ihn. Für Jakob hätte ich alles getan“, schniefte sie. „Ich wollte, ich wäre auch tot.“

Armes Mädchen. Eine böse Krankheit, die erste Liebe. Und sie macht so blind gegen alles, was andere Menschen auf den ersten Blick erkennen.

Busboom verkniff sich, dem jungen Mädchen zu widersprechen, ihr Todeswunsch würde nur von kurzer Dauer sein, vermutlich würde sie Jakob schon in wenigen Wochen vergessen haben. Doch eines machte Busboom nervös. Weinende Frauen und vor Liebeskummer in Tränen aufgelöste Mädels machten ihn völlig hilflos. Hier würde Arianas weibliche Hand mehr erreichen als seine. Er verspürte keine Lust, sich mit heulenden und schniefenden Mädchen auseinander zu setzen. Er verstand schon seine beiden Töchter nicht, die ältere war gerade in der Pubertät. Halina war nur ein paar Jahre älter als seine Erstgeborene.

Er erhob sich, warf Ariana einen bittenden Blick zu, murmelte etwas von Kaffee holen und verschwand.

Ariana lächelte innerlich über ihn. Solche Situationen überforderten ihren Vorgesetzten. Dabei war es doch so einfach. Sie trat auf das heulende Mädchen zu, legte ihr freundschaftlich einen Arm um die Schulter, drückte sie leicht an sich und verharrte so eine Weile. Als der Tränenfluss langsam versickert war, meinte Ariana leise: „Jetzt sind wir unter uns.“ Ihr beruhigender Ton wirkte. „Verraten Sie mir, warum Sie lieber tot wären? Es scheint Sie etwas ganz Besonderes mit dem Toten verbunden zu haben.“

Aufgerissene Augen starrten die Polizistin an. „Wie können sie wissen ...?“ Halina griff nach einer Schachtel Zigaretten, schüttelte sie ein wenig zu heftig und einzelne Glimmstängel folgten den Taschentüchern auf den Fußboden. Ariana nahm

Halina sachte die Zigarette aus der Hand und meinte: „Die sollten Sie jetzt lieber nicht rauchen."

Arianas Talent, Menschen tiefe Geheimnisse zu entlocken, schlug auch bei Halina nicht fehl. Mit rollendem „R" in der Stimme begann Halina ihre Geschichte zu erzählen.

In Gedanken versunken überholte Ariana eine Familie, die mit Luftmatratze, Fischnetz am Bambusstock, Wasserball und großen Strandtaschen voll bepackt dem Meer entgegeneilte. Eigentlich hätte sie ihrem Chef böse sein müssen, wenn er sie in solch typisch weiblichen und brisanten Situationen alleine ließ. Doch sie war es nicht. Im Gegenteil, es gab ihr das Gefühl, in einem Punkt ihrem Vorgesetzten haushoch überlegen zu sein. Die Geschichte, die sie aus der kleinen Polin herausgelockt hatte, war sehr interessant, nur in einem Punkt hatte sich Ariana schwer getäuscht.

Sie war also nicht sauer auf Busboom, als sie in die Strandstraße einbog, in der das Inselpolizeirevier lag.

Warum nur reagierte sie so ganz anders auf Bernhard Kutschbauer? Sie hatten sich seit Wochen nicht gesehen. Ariana glaubte bereits, sein Interesse an ihr sei genauso schnell vergangen, wie es gekommen war. Die beiden letzten Begegnungen trugen auch nicht gerade dazu bei, ihre Beziehung zueinander inniger oder gar intimer werden zu lassen. An dem Abend, als Bernhard sich als Ahnenforscher mit den alten Borkumerinnen in der Kneipe amüsierte, kam sie sich wie das berühmte fünfte Rad am Wagen vor. Und heute Morgen? Im Hotel mit Tanja Elderts, das war ja wohl der Gipfel, empörte sie sich. Dieser Gedanke förderte nicht gerade Arianas Gemütsstimmung.

Als sie ins Büro eintrat, saßen drei Kollegen über einem Haufen ausgebreiteter Fotos vom Tatort. Ariana wollte gerade nach einem greifen, als Kutschbauer meinte: „Das ist nichts für so zierliche, zarte Geschöpfe wie dich!“

Die Bemerkung ließ sie versteinern. Kutschbauer hatte ihre Verstimmung wohl bemerkt. Seine Worte sollten ein Kompliment sein, gingen aber voll daneben.

„Soll das etwa heißen, für zarte Mädchenaugen nicht geeignet?“, giftete sie zurück.

„Ähm ...“

„Pah“, fauchte Ariana. „Das ist wieder einmal typisch. Eine fünfundneunzig Kilo wiegende Kollegin wäre sicherlich besser dafür geeignet?“, zischte sie und rauschte zur Tür hinaus.

Mein Gott, sonst liege ich doch immer voll im Trend mit diesen Sprüchen, dachte Kutschbauer. Die Worte waren ihm einfach so herausgeflutscht, ehe er überhaupt darüber nachdenken konnte. Die Macht der Gewohnheit ließ ihn so etwas sagen, es flutschte quasi von allein über seine Lippen. Er bemerkte seinen Fehler, noch bevor er die Worte richtig ausgesprochen hatte. Zu spät. Jetzt war es wirklich an der Zeit, sich etwas einfallen zu lassen.

„Das Herz hat seine Gründe, die der Verstand nicht kennt“, soll einmal ein bekannter Mensch gesagt haben, schoss es Ariana durch den Kopf, als sie wütend davonstapfte. „Warum benehme ich mich so?“, fragte sie sich nicht zum ersten Mal. Ihr Herz sagte ja zu Bernhard Kutschbauer, obwohl ihr Verstand ihr riet, es sein zu lassen.

„Ach Scheiße!“, schnaufte sie undamenhaft und knallte eine Flurverbindungstür heftig hinter sich zu, um in ihr Zimmer zu gehen. Es wurde Zeit, sich etwas Dunkles anzuziehen, passend für eine Beerdigung.

„Wir sollten uns in unseren Ermittlungen nicht in die Quere kommen“, meinte ein junger Mann von kleiner Statur in einer sauberen Jeans und einem etwas altmodischen Oberhemd. Eine Erscheinung, nach der wenige Menschen sich umblicken würden. Ein Mann eben, an den sich wohl kaum jemand erinnerte, der ihn einmal auf der Straße gesehen hatte oder für kurze Zeit auf einer Party neben ihm stand. Die ideale Voraussetzung für seinen Beruf. Er war verdeckter Ermittler beim Zoll. Durch die Nähe zu den Niederlanden war es nicht verwunderlich, dass gewissenlose Drogenhändler die ideale geografische Lage der Insel für ihre kriminellen Geschäfte nutzten.

Onno Janssen nickte. Er war der gleichen Meinung. Es lag auch in seinem Interesse, mit dem Kollegen vom Zoll intensiv zusammenzuarbeiten.

„Auf welche Ermittlung spielen Sie an?"

„Doktor Scherer. Ich weiß, ihr habt ihn im Visier. Wir haben beobachtet, wie die Auricher Kollegen ihn besuchten."

„Ihr observiert ihn?"

Der Zöllner nickte heftig.

„Drogen?", Janssen schaute ungläubig. „Der?"

„Ja, gerade der. Man sollte meinen, ein Arzt hätte jede nur erdenkliche Möglichkeit an dieses Zeug heranzukommen. Hat er auch. Im Umkehrschluss könnte man sagen, er weiß als Erster, welcher Patient auf Drogen ist. Scherer steht schon seit langem bei uns in Verdacht, nicht nur seine Patienten damit zu versorgen."

Janssen nickte bedächtig. Er dachte lange nach, ehe er eine weitere Frage stellte. „Habt ihr zufällig in der Mordnacht ein Auge auf unseren Schamanen geworfen?"

Der Gesichtsausdruck des Zöllners blieb unverändert, doch der Ton seiner Stimme verriet seinen Ärger. „Wir haben ihn die ganze Nacht observiert, aber ..."

„Aber?"

„Ein paar Stunden haben wir ihn aus den Augen verloren."

„Wie bekommt er seine Ware?“, wollte Janssen wissen.

„Die erste Zeit war er recht dreist. Reiste in die Niederlande, kaufte ein, setzte sich in Eemshaven auf die Fähre und war wenige Stunden danach wieder in seiner Praxis. Später wurde es schwieriger. Vor wenigen Wochen sind wir dahinter gekommen, dass er sich seine Ware per Segelboot bringen lässt. Unsere vorletzte Beobachtung führte uns bis an die Seehundbänke. Dort wurde unser Zugriff durch die Natur vereitelt. Ein plötzlich aufkommendes Nebelfeld half den Jungs.“

„Wenn ihr alles so genau wisst, was fehlt euch noch, um zuzugreifen?“

„Wie immer: Wir wollen die Hintermänner.“

Janssen schaute aus dem Fenster. „Was möchte also der Zoll von der hiesigen Polizei? Sollen wir ihn in Ruhe lassen?“

„Ein paar Tage, das wäre nicht schlecht.“

„Das kann ich leider nicht selbst entscheiden. Ich werde mit Kommissar Busboom sprechen. Sie hören von uns.“

22.

Die Inselglocken läuteten und taten der Bevölkerung kund, dass ein Mensch zu seiner letzten Ruhestätte getragen wurde.

Die Schlange, die dem Sarg Jakob Elderts’ folgte, zog sich in die Länge. Kaum einer ließ sich die Gelegenheit entgehen an dieser Beerdigung teilzunehmen. Wann erlebte man schon mal, dass ein richtiges Mordopfer zu Grabe getragen wurde?

Am Ende der Trauerschlange hatte sich eine kleine Gruppe von vier Personen gebildet, der sich Ariana unbemerkt anschloss. Der Firmenpartner Jakobs, Georg Borland und seine Freundin, eine Nachbarin Jakobs sowie deren Mutter.

„Offensichtlich haben sie jetzt einen Tatverdächtigen", sagte die Nachbarin.

„Mörder", verbesserte ihre Mutter.

„Er ist schließlich erschlagen worden."

„Furchtbar, einfach furchtbar. Aber ich hörte, er sei ertrunken."

„Man sollte ihn einschließen und den Schlüssel wegwerfen", stellte die Mutter fest und meinte offensichtlich den Mörder, „wenn man ihn schon nicht aufhängt oder auf den elektrischen Stuhl schickt."

„Natürlich bei Wasser und Brot", räumte die Tochter ein.

„Ich hörte er sei ertrunken."

„Wieso ertrunken?", fragte Borlands Freundin irritiert und verstört. Bruchteile von Sekunden schaute sie Georg fragend an, ehe sie versuchte, ihren erschrockenen Gesichtsausdruck zu vertuschen, was ihr misslang.

„Ich habe gehört, er sei vergiftet worden", warf eine Frau ein, die vor ihnen herschritt. „Rattengift", ergänzte sie düster.

„Schlafmittel", berichtigte sie der Mann, mit dem sie eingehakt ging.

„Alles hat zwei Seiten", antwortete die alte Mutter.

„Zwei Löcher soll er im Kopf gehabt haben, alles voller Blut."

„Im Sand?"

Ariana, die die lange Reihe der Trauergäste abschloss, schüttelte innerlich den Kopf. Wie kamen die Leute bloß an all die Informationen? Leider konnte sie dem Gespräch nicht weiter folgen, das Handy in ihrer Jacke vibrierte lautlos.

„Düwel uk", Teufel auch, hörte sie.

„Wer ist denn da?"

„Geetee." „GT" waren die Anfangsbuchstaben seines Vor- und Nachnamens. Darunter war er auf der ganzen Insel bekannt.

„Ji wulden mi taurüchraupen."[1] Was für Raupen?, dachte Ariana und hörte sich weitere, ihr unverständliche Wortverknüpfungen an. Die Stimme kam ihr bekannt vor und langsam dämmerte es ihr auch.

„Haben Sie nicht vor ein paar Tagen schon mal angerufen?"

„Genau." Endlich mal ein Wort, das Ariana verstand.

„Richtig, leider sind wir noch nicht dazu gekommen. Geben Sie mir doch bitte noch mal Ihre Telefonnummer." Noch ehe sie es ausgesprochen hatte, bereute Ariana es. Sie hoffte inständig, dass sie den alten Zettel wiederfinden würde, auf dem sie wortwörtlich die Nummer niedergeschrieben hatte.

„Tachentachentach ..."[2], hörte sie noch, als sie das Gespräch wegdrückte.

Im Büro angekommen, durchsuchte sie ihren Schreibtisch und fand den kleinen Zettel. Sie stand eben auf dem Flur, da nahm Kollege Hölzner sie beiseite.

„Frau Peters, ich bin noch einmal bei diesem Beamten gewesen. Sie wissen schon, der den ablehnenden Bescheid an Jakob Elderts geschickt hat."

Ariana nickte. „Der korrigierte Brief!"

„Genau. Ich habe ihn eingehend verhört."

Ariana stöhnte innerlich. Sie konnte sich schon vorstellen, wie wichtig Kollege Hölzner sich dabei gemacht hatte.

„Und", fragte sie, „hat er ein Alibi für die Tatzeit?"

Hölzner nickte betrübt, sagte aber nichts.

„Nun lassen Sie sich doch nicht alles aus der Nase ziehen!"

„Er hat ein Alibi, konnte von drei Personen bestätigt werden."

[1] Ihr wolltet mich zurückrufen! [2] Achtundachtzig

„Na bitte, was wollen Sie noch?“

„Ich weiß nicht, er scheint mir so verdächtig.“

Wahrscheinlich genauso ein Korinthenkacker wie Sie, dachte Ariana, laut meinte sie: „Lassen Sie den Mann in Ruhe, wir haben schon Verdächtige genug.“

In dem Moment ging Kutschbauer vorbei.

Ariana legte eine Hand auf Bernhards Arm, um ihn am Weitergehen zu hindern. „Gut, dass du kommst. Ich muss etwas mit dir besprechen“, sagte sie, wobei sie ihre Hand lange auf seinem Arm liegen ließ. Sie wandte Hölzner den Rücken zu und ließ ihn einfach stehen.

„Ein Mann hat mich angerufen, wer weiß, woher er meine Handynummer hat. Na egal. Der Stimme nach ein alter Mann.“

Kutschbauer schaute sie erwartungsvoll an.

„Hat mir irgendetwas erzählt“, sagte Ariana nervös, sich bewusst, dass sie beide allein und dicht beieinander auf dem Flur standen. „Ich konnte leider nichts verstehen, er hat nur Borkumer Platt gesprochen.“

Ariana kramte den Zettel aus ihrer Hosentasche, warf ihre rote Lockenpracht nach hinten, um ihre Verlegenheit zu verbergen und hielt ihm das Stück Papier entgegen.

Eine Reihe von Wörtern, alle wieder durchgestrichen, bis auf ein Wort, waren zu sehen. „Was soll das heißen?“

„Das soll eine Telefonnummer sein.“

Kutschbauer schaute genauer hin und nickte. Die dreistellige Nummer kannte er. Achtundachtzig neun. Ontje Akkermann, ein entfernter Onkel von ihm. Er hütete sich, den „Onkel“ zu erwähnen, um nur keine Angriffspunkte herzustellen. Es hatte sich gerade so angenehm angefühlt, als sie ihre Hand auf seinen Arm gelegt hatte.

„Der Mann wollte zurückgerufen werden“, sagte Ariana mit einem trockenen Kloß im Hals. „Kannst du das übernehmen? Ich verstehe wirklich nicht, was er will.“

Bernhard nickte und kam ein Stückchen näher. In diesem Moment wurde eine Bürotür aufgerissen und Hölzner stolzierte mit hoch erhobenem Haupt an ihnen vorbei, stoppte abrupt und kam zurück.

„Gehst du heute Abend mit mir schwimmen“, fragte Kutschbauer leise, „sicherlich ist heute Meeresleuchten.“ Und fort war er.

Kutschbauer machte sich sofort auf den Weg zu Ontje Akkermann. Bei einem Gläschen Bier, Kutschbauer trank Mineralwasser, für Alkohol war es ihm noch viel zu früh am Tag und zu heiß, erzählte Ontje Akkermann ihm, warum er die Polizei angerufen hatte.

„Siet fiftech Jahren bin ik nu mit min Kumpel und Seilkamerad tausamen.“

„Das weiß ich doch, dass du seit über fünfzig Jahren mit deinem Kumpel und Segelkameraden zusammen bist. Du redest von Rolof Adden.“

„Genau.“

„Was ist mit ihm?“

Umständlich und wortreich, froh, dass ihm einer zuhörte, berichtete Ontje Akkermann, was sich am frühen Morgen des Todestages Jakobs zugetragen hatte. Ontje Akkermann und Rolof Adden waren zwei alte Borkumer Originale, die seit Urzeiten Freunde waren, jedoch unterschiedlicher nicht sein konnten. Ontje, der seine Gedanken nur so heraussprudelte und kaum eine Sekunde den Mund halten konnte und Rolof, der nie mehr als drei zusammenhängende Worte sagte.

Jedenfalls filterte Kutschbauer als Quintessenz aus Onkel Ontjes ellenlanger Erzählung Folgendes heraus: Die beiden hatten sich mit ihrem Segelboot vor der Insel Rottum, auf dem Strand trocken fallen lassen, um dort die Nacht zu verbringen und am kommenden frühen Morgen nach Borkum zurückzusegeln. Rottum ist eine unbewohnte, kleine, holländische Insel vor Borkum und darf nicht betreten werden. Reines Naturschutzgebiet!

Kutschbauer entschloss sich, diese Tatsache als Polizist zu ignorieren, die flauen Ausreden der beiden alten Männer interessierten ihn jetzt nicht. Ein Mordfall war aufzuklären, da konnte man über Nebensächlichkeiten schon mal hinwegsehen. Und der Verstoß gegen das Betreten eines Naturschutzgebietes zählte im Augenblick dazu.

„Rolof meinde, hei het n` lütje Seilboot sein, de n`Tideltopp dreide, und dann ofdreeft." Rolof meinte, er hätte ein kleines Segelboot gesehen, das sich um sich selbst drehte und dann abtrieb.

„Wo gesehen?"

„Na, kart vör de Noord."

„Was heißt, kurz vor dem Nordstrand? So weit kann er doch gar nicht sehen, von Rottum aus."

„Wi bin old, man nei unse Warktüch."

Gut, zugegeben, beide waren alt, aber das Werkzeug auf der gemeinsamen Jacht war vom Allerfeinsten. Bernhard wusste von Touren, an denen er teilnehmen durfte, dass neben einem hochmodernen Echolot auch ein einrohriges Fernrohr aus grauer Vorzeit zu finden war und ein GPS-Navigationsgerät neben einem alten Kompass stand, damit die Herren die Instrumente vergleichen konnten. Sicher ist sicher, den modernen Geräten trauten sie nicht so ganz.

Wenn das stimmte, was der alte Herr ihm erzählte, musste festgestellt werden, was für ein Schiff die beiden gesehen hatten. Sollte es sein, dass die beiden von der Ferne den Täter, beziehungsweise das Schiff gesehen hatten, gerade in dem Moment, als das Opfer über Bord geworfen worden war? Das erklärte, warum das gesehene Segelschiff für eine kurze Zeit in den Wind geschossen war. Doch warum war es dann abgetrieben? Und wenn es abgetrieben wurde, wo war es jetzt und warum war es nicht gemeldet worden. Kutschbauer würde als Erstes die Gesellschaft zur Rettung Schiffbrüchiger anrufen, um diese Fragen zu beantworten.

Kutschbauer berichtete Kommissar Busboom von seinem Gespräch mit dem alten Herrn. Busboom beschloss, der Angelegenheit persönlich nachzugehen und Ariana Peters mitzunehmen.

„Was gibt es sonst Neues?“

Kutschbauer wusste sofort, dass der Kommissar nicht den Fall meinte. „Wir wollen heute Abend baden gehen.“

Busboom nickte zufrieden. „Seien Sie pünktlich. Unpünktlichkeit kann sie nicht ausstehen.“

Von außen wirkte das kleine Insulanerhäuschen gemütlich. Es strahlte behagliche Wärme aus.

Zugegeben, es hätte einen neuen Anstrich vertragen können und die Dachrinnen hingen schief. Innen war es überhaupt nicht so, wie Ariana erwartet hatte. Der Flur war klein, schäbig, schmutzig und roch nach einer Mischung aus gekochtem Kohl, alten Socken, Moder und Schweiß. Busboom rief laut: „Hallo, ist da wer?“ und ging weiter in den Flur hinein. Ein kleines Fenster war so schmutzverkrustet, dass es kaum Tageslicht hineinließ. Die winzige Gardine davor war vergilbt und teilweise mottenzerfressen.

Hier sollte der Mann wohnen, der sich diese wunderschöne Segeljacht mit Ontje Akkermann teilte, die Ariana und Busboom noch vor ein paar Stunden im Hafen bewundert hatten? Das Schiff war relativ neu und blitzte und blinkte vor Sauberkeit!

Ein Mann kam aus den hinteren Räumen des Hauses auf sie zu. Es war ein griesgrämig wirkender Kerl in dreckigem Hemd und mit klebrigen Haaren. Groß und hager wie er war, kam er Busboom bekannt vor.

„Wat?“, brummte der Alte zur Begrüßung.

„Wir möchten Herrn Adden sprechen“, sagte Ariana. Der Mann langte durch sein offenes Hemd an die behaarte Brust und kratzte sich ausgiebig.

„Well is wi?“

„Wir sind Kommissar Busboom und ich bin seine Mitarbeiterin, Ariana Peters, Kripo Aurich!“

Die flinken Augen des Alten, das linke glasig hell getrübt, wanderten über Ariana und blieben für Sekunden an ihrem Busen hängen. Dann wandte er sich um und brummte vor sich hin. Sie folgten ihm.

Das Wohnzimmer war so, wie es der Flur bereits versprach. Ihr Gastgeber wies auf ein verschlissenes Sofa. Ariana blickte angewidert auf seine Hand, die einen blutdurchtränkten, grauen Verband trug.

„Wat geft it?“

Busboom erklärte ihm, was die Kripo Aurich von ihm wissen wollte.

„Ik weit van nix!“, brummte der Alte verdrießlich.

„Sie wissen von nichts? Ein Zeuge sagt aber etwas ganz anderes“, warf Ariana ein.

Ein undefinierbarer Blick traf sie. „Mmm.“

„Unser Zeuge versichert, dass Sie am Morgen des Todestages von Jakob Elderts eine Segeljacht gesehen haben, die herrenlos trieb!“

„Mpff.“ Er zupfte ein schmuddeliges Küchentuch aus seiner Hosentasche und wischte damit eine winzige, teeverfärbte Tasse aus.

„Tee?“ Sein Blick verriet, dass er wusste, sie würden diese gastfreundschaftliche Geste abweisen. Ein leichtes, amüsiertes Lachen vermeinte Busboom in seinen Augen aufblitzen zu sehen.

Ariana und Busboom schüttelten den Kopf im Gleichklang. Keinen Tee.

„Stimmt es oder stimmt es nicht?“, fragte Busboom, er konnte einen belustigten Unterton kaum verkneifen. Jetzt fiel es ihm auch wieder ein, woher er den Alten kannte.

„Wat?“

„Dass Sie eine herrenlos treibende Segeljacht gesehen haben!“

„Stimmt nei.“

„Sie bestreiten also, an diesem Morgen um sechs Uhr vor Rottum gelegen und von dort aus kurz vor dem Borkumer Strand ein kleines Boot gesehen zu haben?“

„Hmm.“

„Waren Sie nun da oder nicht?“

„Mach wall wesen.“

„Gut, sagen wir, Sie waren im Fahrwasser vor Borkum“, änderte Busboom seine Frage.

„Jo, dat kann!“

„Was können Sie uns über das Boot sagen?“

„Nei vööl.“

„Wir sind auch mit Kleinigkeiten zufrieden!“, lächelte der Kommissar. „Bitte, wir hören!“

„Mit dat Ding heb ik hum gaut sein.“ Der Alte zeigte auf ein Fernrohr, das an der Wand hing und mit dem er jemanden gesehen haben wollte. Ariana trat einen Schritt näher und betrachtete das Teil. Wie es aussah, war es ein hochmodernes Fernglas, doch im rechten Guckloch fehlte das Glas.

Wow, dachte Busboom, das muss ich unbedingt Kutschbauer erzählen. Der Alte hatte tatsächlich mehr als drei Worte gesagt. Das war Rekord verdächtig. Es ging das Gerücht, es könne sich niemand erinnern, von Adden je mehr als drei Worte hintereinander gehört zu haben.

Doch bei diesem Redeschwall des Alten blieb es dann auch, bis Kutschbauer zur Tür hereinkam.

Gutes Timing, Busboom hätte Kutschbauer gleich mitnehmen sollen.

„Moin“, nickte er dem Alten zu und gesellte sich unaufgefordert zu ihnen.

Die beiden Borkumer unterhielten sich ein wenig übers Wetter, Fischfang und alte Zeiten, oder besser gesagt, Kutschbauer redete und der Alte steuerte ein paar Worte bei. Doch Kutschbauer konnte ihm alles Wissenswerte entlocken. Ariana versuchte vergeblich dem Gespräch zu folgen, bekam jedoch von dem Plattdeutsch nicht einmal den Zusammenhang mit. Busboom blickte zu ihrer Beruhigung zufrieden drein, das sollte reichen.

Wieder vor der Haustür angekommen, holte Ariana erst einmal tief Luft, im Haus war es brütend heiß gewesen, kein Fenster geöffnet.

Würzig frisch, mit Meersalz angereichert, füllte die Luft ihre gierigen Lungenflügel.

„Der Alte sollte sich als Talkmaster beim Fernsehen bewerben“, lachte sie. „Was hat er euch denn nun erzählt?“

„Eigentlich nur das, was uns sein Segelkamerad schon berichtet hat. Die beiden lagen mit ihrem Schiff vor Rottum, als

Adden vor dem Borkumer Hauptbadestrand ein kleines Segelboot gesehen haben will, dessen Segel ruckartig umschlug. Er meint, irgendetwas über Bord gehen gesehen zu haben. Das kleine Schiffchen sei dann vor dem Wind herfahrend, mit weit aufgestelltem Segel Richtung offenes Meer davongesegelt."

„Es könnte also sein, dass durch das Herumschlagen des Baumes der Segler getroffen wurde, über Bord ging und das Boot unbemannt ins Meer davontrieb", räumte Busboom ein.

Kutschbauer nickte. „Problem ist nur, es fehlt nirgends ein Schiff und der Rettungsgesellschaft wurde kein herrenlos treibendes Boot gemeldet", sagte Kutschbauer.

Endlich Feierabend. Bernhard hatte Ariana zum Essen eingeladen. Er war pünktlich gewesen.

Nun war es bereits dreiundzwanzig Uhr und ihr Spaziergang führte sie an den Hauptbadestrand.

Bernhard kannte sich nicht nur in alter inseltypischer Geschichte aus, er interessierte sich auch sehr für die Biologie. Er wusste genau, an hochsommerlichen Tagen, vorzugsweise bei schwülem Wetter, würde das Meer des Nachts leuchten. Dieses Phänomen trat selten auf und wurde durch winzig kleine Meeresleuchttierchen, einzellige Geißeltierchen, also Plankton, den so genannten Noctiluca scintillans hervorgerufen. Diese Noctiluca brauchten zum Leuchten einen mechanischen Reiz, wie er bei Berührung oder durch Wellenschlag entsteht.

Heute Abend war solch ein Wetter und er hoffte, Ariana am Strand mit einem Meeresleuchten überraschen zu können.

Er hatte Glück. Als sie die obere Strandpromenade erreichten, wurde er dafür belohnt, dass er es geschafft hatte, seine Kollegin zu diesem Spaziergang zu überreden.

„Bernhard, das ist ja fantastisch!", freute sie sich. Begeistert griff sie nach seiner Hand und zog ihn im Schnellschritt die

Promenadenstufen hinunter. Sie eilten über die bunten Stufen der Holztreppe, über die man von der Strandpromenade den feinen Sandstrand erreichte. Fast hektisch streifte sie die Schuhe von den Füßen und eilte dem Meer entgegen.

Bernhard, den sie immer noch an der Hand hielt, stoppte ihren Lauf.

„Lass uns baden."

„Aber ich habe keinen Badeanzug."

„Ach was, die Unterhose tut es auch", meinte er lachend. „Schau, wir sind nicht die Einzigen, die spontan und ohne Hose baden."

Ihre Kleidung ließen sie in einem der bunten Standzelte und eilten dem Wasser entgegen.

Unmittelbar am Saum erschienen die Wellen wie Silber und lief man über den feuchten Sand, sprühten buchstäblich Funken unter den Füßen. Fasziniert beobachtete Ariana das blau-grüne Leuchten unter ihren Zehen und vergaß für den Bruchteil einer Sekunde, dass Bernhard in ihrer Nähe war. Mit glücklichem Lachen rannte sie wenige Schritte ins Meer hinein. Ein leuchtendes Feuerwerk an Tropfen flog durch die Luft. Bernhard folgte ihr und die von ihm aufspritzenden Wasserteilchen blieben an Arianas Haut hängen. Sie streifte die glitzernde Wasserpracht mit der Hand von ihren Armen und schaute den silbrigen Tropfen hinterher. Neben ihr platschte es laut. Bernhard war kopfüber durch eine Welle hindurchgetaucht und schwamm mit kräftigen Zügen in tieferes Wasser. Eine leuchtende Straße zeigte unter Wasser seinen Weg. Ariana folgte ihm, bis ihr das salzige Nass an den Bauchnabel reichte. Sich um sich selbst drehend, streifte sie die Hände durchs Wasser und verfolgte mit den Augen den funkelnden Wasserstrudel, der entstand.

Vor ihr tauchte Bernhard aus dem Wasser empor. Wie Glühwürmchen purzelten die Wassertropfen seine Schultern hinunter. Ariana war begeistert.

Jetzt, hüfthoch, nur wenige Meter von Bernhard entfernt, im Wasser stehend, war nicht nur das Meer mehr als faszinierend. Ariana betrachtete noch einmal ihre Hände, die sie durchs Wasser zog. Im nachfolgenden Strudel glitzerte und blinkte es wie tausende winzig kleiner Leuchtkäfer. Dann bespritzte sie Bernhard übermütig, wobei ihr helles Lachen an den Strand getragen wurde.

Die beiden waren nicht die einzigen Badenden, die dieses Naturereignis genossen. Doch deren Badegeräusche drangen kaum an ihre Ohren.

Mit weit geöffneten Augen tauchte Bernhard kurz unter, um wenige Zentimeter vor Ariana wieder prustend aus den Fluten zu steigen. Er ergriff ihre Hüften mit beiden Händen und wirbelte sie herum. Dabei kam er ins Rutschen. Reflexartig griff sie nach ihm. Es half nicht. Beide tauchten im Meerwasser unter. Als sie Sekunden später wieder hochkamen, steifte ihr Haar seine Wange. Mit einem Lächeln befreite sie ihn von ihren Locken. Er spürte deutlich, wie er hart wurde. Das Wasser, in dem sie standen, war trotz der nächtlichen Dunkelheit durch die mikroskopisch kleinen Leuchttierchen nicht trüb genug, dass sie es hätte übersehen können. Sollte er sich umdrehen, um es weniger offensichtlich zu machen? Nein!

Er spürte, wie sein Blut kochte, denn Ariana ließ weiterhin ihre Hand an seiner Wange. Er drehte seinen Kopf ein wenig und seine Lippen trafen die Innenfläche ihrer Hand.

Ein gegenseitiger Blick in die Augen hielt sie einige Zeit gefangen.

„Wir sollten gehen“, sagte sie mit belegter Stimme.

23.

Jetzt sitzen wir schon eine ganze Woche an diesem vermaledeiten Fall und kommen nicht zu Potte, dachte Focko Busboom mit gemischten Gefühlen am darauffolgenden späten Nachmittag. Einerseits war es angenehm hier zu sein, um das Nützliche, seine Arbeit, mit dem Angenehmen, seinem Urlaub, zu verbinden. Er war an dem Ort, wo er sich am wohlsten fühlte, hatte sozusagen Ferien im Dienst. Seine Familie war zufrieden, sie amüsierte sich auch ohne ihn. Er machte sich ausnahmsweise mal keine großen Sorgen darum, seine Kinder zu vernachlässigen; sie merkten sowieso nicht, ob er da war. Die älteste Tochter hatte eine Urlaubsbekanntschaft geschlossen, natürlich männlich. Ihre erste Teenagerliebe, aber nicht beunruhigend für Eltern, wie ihm seine Frau Gesche versicherte. Sein Sohn war ständig mit Freunden am Strand und im Wasser. Dem Jungen mussten schon bald Schwimmhäute zwischen den Zehen wachsen. Seit Neuestem interessierte er sich fürs Surfen. Er hatte einen Kursus belegt und war jetzt noch mehr im Wasser zu finden.

Die älteste Tochter verbrachte viele Stunden im Reitstall. Der unangenehme Pferdegeruch hing bereits in der Ferienwohnung. Die Kleine meinte allerdings, es würde angenehm riechen und sie könne gar nicht verstehen, warum alle anderen der Familie ständig über den Gestank meckern würden. Focko hatte seine Frau Gesche gefragt, ob sie sich vernachlässigt fühlte, wenn er sie in ihrem Urlaub so viele Stunden täglich alleine lassen würde. Sie hatte ihn nur verständnisvoll angelächelt und gemeint, ihr würde es gut tun, alleine im Strandkorb zu sitzen und ein gutes Buch zu lesen. Wenn sie Hunger hätte, würde sie sich an einer der Milchbuden am Strand eine Dickmilch, Suppe oder Milchreis kaufen, die er ja sowieso nicht mochte und sie bräuchte auf niemanden Rücksicht zu nehmen. Außerdem gingen sie fast jeden Abend gemeinsam in eines der vielen Restaurants lecker essen, mit anschließendem langem Spaziergang über den Strand. Nur eines täte ihr Leid, dass Focko seinen vor kurzem erworbenen Ehrenlokführerschein noch gar nicht gebührend bewundert hatte.

Tatsächlich, er hatte ihn vollkommen vergessen. Gesche hatte die Urkunde fein in einen eigens dafür gekauften blauen Bilderrahmen an eine Wand der Ferienwohnung gehängt. Er musste ehrlich zugeben, es war ihm überhaupt nicht aufgefallen. Er lächelte vor sich hin. Was täte er nur, wenn seine Gesche ihn eines Tages verlassen würde? Nicht auszudenken!

Er saß an seinem Schreibtisch, sortierte die Protokolle, die seine Kollegen angefertigt hatten, und wartete darauf, dass alle zur Lagebesprechung erschienen.

„Fangen wir an", sagte er, als alle Platz genommen hatten. „Gehen wir die Tatverdächtigen noch einmal der Reihe nach durch: die Ehefrau?"

„Wie wir einwandfrei ermitteln konnten und durch eine Kopie des Rezeptes beweisen können, hatte sie von ihrem Arzt die Tabletten verschrieben bekommen, die dem Opfer verabreicht wurden. Außerdem kam sie an Arsen heran."

„Habt ihr es gefunden?"

„Was?"

„Das Arsen!"

„Nein, aber sie könnte es von den Restbeständen aus der Tierpräparatur haben oder aus den alten Apotheken-, beziehungsweise Drogeriebeständen, die seit Jahrzehnten in den Kellerräumen des Hotels lagern."

„Mordmotiv?"

„Eifersucht."

Busboom nickte, warf einen Seitenblick auf Ariana, die heute Morgen eine sichtbare Zufriedenheit ausstrahlte. Ein ebenso rascher Blick auf den Kollegen Kutschbauer zeigte den gleichen seligen Gesichtsausdruck.

„Kommen wir zum Bruder“, fuhr Busboom fort.

„Hinrich Elderts hat für die Tatzeit kein Alibi. Keiner kann beweisen, wo er zu dieser Zeit war. Er könnte seinem Bruder Jakob eins über den Schädel gegeben und ihn ins Wasser geworfen haben, die Kraft dazu hat er. Sein Alibi ist dünn, es wird ihm von seiner Frau gegeben, die ebenfalls tatverdächtig ist. Sie hatte das gleiche Medikament verschrieben bekommen wie ihre Schwägerin Greta. Motiv beider: der Streit um das elterliche Erbe.“

„Gut. Der Neffe?“

„Motiv ist Rache, Ablehnung, nicht Anerkennung seiner Leistungen und natürlich, wie bei seinen Eltern, der Erbstreit. Er hat ebenfalls ein wackeliges Alibi, könnte also, wie sein Vater, für den Schädelbruch und das Ertränken verantwortlich sein.“

Schell ruckte mit dem Stuhl herum, der bedenklich knackte.

„Die alte Frau Elmau ist eine sogenannte Tante der Witwe, man kann auch sagen, selbsternannte Mutter. Sie wollte Greta vor dem treulosen Ehemann schützen und verhindern, dass dieser Greta weiterhin das Leben zur Hölle macht. Sie hatte jede nur erdenkliche Möglichkeit ihm regelmäßig Arsen zu verabreichen, morgens in den Kaffee vielleicht, und sie kam genauso leicht an Arsen heran wie die Witwe. Das Gleiche gilt natürlich für die Tabletten. Es wäre für sie eine Kleinigkeit gewesen, diese der Witwe zu entwenden.“

Busboom schüttelte leicht den Kopf. Warum sollte sie das erst jetzt, nach so vielen Jahren getan haben? Andererseits, irgendwann läuft bei jedem einmal das Fass über.

„Die Freundin der Witwe, Roswitha Neubeeren, sie könnte es aus Freundschaft gemacht haben. Sie redet mir zu viel davon, dass sie den Täter beglückwünscht und heuchelt nicht einmal Betroffenheit über Jakobs Tod. Könnte alles nur Theater und Ablenkung sein“, sagte Ariana, doch überzeugend klang es nicht. Sie mochte diese Frau, aber traute sie ihr das zu? „Ja“, war die eindeutige Antwort.

Ebenso das Theater der Witwe, schoss es Busboom durch den Kopf. Eine begnadete Schauspielerin hatte Kollege Bäcker gesagt.

„In Roswithas Küche stehen hundert Jahre alte Apothekengläser, die heute noch in Gebrauch sind. Vielleicht gibt es auch eines mit Arsen!“, vermutete Ariana. Dieser Punkt durfte nicht unerwähnt bleiben.

„Dann haben wir noch die beiden Geliebten!“, erinnerte Hölzner und warf einen anzüglichen Blick auf Ariana und Kutschbauer. Ariana streckte ihm kurz die Zunge heraus. Heute ließ sie sich von niemandem die Laune verderben.

„Die kleine Polin ist für die Liebesbriefe verantwortlich“, sagte sie. „Teilweise selbst geschrieben, teilweise aus Büchern und Zeitschriften abgepinselt.“

„Die wurden in Jakobs Kleiderschrank gefunden, somit können wir annehmen, dass die Ehefrau davon wusste“, warf Bäcker ein, schließlich wollte er auch mal was sagen.

„Klar doch, vergiss nicht die Tochter, die hat die Briefe schließlich gebracht.“

„Bleibt die Frage, warum? Um den Verdacht auf andere zu lenken?“

„Was ist mit dem Motiv der Polin Halina?“, wurde vom Thema abgelenkt. „Die Schwangerschaft?“

Ariana schüttelte den Kopf. „Das mit der Schwangerschaft war ein Verständigungsproblem. Sie hat die Begriffe „Geheimnis unter dem Herzen“ mit „im Herzen“ verwechselt. Deutsche Sprache schwere Sprache. Aber sie gibt zu, Jakob Schlaftabletten gegeben zu haben, behauptet aber, er habe noch vor sechs Uhr morgens ihr Bett verlassen."

„Es ist nicht nachzuvollziehen, wie viele sie ihm tatsächlich verabreicht hat. Hinzu kommt die Möglichkeit, dass ein anderer später noch nachgegiftet haben könnte, wenn man so einen Ausdruck gebrauchen kann."

„Und Lisa, das andere Zimmermädchen?"

„Sie ist sehr naiv und leicht und schnell für etwas anderes zu begeistern. Ich bezweifle, ob sie überhaupt so kriminell denken kann. Die lebt in einer rosaroten Traumwelt."

„Dann haben wir noch den Geschäftsteilhaber."

„Georg Borland, ja! Eine Million Euro sind ein verdammt gutes Motiv."

„Habt ihr sein lückenloses Alibi überprüft?", wollte Busboom wissen. Er dachte an den jungen blonden Mann mit dem fotografischen Gedächtnis, der jede Sekunde des Vorabends herunterrasseln konnte.

„Haben wir nachgeprüft, lückenlos. Es stimmt alles! Er war abends pünktlich zu den angegebenen Zeiten in der Kneipe und nachts zu Hause. Für die frühen Morgenstunden allerdings steht nur das Wort der Freundin. Die behauptet, er hätte bis sieben Uhr neben ihr im Bett gelegen. Aber wir konnten ihr ein Geheimnis entlocken: Sie schläft wie ein Murmeltier, also wäre es kein Problem für Georg Borland gewesen, unbemerkt das Bett zu verlassen, um Stunden später wieder neben ihr zu liegen. Sie hätte es nicht bemerkt."

„Also ist auch er ohne Alibi", seufzte der Hauptkommissar.

„Unseren Freund Winnetou dürfen wir nicht vergessen", sagte Ariana und warf Bernhard ein Lächeln zu.

„Der Indianer? Ist der noch im Rennen?" Schells Augenbrauen zogen sich fragend zusammen.

„Eine gute Frage. In den frühen Morgenstunden ist er am Strand gesehen worden. Dieses Ammenmärchen von der Seehundsjagd kann man vergessen. Hat wohl gedacht, wenn er sich eines harmlosen Verbrechens schuldig spricht, bemerken wir nicht das große Verbrechen. Der gute Mann war Drogenschmuggler. Er bekam eine Rauschgiftlieferung per Segelschiff."

„Und Greta war nicht seine Geliebte!?", Ariana dachte an die zugezogenen Schlafzimmervorhänge jeden Mittwoch.

„Nein, eine seiner besten Kundinnen."

„Aber besteht die Möglichkeit, dass Jakob Elderts mit besagtem Schmugglerschiff hinausgefahren ist?"

„Gut möglich, doch das Schiff ist nicht auffindbar."

Das eröffnete noch weitere Dimensionen in diesem Fall, die Busboom gar nicht zu Ende denken mochte.

„Scherers Haftbefehl kam vor wenigen Stunden", sagte Janssen und war zufrieden, wenigstens das erledigt zu haben.

„Kollege Kutschbauer hat bei seinen nächtlichen Nachforschungen in der Kneipe nicht nur über Ahnen gesprochen, sondern auch so nebenbei erfahren, dass der Schamane schon seit längerer Zeit der jungen Witwe Greta den Hof machte. Ein raffiniertes Ablenkungsmanöver", ergänzte Ariana. Ihr Blick in Bernhards Augen fragte: „Oder hast du die Wahrheit schon länger gewusst?"

„Der Schamane wusste von Jakobs Krebserkrankung. Somit war er auf der sicheren Seite, was den natürlichen Tod seines Patienten anging. Warum um alles in der Welt sollte er diesen Tod um wenige Wochen beschleunigen wollen und sich dadurch zum Mörder machen?", fragte Schell.

„Auch wieder wahr", bestätigte Ariana. Damit war dieser, dem gesunden Menschenverstand zufolge, aus dem Schneider.

„Hat die Gerüchteküche noch andere Dinge auf Lager?", richtete Busboom seine Frage an die einheimischen Polizisten.

Wenn man sein Netz in den Strom von Gerüchten hängt, war man immer wieder erstaunt darüber, was darin alles hängen blieb.

„Die köchelt weiter auf kleiner Flamme, aber sonst nichts Neues."

„Und Sie glauben, die Insulaner sagen Ihnen alles", wagte Hölzner zu zweifeln. Sein spöttischer Blick traf Bäcker. „Die halten zusammen wie Pech und Schwefel", meinte er mit einem weiteren Blick auf Kutschbauer, als würde er ihm zutrauen, mit all den Verdächtigen unter einer Decke zu stecken.

„Und was wird im heutigen Abschlussbericht stehen?", fragte Polizeihauptkommissar Janssen. Ratloses Schweigen bekam er zur Antwort.

„Machen Sie einen Vorschlag!"

„Nun, aufgrund der Aussage des alten Herrn Adden, der als Augenzeuge einen Mann gesehen hat, der über Bord ging, ...", begann er und Busboom fügte in Gedanken hinzu „... glaubt gesehen zu haben", denn nicht nur Ariana, auch er hatte das fehlende rechte Glas am Fernrohr bemerkt. Jeder halbwegs aufmerksame Mensch konnte sehen, dass der alte Bootfahrer auf dem linken getrübten Auge fast oder jedenfalls halb blind sein musste. Wie um alles in der Welt wollte er da überhaupt irgendetwas gesehen haben?

„... nehme ich Folgendes an. Jakob Elderts nahm seit längerer Zeit Arsen, da es in bestimmten Dosen genossen, die Augen öffnet und den Verstand schärft. Als er von seinem Krebs erfuhr, verbunden mit der Mitteilung, nur noch wenige Wochen zu leben, nahm er eine Überdosis von den Schlaftabletten seiner Frau. Dann ging er früh morgens hinaus und ließ das kleine Segelboot zu Wasser. Vielleicht wollte er einen schönen Sonnenaufgang am Meer beobachten, einen seiner letzten, wie er wusste, vielleicht hat ihn auch der Schmuggler ein Stück mitgenommen. Von dem starken Schlafmittel, das bekanntlich Krampfgifte enthält, wurde er unbeweglich, eine heftige Windbö schlug das Segel herum, der hölzerne Baum zertrümmerte seinen Schädel, er ging über Bord, fiel ins Wasser und ertrank." Janssen holte tief Luft. „Die Flut spülte ihn dann an den Strand, wo er sich an der Buhne die heftigen Schnittverletzungen zufügte."

„Also ein Unfall!"

„Genau. Eine supersaubere Lösung", sagte Janssen, fühlte sich aber nicht so sicher, wie er klang.

„Interessante Theorie!"

„Und wenn der Unfall kein Unfall war, sondern Absicht?", mischte Schell sich ein.

„Wie, Absicht?", fragte Ariana.

„Na, Jakob war ein erfahrener Segler. Nehmen wir mal an, er hätte absichtlich die Wende gemacht und zwar genau an der Stelle, die er vorher berechnet hatte, um an Land gespült zu werden. Das Segel schlug wie erwartet um und ihm an den Kopf. Jakob stand an einer genau berechneten Stelle und ging über Bord. Ein Selbstmord."

„Aber alle die ihn gut genug kannten, haben glaubhaft versichert, er wäre kein Typ, der aus Verzweiflung aus dem Leben scheidet."

„Verzweiflung nicht", nahm Ariana Schells Gedanken auf. „Wir alle wissen, unser Opfer war ein fieser Sack, gelinde ausgedrückt. Da könnte er doch alles so arrangiert haben, um seinen Selbstmord wie Mord aussehen zu lassen."

„Gemein genug, um auch noch nach seinem Ableben seine Mitmenschen zu terrorisieren, war er."

„Zuzutrauen wäre es ihm", stimmte auch Janssen zu.

„Fies, aber da ist was dran. Er bringt dadurch geschickt alle seine Lieben in Mordverdacht und lacht sich aus dem Jenseits eins ins Fäustchen."

„Aber, wie passt das bisschen Blut, das wir in der Werkshalle gefunden haben und einwandfrei vom Opfer stammt, in das Bild?"

„Nasenbluten, behaupteten die Mitarbeiter."

„Oder, er hatte sich schon lange Zeit vor seinem Tod verletzt. Vielleicht absichtlich, damit er Borland auch noch mit hineinziehen konnte. Schließlich wird so eine Arbeitshalle nicht regelmäßig durchgewischt, da konnte er davon ausgehen, dass dieses Blut auch nach Wochen noch gefunden würde."

„Die wird nie gewischt", bestätigte Bäcker. Hölzner grinste breit.

Schweigend hingen alle ihren Gedanken nach.

„Einem jedenfalls käme diese Lösung sehr zu pass."

„Wiegand?"

„Und dem Bürgermeister", nickte Janssen.

„Immerhin die sauberste Lösung", musste auch Busboom zugeben, doch gefiel sie ihm keineswegs.

„Dem Image der Insel aber sehr zuträglich. Mord ist schlecht fürs Geschäft, da ist ein Unfall oder Selbstmord das kleinere Übel." Janssen sprach aus, was viele Inselliebhaber dachten.

„Außerdem fühle ich mich recht unwohl in meiner Haut, wenn ich mir vorstelle, dass einer dieser Menschen, die ich teilweise mein Leben lang kenne, ein Mörder ist", ergänzte Kutschbauer.

„Verwandt sein mit einem Mörder", stichelte Hölzner und schnalzte mit der Zunge. „Wer will das schon!"

Das Ergebnis ihrer Untersuchungen war alles in allem für Busboom sehr unbefriedigend.

Die anderen schienen sich mit dem Ergebnis, Unfall oder Selbstmord, anzufreunden.

Ein Blick auf Ariana und Bernhard sagte ihm, die beiden waren sowieso mit ihren Gedanken ganz woanders und wünschten sich sicherlich so schnell wie möglich genau dorthin. Sie strahlten ein Glück aus, zum Greifen nah.

Busboom schaute aus dem Fenster. So ein herrlich blauer Himmel, nicht eine Wolke war zu sehen, die ersten leicht bekleideten Gäste, mit Strandtaschen unter den Armen, gingen schon zurück in ihre Urlaubsunterkünfte.

Busboom verspürte eine unbändige Lust, sofort ins kühle Meer zu springen.

Ruckartig stand er auf und verließ das Büro.

24.

Eine halbe Stunde später trieb er leicht schaukelnd rücklings in dem salzigen Meerwasser, den Blick auf den weißen Sandstrand gerichtet. Die Sonne glitzerte auf den sich leicht kräuselnden Wellenkämmen, eine etwas größere Woge hob ihn in die Höhe. Das Wasser auf den Lippen prickelte angenehm salzig. Er glaubte einen Fisch zu sehen. Seine Augen wanderten über die weiße Skyline der Hotelfassaden, über den grünen Gürtel der Dünen und zurück zu den roten Leuchttürmen, die im Hintergrund zu sehen waren. Wieder wanderten seine Augen zum Strand. Seine Hand hob sich und er winkte leicht. Gesche saß in einem der bunten Strandzelte nahe am Wasser und winkte zurück.

Konnte es etwas Schöneres geben?

25.

Monate später wurde die Akte vom Staatsanwalt geschlossen.

Er prägte ein neues Wort, das als Unwort des Jahres gelten könnte: „Böswilliger Selbstmord."

Dr. Scherer wurde wegen Drogenschmuggel und Drogenhandel zu mehreren Jahren Haft verurteilt.

Greta Elderts ging auf Drogenentzug. Ihr Hotel führte in dieser Zeit ihre Freundin Roswitha, die dort einen Mann kennen lernte, der ihrem eingefleischten Urteil gegen Männer ein Ende machte. Heirat nicht ausgeschlossen.

Halinas Schwangerschaftstests waren mal positiv und mal negativ. Sie kehrte nach Polen zurück und brachte einige Monate später einen kleinen, gesunden Jungen zur Welt. Seit diesem Tag läuft ihr Leben in friedlichen Bahnen. Keine Unglücke mehr. Bis auf ein paar winzig kleine. Peanuts!

Matthias Elderts hat auf Wunsch seiner Tante die Firmenanteile seines verstorbenen Onkels übernommen und führt seither gemeinsam mit Georg Borland eine erfolgreiche Firma. Die beiden Männer ergänzen sich wunderbar.

Seine Eltern haben sich erwartungsgemäß mit Greta Elderts geeinigt. Das von ihnen erarbeitete Haus gehört jetzt auch auf dem Papier ihnen ganz allein.

Lisa, das Zimmermädchen, verschlingt immer noch Liebesromanheftchen und wartet auf ihren Prinzen.

Barbieblondchen Tanja Elderts verdreht weiterhin den Männern den Kopf und Frau Elmau kümmert sich bis an ihr Lebensende, aufmerksam wie immer, um ihre Ziehtochter Greta.

Kutschbauer ist wieder auf dem Festland, zur polizeilichen Weiterbildung. Jetzt kann er auch Ariana viel öfter sehen.